허공록

허공록 4

민학기 판타지 장편 소설

초판 1쇄 찍은 날 § 2003년 12월 11일
초판 1쇄 펴낸 날 § 2003년 12월 20일

지은이 § 민학기
펴낸이 § 서경석

편집장 § 문혜영
편집책임 § 권민정
편집 § 유경화
마케팅 § 정필 · 강양원 · 이선구 · 김규진 · 홍현경

펴낸곳 § 도서출판 청어람
등록번호 § 제1081-1-89호
등록일자 § 1999. 5. 31
어람번호 § 제1-0438호

주소 § 경기도 부천시 원미구 심곡1동 350-1 남성B/D 3F (우) 420-011
전화 § 032-656-4452 팩스 § 032-656-4453
E-mail § eoram99@chollian.net

© 민학기, 2003

값 8,000원

ISBN 89-5505-919-1 04810
ISBN 89-5505-814-4 (SET)

민학기 판타지 장편 소설

허공록

虛空錄

4

비탄이 잘든 대지

도서출판
청어람

비탄이 잠든 대지

제2장 비탄이 잠든 대지

『흔들리는 시계추, 돌고 도는 톱니바퀴.

원점을 돌아 한 번 째깍.

원점을 돌아 다시 한 번 째깍.

째깍째깍째깍째깍. 덜크덕.

멈춰 버린 시계추, 놀란 다섯 아이.

시끄러운 다섯 아이 시계추를 붙잡으니,

지나가는 뻐꾸기, 시계추를 돌려주다.

다시 흔들리는 시계추, 돌기 시작하는 톱니바퀴.

두 번 돌아 세 번 도니

무거운 톱니바퀴 튀어 오르고,

가벼운 톱니바퀴 가라앉고

뻐꾸기가 톱니바퀴를 물어뜯다.

다섯 아이 크게 울자

엄마가 주신 톱니.

다섯 아이 웃으며

톱니바퀴를 고친다.』

창세력 제3기 34년, 통일력 34년

시대 미상, 작자 미상, 발견자 야베크 멜룬

제12장 비탄이 잠든 대지

창세력 제2기 8012년 7월 23일. 카밀 왕국 수도 에크라노.

아주 먼 옛날. 남대륙과 북대륙을 통일했던 제국이 존재했던 그 옛날 한 목동이 살았다. 남대륙 중심부에서는 커다란 전쟁이 일어났다고 하지만 목동이 사는 그 지역은 먹고살기 바빴다. 워낙 변두리다 보니 싸워 봤자 이권조차 생기지 않는 땅이었다. 다만 양이나 방목하기 좋은 들판이 형성되어 있을 뿐. 가끔 찾아오는 행상에게 양모를 팔거나 육포를 생필품으로 바꾸는 정도의 미개한 지역이었다.

이 지역은 흰 기둥 땅이라 불리는 곳이었다. 들판 한가운데 작은 기둥들이 자리 잡은 곳. 특이한 곳이지만 어른들은 그곳을 신성시 여기어 다가가지 않았다. 그들은 그곳에 그들의 조상신과 대지신이 잠들어 있다 믿고 있었다. 때문에 그곳은 질 좋은 풀들이 자라나는 곳이었다.

목동은 어느 날 우연히 양을 그쪽으로 몰고 갔고 질 좋은 풀을 발견해 기뻐하였다. 그 뒤로 그 땅은 목동의 놀이터가 되었다. 양을 풀어놓고 하루 종일 기둥 위에서 놀았다. 그뿐 아니라 목동의 친구들까지 불러 놀았다. 그러다 우연히 커다란 바위에 호기심을 가졌다.

왜 이 기둥은 이렇게 생겼을까? 특이한 형태였다. 어린아이 키만한 원기둥. 근처에 돌이라고는 찾아볼 수 없는데 왜 이런 게 여기 있을까?

목동은 집으로 돌아가 아버지께 물었다.

—저 기둥은 무엇인가요.

—그것은 대지의 뿔이란다.

들판 멀리서 보면 뿔 같아 보이는 것. 그래서 뿔이라고 불리었던 것이다. 목동의 아버지의 할아버지의 할아버지… 아무튼 오랜 세월 동안 그 자리를 지키고 있었다 하였다. 무지한 유목민들은 그저 뿔이라고 생각했던 것.

그날 목동의 아버지는 뿔에 관한 수많은 전설을 이야기해 주었다.

한 양치기의 비극적인 사랑. 얼뜨기 검사의 뿔 도전기. 욕심 많은 처녀의 말로.

아버지의 이야기는 목동의 호기심을 부채질했다. 이 영특하고 호기심 많은 목동은 그 후로도 쭉 바위 근처에서 놀았다.

그러다 목동이 청년이 되었을 때 큰비가 내렸다. 초원에서는 자주 볼 수 없는 비라 하였다. 목동의 할아버지가 어렸을 때 보았던 폭우가 몇십 년 만에 초원에 찾아왔다. 비는 수십 일 동안 초원에 뿌려졌고 낮은 곳은 물이 차고 높은 곳은 깎여 나갔다.

낮은 곳에 자리 잡았던 사람들은 서둘러 높은 곳으로 이동하였지만 가축들은 상당수가 죽어버렸다. 물에 떠내려가거나 감기에 걸려, 혹은 얼어 죽었다.

그래도 비는 계속 내렸다. 초원이 물에 잠기고 사람들마저 절망에 빠져 허우적거릴 때 별안간 목동은 흰 바위들이 서 있는 땅으로 향했다. 발 밑으로 차 오르는 물 위로 무릎을 꿇으며 목동은 기원하였다.

—조상신이여, 대지의 뿌리여, 불쌍한 저희를 굽어 살피소서. 그 옛날부터 당신의 땅에서 자라온 으리들을 굽어 살피소서. 그리하여 우리를 구원해 주시옵소서.

목동은 간절히 기원하였다. 그러나 여전히 하늘의 시커먼 구름은 걷히지 않았다. 손가락만한 빗방울은 끝없이 내렸고 물은 차 올랐다. 이윽고 초원 전체가 시커먼 물에 잠기고 높은 곳에 있던 흰 바위들의 땅마저 잠겨갔다. 목동의 허리까지 물에 차 올랐을 때 목동은 피를 토하며 소리쳤다.

—조상이여! 대지의 뿌리여! 대지의 자식인 우리를 정녕 물에 빠뜨려 죽이려 하옵니까?! 대지의 은혜를 아직 갚지 못했습니다! 당신의 자식이자 대지의 자식은 이렇게 대지로 돌아가야 합니까!

왜 이렇게 소리쳤는지도 모른 채 목동은 비분에 젖어 땅을 팠다. 물에 잠긴 흙을 파내며 기둥을 만졌다. 가슴으로 물이 차 올라도 목동은 기둥 주위의 흙을 파 내려갔다. 그러던 그때 기둥에 새겨진 기이한 표식을 발견했다.

목동은 글자를 몰랐다. 그러나 기둥에 새겨진 표식은 목동이 늘 보아오던 것이었다. 바로 목동의 가문 대대로 내려오는 표식. 목동은 자기도 모르게 중얼거렸다.

　—에크라노?

그러자 기적이 일어났다. 거대한 진동과 함께 초원의 물들이 출렁거렸다. 땅 깊은 곳에서 기이한 울림이 터져 나오며 물이 빠진 초원 곳곳에서 흰 바위가 고개를 내밀며 올라오기 시작하였다.

목동 주위의 흰 바위들도 쑥쑥 커져 갔다. 흰 바위는 기둥이 되어갔고 기둥에서 기이한 빛이 터져 나오더니 물이 갈라져 목동과 목동의 마을 사람을 구원하였다.

땅의 진동은 멈추지 않고 계속 커졌다. 흰 바위들이 고개를 내밀자 이번에는 기이한 석상이 땅을 뚫고 나타났다. 석상은 작은 아이의 모습. 석상 밑에 몇 개의 석대가 땅을 뚫고 나오자 떨림도 멈추었다.

몇십 일 동안 비를 퍼붓던 하늘의 구름이 물러가고 환한 태양이 초원 저 끝에서부터 빛을 끌고 오기 시작하였다. 빛은 축축한 대지에서 어둠을 밀어내며 마을 사람들의 머리를 지나 석상에 다다랐다.

그러자 하늘을 향해 손을 쳐든 아이의 손바닥에서 물이 흘러나오기 시작하였다. 맑고 투명한 물이 받침에 고이고 다시 밑의 받침에 고이기를 반복, 석상은 어느새 분수가 되었고 맑은 물로 공포에 찌든 사람들을 어루만지기 시작하였다.

그 소식은 널리 퍼져 가 이윽고 대륙을 통일한 황제의 귀에 들어갔다. 황제는 친히 그 기적을 보고자 행차하였고 초원 한가운데 물을 뿜어내는 분수를 보게 되었다. 황제는 기적을 일으킨 목동을 그곳의 통치자로 임명하고 분수대를 중심으로 도시를 만들라 명하였다.

"그건 에크라노의 건립 설화잖습니까?"

하이단의 질문에 샤이라가 고개를 끄덕였다. 에크라노의 건립 설화. 모두가 알고 있는 이야기였다, 에크라노의 골목길을 뛰어노는 아이들조차도. 고대인의 유적이 잠들어 있는 에크라노의 기원에 대해 이야기해 주리라 기대했던 하이단에게는 상당히 김빠지는 이야기였다. 하이단은 어이없다는 듯 너털웃음을 터뜨렸다.

"그저 설화일 뿐인데."

하이단은 본래 다른 것을 기대하고 있었다. 마스터인 샤이라의 이야기라면 좀 더 색다르고 모르는 이야기일 것이라는 기대. 그러나 막상 들어보니 이건 다 아는 이야기이지 않은가? 민간의 입에서 입으로 떠도는 이야기. 어찌 에크라노 지형 근처가 물에 잠길 수 있단 말인가? 그리고 지하에서 치솟은 분수대라니. 도저히 납득이 되지 않는 탓에 학자들마저 신빙성이 없다고 무시해 버린 그런 이야기였다.

그러나 샤이라는 싱긋 웃고는 말했다.

"하지만 이 이야기는 사실이에요. 물론 시간이 흐르면서 변형되었기는 하지만 말입니다."

"에에?!"

하이단은 크게 놀라 소리쳤다. 그러자 어두컴컴한 통로 저 끝까지 하이단의 경악성이 메아리치는 것이다. 큰 소리가 작은 소리와 겹치고 작은 소리는 더 작은 소리에 중첩되자 도대체 처음이 무엇이고 시작이 무엇인지 알 수 없는 메아리가 연신 하이단의 말을 되풀이하였다.

에에, 에에, 에에, 에에.

크고 작게. 하이단이 터뜨린 경악성은 울림에 울림이 되어 한동안 통로를 떠돌다 사라졌고 그 바람에 그렇지 않아도 어두컴컴하고 음침하기 짝이 없는 통로 저편에서 누군가가 그에 답할 것만 같은 착각마저 들게 하였다.

"꽤 소리가 오래가는데요?"

샤이라의 말에 하이단은 헛기침을 터뜨렸다. 무안해서 했을 것이리라. 그러나 헛기침은 그것도 소리라고 다시 커다란 반향을 내며 복도 깊숙이, 저 멀리 퍼져 나갔다. 그 바람에 하이단은 얼굴을 시뻘겋게 붉혀야만 했다.

일행은 지금 에크라노 지하로 내려가는 비밀 통로를 걷고 있었다. 아득하게 밑으로 뻗어 있는 계단의 연속. 소용돌이처럼 끝없이 굽이치는 이 계단은 도대체 끝날 줄을 몰랐다. 벌써 몇 시간 동안 걸었지만 그 끝은 도통 보이지가 않았다.

이렇게 된 것은 전적으로 샤이라의 주장 때문이었다. 당장 쉐도우 워커들을 쫓아가자는 것.

모두가 만류하였지만 샤이라는 두 가지 이유를 내세우며 주장을 관철시켰다.

"첫째는 빠른 대응을 통해 적의 허를 찌르는 것. 두 번째는 우리의 존재를 숨기는 거예요. 특히 두 번째가 중요하지요. 왕실에서는 물러갔다고 하지만 불안감을 지우지는 못할 것입니다. 하물며 호기심이야. 어떠한 수단을 써서든 무슨 일이 일어났는지 알아낼 것이라고요. 교황이 함구령을 내려 입을 막으려 하지만 사람의 입은 그렇게 간단히 막힐 것이 아니잖아요. 속히 자리를 떠야 덜미를 잡히지 않아요."

매우 유감스럽지만 납득이 가는 말이었다. 그 난리를 쳐놓고 그냥 내빼는 것은 미안했지만 어서 사라져야 주목을 받지 않는다. 만약 일행이 사건에 관계된 사람들이라는 것을 알게 된다면 당장 전 대륙의 정보 기관들이 벌 떼처럼 달려들어 온갖 귀찮은 일은 다 당하게 될 터였다.

샤이라의 이런 단호한 주장 때문에 일행은 새벽닭이 아침을 알리기도 전에 자리를 떠나야만 했다. 하나 문제가 있었다.

하나는 일행의 짐이 모조리 여관에 있다는 것. 또 하나는 쉐도우 워커 본부의 소재지는 알고 있지만 그쪽으로 가기 위한 길을 알지 못한다는 것.

성진이야 쉐도우 워커의 정신을 해킹해서 소재지와 가는 방법까지 알아냈지만 그 위치는 신전 바깥이었다. 지금 신전은 왕실 수비대에 의해 완전히 포위—정확히 말하견 보호지만 일행이 느끼기에는 포위였다—당하여 지금 나갔다가는 온갖 그초를 겪을 터였다.

샤이라는 그런 일행의 고민을 말끔하게 날려주었다.

"그랑디아의 교황이여, 이 신전에 지하로 향하는 비밀 계단이 있지 않습니까?"

일반인이 교황에게 그런 말을 썼다가는 당장 신성 모독이니 교위 무시니 해서 당장 스카우터의 화살세례를 받기 부족함이 없지만 샤이라는 아쉽게도(?) 마스터였다. 그녀의 자격에서 그런 말투는 오히려 라제크 2세의 체면을 상당히 봐주는 것이라고 할 수 있었다.

이 사실을 잘 알고 있는 교황은 샤이라의 말에 깜짝 놀랐다. 지하로 향하는 비밀 계단은 극비에 속했다. 과거 그랑디아 교단이 옮겨오기 전 이 자리는 광장의 일부였다. 그랑디아 교단의 총본산이 이전해 온다는 소식에 카밀 왕국에서는 광장의 일부를 흔쾌히 교단을 위해 헌납하였고 그랑디아 교단은 그 부지를 받아들여 거기에 총본산을 짓기 시작한 것이다.

유물의 안전한 보관을 위해 지하 비고를 마련하고자 기반 공사를 벌이던 중 정체를 알 수 없는 지하 통로를 발견하였고 교단에서는 몇 명의 사람을 보내어 지하 통로를 탐색하게 하였다.

하루 뒤 낭패감에 젖은 그들이 올라왔다. 그들이 증언하길 통로는 끝없는 계단으로 만들어져 있었고 계단은 지하로 향하고 있다 하였다. 몇 시간이고 내려갔지만 그 끝을 알 수 없기에 다시 올라왔다는 것이다. 곧 이어 충분한 식량을 갖춘 이차 팀이 출발하였고 며칠 후 돌아온 그들 또한 같은 말을 하였다. 밑은 끝없는 계단으로 이어진 길이라고.

결국 교단은 통로를 비밀에 부쳐 봉인하였고 그 사실을 아는 사람은 이제 와 극소수에 불과하였다. 그러니 라 제크 2세의 놀람은 당연한 것이었다.

"정말 마스터는 모르는 게 없군요."

"모르는 것 빼고는 다 압니다."

샤이라의 말에 라 제크 2세는 빙그레 웃고 말았다. 하이단은 호기심에 라 제크 2세에게 물었다.

"도대체 그 지하 통로라는 게 왜 여기서 발견된 거지?"

라 제크 2세는 약간 난처하다는 표정을 지었다. 그 자신도 알지 못했다.

"우리도 잘 모르니 이렇게 봉해놓은 것이야. 한 가지 알아낸 것이 있다면 과거 왕성에서도 비슷한 것을 발견하였다는 거지. 우리 쪽과 다른 점이 있다면 그곳은 끝이 있었고 어떤 문구가 발견되었다는 것이지만."

라 제크 2세의 말에 샤이라는 흥미가 동한다는 표정을 지었다. 그녀도 몰랐던 사실이기 때문이었다. 마스터인 그녀가 박식하다지만 천리

안이 아닌 이상 모든 것을 알지는 못했다. 설사 신이라 할지라도 그 모든 것을 다 알지는 못하지만 말이다.

"그게 무엇이죠?"

샤이라의 물음에 라 제크 2세는 살짝 놀라는 표정을 지었다. 그러다 그녀가 했던 말을 기억해 내고는 유쾌하다는 듯 웃었다.

"하핫. 정말 모르는 것 빼고 다 아시는 것 같군요."

"마스터는 거짓을 달하지 않습니다."

그녀의 말에 라 제크 2세는 정말로 유쾌하다는 듯 시원한 웃음을 지었지만 하이단은 고개를 살짝 돌리고는 얼굴을 일그러뜨렸다. 기억해 낸 것이다. 요 며칠 전 그녀가 했던 '거짓말' 을. 순간 그때 보았던 솥이 녹아내리는 장면을 떠올려 버린 하이단은 지금 유쾌하다는 듯 웃는 그의 옛 친우에게 그녀가 했던 그 가증을 말해 주고 싶었다. 진심으로!

하이단의 심정이야 어쨌든 라 제크 2세는 웃으며 그가 알고 있는 그 정보를 털어놓았다.

"그 문구는 한동안 해독되지 못했습니다. 고대어라고 하더군요. 사라져 버린. 그러다 최근 들어 사료가 발굴되고 수십 년의 노력 끝에 그 뜻이 밝혀졌습니다."

성진도, 구석의 벽에 몸을 기대고 있던 세르피아도 라 제드 2세의 말에 귀를 기울였다. 라 제크 2세는 재촉하는 샤이라의 눈빛에 침조차 삼킬 틈 없이 말을 이었다.

"기록되어 있는 말은 단지 '정말 이곳으로 끝인가? 라는 문구였습니다. 날카로운 것으로 벽에 흠집을 내어 누군가가 남긴 말이었지요."

아무런 뜻조차 담겨져 있지 않은 누군가가 새긴 한탄조의 메시지. 수십 명의 학자들이 그걸 몇십 년 동안이나 끙끙대며 연구했을 것이라 생각되자 하이단은 웃음이 절로 나왔다. 노력의 끝이 고작 그것이라니. 뜻을 알아냈을 때 느꼈던 학자들의 허탈감을 충분히 상상할 수 있었다.

"허탈했겠군."

하이단의 말에 라 제크 2세는 고개를 끄덕였다. 그 문구가 새겨질 정황조차 상상이 갔다. 허탈한 표정을 지으며 막힌 통로를 보다 작은 단검을 꺼내 벽에 글씨를 새기는 누군가의 모습이.

그러나 성진에게는 그것이 아니었나 보다. 엄지와 검지로 턱을 쓸어내며 말했다.

"저는 고대인에 대해서는 아무것도 모르지만 그렇게 단순한 의미는 아닌 것 같군요."

그 바람에 하이단과 라 제크 2세는 당황하였다. 도대체 그 문장에 무엇이 담겨져 있다고? 아무리 따져 보아도 단순한 문장이었다. 거기서 어떤 의미를 찾는다는 것 자체가 이해가 되지 않았다.

"자료가 없는 이상 추측일 뿐. 그 문제는 덮어두죠."

샤이라의 말에 일단락되는 듯 보였지만 한번 의문이 생기면 꼬리에 꼬리를 무는 법. 성진이 말한 것의 의미를 찾고자 아무리 머리를 굴려봐도 도대체 저 단순한 문장에서 무엇을 찾을 것인가. 아무런 단서도 없이! 결국 두 사람은 제풀에 지치고 말았다.

샤이라는 자신이 세운 계획을 이야기하였다.

"이로써 두 가지 난제가 모두 풀렸습니다. 성진이 알고 있는 쉐도우 워커의 본부로 가기 위한 통로는 도시 바깥쪽에 위치하고 있죠. 우선 칼과 두 아이들을 여관으로 텔레포트시켜 짐을 꾸리게 한 후 도시 바깥쪽 통로 근처에서 기다리도록 해야 합니다. 그 다음 우리는 이곳 신전의 통로를 통해 지하로 향합니다. 들어가서 신루를 되찾아 바깥쪽 통로로 빠져나가 칼과 만난 후 서둘러 떠나는 게 제 계획입니다. 쉐도우 워커의 본부는 지하, 자세한 장소는 성진이 알고 있으니 '우리가 사라진다' 와 '짐을 가지러 간다', 그리고 '신루를 회수한다' 라는 세 가지 목적을 충실히 행하게 되지요."

샤이라의 말에 하이단은 고개를 끄덕였다. 라 제크 2세도 고개를 끄덕였다. 하지만 그녀의 말속에는 함정이 있었다. '회수한다' 다음에는 '돌려준다' 라는 항목이 빠져 있었던 것이다. 라 제크 2세는 회수하면 반드시 돌려준다라는 생각이 머리 속에 자리 잡은 터라 그녀의 이야기에도 별 이상한 점을 눈치 채지 못했다. 하긴 그 누가 그런 세세한 것까지 관심 가질 것인가. '주인의 물건을 주인에게' 라는 것이 당연하게 여겨질 상황. '강탈하여 돌려준다' 가 아닌 '강탈하여 내가 갖는다' 이니 실상을 알면 라 제크 2세는 대번에 얼굴이 시뻘겋게 변할 터였다. 유일하게 그녀의 말에서 함정을 발견한 성진만이 쓴웃음을 지을 뿐이었다. 물론 속으로.

라 제크 2세도 왜 그녀가 신루가 필요한지 물어보려 했었다. 신루라고 정확히 지칭하지는 않아도 그것이 신루라는 것을 모를 만큼 라 제크 2세는 그리 어리석지 않았다. 그러나 신전이 초토화될 정도의 전투며, 하이단과 나눈 대화를 통해 맛본 격렬한 감정이 요 근래 별다른 격동 없이 지냈던 라 제크 2세의 평정심을 완전히 흩뜨려 놓았다. 자연 의문은 뒷전으로 밀려났고 그저 문제 해결에 전전긍긍하게 된 것이다.

애석하게도 라 제크 2세의 사정은 그의 사정일 뿐, 샤이라의 사정은 아니었다. 그녀는 그녀에게 주어진 일만 완수하면 되었다.

샤이라의 계획, 정확히 따지자면 희대의 사기극이었으나 진실을 모르는 다른 이들에게는 일단 아무런 하자가 없었다. 아니, 없어 보였다.

"과연. 칼이야 이제 갓 오러 유저로 진입한 풋내기고 두 아이들에게는 전투력이 전무하니 같이 간다면 오히려 위험해질 수 있으므로 짐을 가지러 가게 해 출구 쪽에서 기다리게 한다? 아주 좋은 계획입니다."

하이단은 감탄하며 손뼉을 쳤고 라 제크 2세는 고개를 끄덕였다. 텔레포트라니. 과연 마법사다운 발상이 아닐 수 없었다. 일단 계획이 잡히자 하이단은 서둘러 준비하기 시작하였다.

우선 곤히 자고 있는 칼을 부드러운 손길로―멱살을 쥐고 좌우로 위아래로 흔들어댔다―깨웠다. 하이단의 상냥한 행동이 별로 마음에 들지 않은 모양인지 칼의 얼굴이 시뻘겋게 변했다.

"젠장! 숨이 막힐 정도로 조르면 나 죽으라는 거유!"

"미안하네. 말을 하지 그랬나?"

"숨이 막히는데 말을 하라굽쇼?!"

만약 인간이 입에서 불을 뿜을 수 있다면 다이아몬드를 단숨에 태워버릴 수 있을 만큼의 열을 내며 길길이 날뛰는 칼의 뒤통수를 살짝 쓰다듬어 강제로 도로 잠재운 하이단은 축 늘어진 그를 어깨에 메고 이번에는 두 아이들을 깨웠다. 물론 하이단의 어깨 위에 의식을 잃고 업힌 칼을 보고 기겁했음은 두말할 나위가 없었다.

잠시 후 겨우 정신을 차린 칼은 뒤통수로 느껴지는 골이 빠개지는 아픔을 달래고자 손으로 열심히 문질렀지만…… 통증이 손으로 문지른다고 가라앉을까? 칼은 자신의 힘으로는 차마 어떻게 할 수 없는 하이단에게 눈을 부라렸다.

"괴물."

"허허! 칼, 자네 무슨 말 했나? 안 들린다네!"

“…….”

연신 귀를 후비며 능청을 떠는 하이단의 모습에 샤이라는 웃음을 지었고 라 제크 2세는 박장대소하였다. 칼은 머리가 돌아버릴 것 같은 충동을 애써 자제해야만 했다.

침울한 분위기를 대번에 역전시켜 버린 덕택에 보다 화기애애한 분위기 속에서 대화를 나눌 수 있게 되었다. 샤이라는 그녀가 세운 계획을 다시 한 번 이야기해 주었고 칼은 퉁퉁 볼이 부었다.

“쳇, 나도 이제 오러 유저라고요. 왜 나만 빼는 겁니까?”

“흐음? 그럼 지금 나랑 붙어볼까? 아니면 세르피아 양과? 성이 안 차면 세이진님과도 어떠한가?”

하이단은 정말로 기쁜 듯 어깨를 풀며 미소를 띠었다. 그 의미심장한 미소를 모르지 않을 칼이 아니었다. 욱한 기분에 일어서려 했지만 하이단의 눈이 세르피아를 가리키고 성진을 향하자 칼은 머리가 차갑게 식는 기분에 자리에 앉았다. 꿈에도 그리던 오러 유저에 도달했지만 아직은 명백히 약했다. 이 일행에서.

하나 칼은 절대로 약한 것이 아니었다. 통계적으로 따져 보면 칼은 대륙에서 상위 3% 안에 속할 정도로 강한 인물이었다. 그러나 칼이 속한 파티가 비정상적으로 강한 터라—마스터 둘에, 오러 유저 둘이니 오죽하랴—그가 상대적으로 약해 보인 것이다. 또한 상대할 자는 대륙에서 가장 강력한 집단인 쉐도우 워커들이니 결국 가장 약한 그가 뒤로 빠진 것이다.

“걱정하지 말게나. 자네에게는 매우 중요한 임무가 기다리고 있으니.”

하이단은 위로한답시고 칼의 어깨를 두드리며 말했다. 칼은 퉁명스레 하이단을 올려다보았다.

"뭔데요?"

"짐꾼."

뿌득—

칼은 애써 화를 자제하며 이를 갈았다. 어금니가 부러지는 듯한 소리에 길리언과 타키안은 흠칫했고 라 제크 2세는 칼의 치아를 걱정하였다. 정작 불을 지핀 하이단은 칼의 등을 연신 두드리며 '농담일세, 농담이야' 라고 말했다.

"농담이고, 진짜로 큰 임무가 자네를 기다리고 있다네."

얼굴에 미소를 싹 지워 버리고 진지하게 말하는 하이단의 모습에 칼은 '더 이상은 안 속아' 를 중얼거렸지만 뭔가를 기대하는 것 또한 인간의 본성이었다. 이번에도 칼은 여지없이 물었다.

"뭔데요?"

하이단은 얼굴을 딱딱하게 굳히며 말했다.

"보모."

"……."

칼은 결국 폭발하였다.

일행은 검을 빼 들고 길길이 날뛰는 칼을 외면하였고 하이단은 부리나케 도망 다녀야만 했다. 전과는 다르게 검에서 시퍼런 오러를 뿜어대니—뿐만 아니라 필살의 결의도 뿜어냈다—상대하기가 훨씬 어려워진 것이다.

하이단의 간절한 눈빛을 간단히 묵살해 버린 일행은 그 뒤로 몇 번 계획을 검토하였고 그동안에 하이단의 여행복 상의가 완전히 절단났다. 결국 성진이 뜯어말림으로써 칼은 검을 집어넣었고 덕분에 하이단은 여행복 하의를 보존할 수 있었다.

성진이 전의법으로 칼에게 쉐도우 워커의 기억에서 읽었던 도시 바깥 통로로 들어올 수 있는 길을 전해주었다. 혹시나 해서 하는 그의 배려였다. 정보가 다 전해지자 샤이라는 하이단이 또다시 칼을 자극하기 전에 칼과 길리언, 타키안을 재빨리 텔레포트시켜 버렸다.

"이런, 작별 인사도 못했는데."

"제 생각엔 하지 않은 지금이 가장 좋은 것이라고 생각됩니다만."

담담히 말하는 성진의 말에 하이단은 단호한 표정으로 고개를 저었다.

"세이진님, 잘못 보셨습니다. 실은 저래도 내심 서운했을 것입니다. 한마디라도 해주는 편이 좋았을 것을."

그 한마디가 심히 우려가 되는 성진이었지만 입밖으로 내지는 않았다.

하이단의 상대가 될 만한 칼이 샤이라의 강제 텔레포트로 사라지자 일은 일사천리로 진행되었다. 지하 통로로 가기 위한 약간의 준비물인 식량만이 필요했을 뿐이었다. 일을 도와주는 사제들은 단지 이들이 번거로움을 피해 마법사의 도움으로 빨리 사라진다고만 알고 있었다. 하지만 시간은 채 해가 뜨지도 않은 새벽녘. 한 마음씨 좋은 사제가 걱정스레 물었다.

"아니, 횃불도 없이 간단 말입니까?"

샤이라는 사제의 질문에 빙그레 웃고는 지팡이를 살짝 흔들었다. 그러자 밝은 우윳빛 광구(光球)가 지팡이 끝에 생기더니 주변을 환히 밝혔다. 어쩌나 밝은지 그 빛이 마치 대낮의 태양 빛 같았다. 샤이라의 행동에 사제는 입을 다물었다.

모든 준비를 끝마치고 떠나려던 찰나 잠시 보이지 않던 라 제크 2세가 나타났다.

"그, 그게 뭔가?!"

모두가 놀라 아무 말도 하지 못했을 때 하이단만이 더듬거리며 물었다. 그도 그럴 것이 라 제크 2세의 모습은 불과 몇 분 전과는 딴판이었다. 풍성한 그랑디아 교황의 법복을 벗어버리고는 스카우터들의 전통 복장인 노란 문장이 새겨진 가죽 갑옷을 걸치고 있었다. 그것도 예복이 아닌 전투복. 그러니 놀라지 않을 수가 있나.

라 제크 2세의 육신은 과연 스카우터다운지라 잘 단련된 근육이 하드 레더 밑으로 여실히 드러났다. 받쳐 입은 흰 셔츠며 짙은 초록빛의 바지 밑으로 바윗덩이 같은 단단한 근육에 음영이 드리워져 있었다.

그 누가 그를 보고 교황이라 말할 것인가! 스카우터들을 이끌고 있는 '첫 번째 활(First Bow)' 조차도 라 제크 2세의 지금 모습에 비하면 풋내기라고 평해야 할 정도였다.

저 놀라운 육신이 그동안 그랑디아 법복 밑에 티나지 않게 숨겨져 있었다는 게 믿겨지지가 않았다. 도대체 그 법복은 환상 마법이 부여된 법복이라도 된단 말인가?

그런 일행의 놀람에도 아랑곳하지 않고 도리어 그들의 반응에 기분이 좋은지 라 제크 2세는 살며시 미소를 지었다.

"그간 놀고 먹어 배에 살이 쪄서 은근히 걱정했었는데. 허헛, 그렇게 놀란다면 저 친구는 괴물이겠군요."

라 제크 2세는 넌지시 하이단을 가리키며 말했다. 샤이라는 잠시 라 제크 2세의 얼굴을 쳐다보더니 물었다.

"그건 하이단의 질문에 대한 적절한 답이 아니었다고 생각됩니다만."

샤이라의 물음에 라 제크 2세의 얼굴에 어려 있던 웃음기가 사라지 더니 엄숙한 기운이 감돌았다. 라 제크 2세는 무겁게 입을 떼었다.

"따르려 합니다. 교단의 브물을 찾는 데 교단의 인물조차 가지 않는 다면 이치에 닿지 않습니다. 제 의무를 다하기 위해 여러분과 같이 가 겠습니다."

솔직히 그랑디아 교황만한 인물이 따른다면 일행의 전투력 향상에 큰 도움이 된다. 역대 교황 중 손가락으로 꼽을 수 있다고 정평이 난 인물이니 그 강함은 오죽할까. 하지만 샤이라는 내심 당혹해했다. 그 녀의 목적은 신루를 게일에게서 되찾아 모디프스에게 가져다 주는 것. 그녀에게는 아무런 사심이 없다고 하지만 물건의 주인 된 자의 입 장에서 보면 그것은 도둑의 물건을 다시 강탈하는 도둑과 다를 바 없 었다.

스메티아 건과 같이 도주해 버리면 좋겠지만 이번 경우는 그럴 수조 차 없었다.

낭패감에 샤이라는 라 제크 2세를 설득하려 했지만 의외로 하이단이 나섰다.

"이보게, 유노. 자네 뜻은 좋지만 말이야, 이번 경우는 아니라고 생 각하네. 기둥은 움직이지 않아. 사지(死地)에 들어가는 것은 우리로 족 해. 흔들리지 말게나. 의무를 다하지 못한 것이 아니야. 실리를 추구하 겠나, 명목을 추구하겠는가? 자네는 저들의 지주. 자네가 사라진다면 어찌하려고."

하이단의 진솔한 말을 라 제크 2세가 모를 리 없었다. 따라나선다고 결심하고 무장까지 갖추고 나왔지만 막상 하이단의 말을 들으니 흔들 리는 것은 어쩔 수 없었다. 그는 기둥이었다. 지금과 같이 도무지 설명할 수 없는 일을 당해 그들의 보금자리까지 망가진 마당에 그마저 사라진다면 신도들과 사제들의 동요는 얼마나 클 것인가? 그렇다고 따라나서지 않을 수도 없었다. 신루라는 것은 교단의 권위이자 신념. 어찌 외인(外人)의 힘을 빌려 보물을 되찾기만을 바랄 것인가. 그것은 죄악이오, 여신의 믿음을 저버리는 행위였다.

신도이냐, 의무이냐.

라 제크 2세는 미간을 좁히고 잠시간의 침묵에 빠져들었다. 이윽고 결정을 내린 라 제크 2세는 결연한 표정으로 말했다.

"아닐세. 기둥이란 때로는 무거운 짐을 떠받드는 것. 가장 강하고 튼튼한 기둥을 만들어놨는데 무거운 천장을 받치지 않는다면 그 밑에 자라나는 자식들은 어이할 것인가. 나에게 기둥이라는 권위가 있으면 받친다는 의무도 있는 법. 내 스스로 의무를 회피한다면 난 더 이상 자격이 없어. 거기에 우리 교단의 사제들은 그리 나약하지 않다네. 나 이외에도 고위 사제라는 훌륭한 기둥이 있는데 내가 가지 않는다면 어찌하란 말인가."

뜻이 정해졌으니 어찌 막으랴. 라 제크 2세와 하이단의 대화를 모조리 들었던, 지금껏 일행의 준비를 도와주던 두세 명의 사제들의 눈시울이 붉어졌다.

정확한 사정은 모르지만 분위기로 보아 녹록치 않은 무리들에게 신루를 빼앗긴 것쯤은 알 수 있었다. 하물며 그곳이 사지라 하였으니 얼마나 위험할 것인가.

장로라고 이름 붙은 이 고위 사제들의 눈시울이 붉어졌다. 그들은 오십 줄이 넘어선 자신들이 왜 이렇게 하찮은 여행 준비를 도와야만 하는지 깨달았다. 극도의 비밀을 요하기에, 믿을 수 있는 사람이기에.

뒤를 맡길 수 있는 사람이기에.

교황은 뒷일까지 생각하고 있었던 것이다. 하이 프리스트라 불렸던 것이 부끄러울 지경이었다. 잠시나마 하찮은 일로 장로들을 부린다고 내심 불만이 쌓였던 것이 눈 녹듯 사그라졌다.

샤이라는 라 제크 2세를 더 이상 말로 설득할 수 없다는 것을 알았다. 무슨 수로 막을 것인가. 주인 된 자가 잃어버린 물건을 찾으러 가겠다는데. 거절할 명목도 없었다. 샤이라는 조용히 한숨을 내쉬며 고개를 끄덕였다. 라 제크 2세는 환한 미소를 지었다.

"승낙해 주신다니 감사할 따름입니다. 앞으로 유노라고 불러주십시오. 잠시지만 말입니다."

눈가에 주름이 맺힐 정도로 함박 웃는 모습이 가히 나쁘지는 않았다.

―결국 따라나서는군요. 이제 어찌하시렵니까?

샤이라의 마음속으로 성진의 뜻이 전해져 왔다. 다분히 장난기가 배어 있는 말투. 마치 곤경을 즐기는 듯해 보였다.

―땅을 파면 언젠가 물이 나온다 했으니 수가 생기겠지요.

'궁하면 열린다'라는 속담의 이곳 식 표현인가? 성진은 자기도 모르게 살며시 미소 지었다. 그리고 그런 성진의 모습을 세르피아는 구석의 어둠 속에서 조용히 바라보고 있었다.

라 제크 2세, 아니, 유노는 뒤를 돌아보며 조용히 말했다.

"들으셨습니까."

"그렇습니다, 예하."

"잘 부탁드립니다."

달리 무슨 말이 필요할까. 그것으로 족했다. 그것으로 유노는 할 말을 다 했고 고위 사제들은 모든 것을 이해했다. 유노는 살짝 목례를 취하고는 알 수 없는 곳으로 뚫려 있는 지하 통로로 향했다.

"자, 이제 가지요."

이렇게 다소 복잡한 과정을 통해 일행은 이윽고 지하 통로로 들어설수 있었던 것이다. 과연 끝없다는 말이 무색하지 않게 몇 시간 동안 내려와도 온통 계단뿐이었다. 그러던 차에 놀랍게도 세르피아가 질문을던졌다. 이 지하 통로의 기원에 대해 아는 것이 있느냐고 말이다. 그에대해 샤이라는 지하 통로 이야기를 하지 않고 도리어 에크라노의 기원에 관한 이야기를 한 것이다.

하이단이 일으킨 작은 소란은 일행에게 작은 활기가 되었다. 지루하기 짝이 없는 계단을 긴장한 채로 몇 시간 동안 내려가던 차이니 오죽반가울까. 유노는 아무 말도 없이 빙그레 웃으며 하이단의 어깨를 두들겼고 하이단은 그런 유노의 손등을 꼬집었다.

"흠흠, 하여간 이 수상쩍은 지하 통로와 그 고대 전설이 무슨 관계가있다는 겁니까?"

유노의 필사적인 방해에도 불구하고 끝끝내 화제를 돌리는 데 성공한 하이단은 고개를 살짝 돌려 유노에게 혀를 내밀었다. 저게 나이 마흔다섯 살이나 먹은 어른이 할 짓인가? 샤이라는 어이없다는 듯 보았다.

독실한 믿음을 가진 자는 그만큼 순수하다더니 그 말이 맞는 듯 보였다. 하지만 키가 일반인을 훌쩍 넘는 근육질의 두 사내가 그런 장난을 치니 만약 칼이 봤다면 배꼽을 잡고 웃었을지도 몰랐다.

'칼이 이 자리에 없는 게 매우 유감이군.'

성진의 생각만은 아닌 듯 세르피아도 살짝 웃었다. 워낙 디세하게 웃은지라 성진도 작은 공기의 떨림으로 그녀의 웃음을 눈치 챌 수 있었다. 성진은 걸음을 살짝 늦춰 바로 등 뒤를 따라오는 세르피아의 옆에 다가섰다. 세 사람이 나란히 걸어도 될 만한 넓은 통로이지만 세르피아는 일행의 맨 뒤에서 걷는지라 성진이 세르피아의 걸음에 발을 맞추자 일행의 가장 끝이 되었다. 자연 하이단과 유노, 샤이라의 눈에서 벗어날 수 있었다. 성진은 그녀의 손을 살짝 잡았다.

순간 세르피아의 몸이 경직되었지만 손을 빼지는 않았다. 그녀의 손은 매우 차가웠다. 성진은 공력을 운용하여 따스한 기운을 그녀의 손에 불어넣었다.

─당신이 무엇 때문에 고민하는지 저는 잘 알지 못합니다. 하지만 언제나 고민만 하다가는 도리어 올바른 판단을 할 수 없지요. 웃음은 고통을 잠재우는 달콤한 꿀이니 때로 고민을 잊고 웃는 것도 좋은 해결책이 될 겁니다. 비단 웃음뿐만이 아닙니다. 있는 것을 그대로 받아들이는 것도 좋은 길 중 하나입니다.

따스함과 조언을 남겨두고 성진은 다시 걸음을 빨리하였다. 성진의 가슴을 울리는 말에 잠시 멍해 있었던 세르피아는 성진의 손이 떠나가자 저도 모르게 붙잡으려다가 자신이 무슨 짓을 하는지를 깨닫고는 화들짝 놀라 손을 놓았다.

앞으로 간 것이 아니었다. 단지 그녀보다 두세 걸음 앞서 걷고 있었다. 그런데 조금 전보다 더욱 가까이 느껴지는 이유는 뭘까.

언젠가 성진이 말하기를 생각이 바뀌면 보이는 것이 바뀐다 하였다. 과연 그 말이 맞는 듯하였다. 성진의 조언에 마음속에 꿈틀거리는 갈등을 접어두기로 했다. 엘프란 놀라운 종족이었다. 일단 접어두기로 결심하자 인간이라면 도저히 떨쳐 버릴 수 없는 미련을 깨끗이 마음 한구석에 밀어 넣어버린 것이다. 그리고 나서 현실을 받아들이며 웃음을 웃음으로 받아들이자 세상의 모든 근심을 다 가졌을 것만 같았던 것이 가벼워 보이는 것이 아닌가.

엘프가 과연 이러한 감정을 가졌을까 하는 생각도 들었지만 그녀에게 큰 교훈을 준 그 늙은 사제의 말이 떠올랐다.

세상에 모자란 것은 있을지언정 없는 것은 없습니다.

과연 그 말은 옳았다. 엘프에게 감정이 없었던 것이 아니었다. 최근 들어 절실하게 느끼고 있는 것들이다. 다만 그것이 비정상적인 엘프에게 일어나는 것이라 치부하고 억누르려 했던 것이 결국 화근인 것이었다.

'받아들여라' 라는 단 한 마디의 말. 그 단 한 마디 말이 촉매 같은 역할을 하였다. 나중은 어쩔지 몰라도 지금은 더없이 편안했다.

'그래, 있는 그대로 받아들이자. 내가 가진 의문에 옳고 그름이 있다면 그것은 언젠가 나타날 일. 지금 고민한다고 도움이 될 것이 아니야.'

세르피아는 성진의 등이 더없이 커다랗게 보였다.

뜻하지 않게 세르피아의 갈등은 잠시 풀렸지만 하이단의 호기심은 아직 풀리지 않았다. 미묘하게 웃고 있는 샤이라의 얼굴을 보자니 그 호기심이 도리어 맹렬히 타오르기 시작하는 것이 아닌가?

"웃지만 말고 가르쳐 주시라니깐요. 사람 답답해 죽는 거 보려 하십니까?"

"흠. 그러면 재미없잖아요. 당신의 친구는 지금 골똘히 그 문제를 고민하지 않습니까? 자자, 머리를 굴려야 더욱 현명해진다 했으니 생각해 보세요. 어차피 갈 거라는 기니 딱 좋군요."

"끄응."

하이단은 얼굴을 붉히며 긴 한숨을 토해냈다. 기실 그는 머리를 굴리는 것을 싫어했다. 고난이도의 계산을 요하는 법력을 다루는 자가 할 소리라고는 생각되지 않는 것이었지만 그것이 사실인데 어찌하랴. 따지고 보면 법력은 현 휘라인 교단의 교황이자 그를 길러준 시라이 4세를 크게 놀라게 해주고 싶어서 각오를 하고 익힌 것이다. 다행히 그의 머리가 비상해서 법력을 익히는 데 성공했지만 애석하게도 시라이 4세는 그보다 강했다. 훨씬!

입이 한 자나 튀어나온 하이단은 퍼즐 조각마냥 어지럽게 널려 있는 온갖 단서들을 하나둘씩 짜맞춰 보기 시작하였으나 이내 그의 머리에 절망하고 말았다.

비록 짧은 시간이었지만 하이단은 처절하게 깨달았다. 그의 두뇌는 연산에는 매우 탁월하였지만 추리 쪽에는 영 맹탕인 것을.

그에 비해 유노는 하이단보다는 양호하였다. 스카우터들의 필수 항목 중의 하나가 바로 추적이었다. 남겨진 단서를 보고 상황을 유추해내는 능력은 타의 추종을 불허하였다. 그러나 양호하기는 했지만 월등하지는 않았다. 빈약한 단서, 두언가 잡힐 듯하였지만 안개 속에 가려진 듯 희미하기만 하였다. 유노는 차라리 들개 한 마리를 광대무변한 대평원에 풀어놓고 찾으라고 하는 편이 더 쉬울지도 모르겠다고 생각했다.

유노마저 곤혹스러운 표정을 짓자 성진이 샤이라에게 말했다.

"너무 어렵군요. 조금 더 단서를 준다면 좋겠군요."

"흐음. 그런가요? 그럼 반칙인데."

샤이라의 말에 하이단은 얼굴을 일그러뜨리며 속으로 중얼거렸다.

'젠장. 빈약한 단서로 맞추라는 것 자체가 반칙이라니깐.'

샤이라는 살짝 웃으며 검지를 쭉 뻗어 흔들었다.

"흠. 이와 유사한 계단 형태가 또 있어요. 단지 그 끝에는 지하 수로라는 고대인이 만들어놓은 것이 있지요. 제가 알기로 주변에 물 한 방울 나지 않는 에크라노는 그 지하 수로에서 물을 끌어 올려 사용한다고 하네요. 사용한 물도 고대인들이 만들어놓은 하수도를 통해 어디론가 사라진다고 하더군요. 요컨대 상하수도 시스템이라 하던가? 그렇다고 하네요."

"……."

도대체 무슨 소리인가. 저게 힌트야? 하이단은 황당하다는 표정으로 샤이라를 보았지만 샤이라는 그게 힌트라는 듯 진지하게 고개를 끄덕였다. 하이단은 도대체 연계가 되지 않는 단서에 머리를 부여잡았다.

"크악! 그건 또 무슨 소리란 말입니까?! 전설이 사실이라고 하면 분수가 땅에서 솟아난 게 사실이고 예전부터 지하에 상하수도가 존재했다고 하니 이 지하 통로는 그럼 무슨 지하 도시로 이어진 계단이란 말이우?!"

"……!"

유노는 눈을 동그랗게 뜨고 하이단을 보았다. 유노의 놀란 시선을 느낀 하이단도 그가 성질에 못 이겨 내뱉은 말이 무슨 뜻인지 눈치 채고 유노를 마주 보았다.

언뜻 생각해 보니 말이 되었다. 얼떨결에 내뱉은 말이었지만 따지고 보니 말이 되었다. 도시가 성장하기 위해서는 상하수도가 필수이다.

그리고 땅속에서 느닷없이 솟아난 조형물.

도대체 뭐가 뭔지 정확히 이해할 수는 없었지만 말이다.

"저도 그렇게 생각하고 있어요. 아직 확신은 없지만 말입니다."

하이단은 굵은 신음을 토해내며 말했다.

"끄응. 이거 눈 감고 휘두른 칼로 오크 잡은 격이군."

아무렇게나 내뱉은 말이 실은 답과 가깝다고 생각하니 신통할 노릇
이었다. 유노는 그런 하이단의 어깨를 두드렸고 하이단은 언제 시간이
나면 얼마 전 칼이 말했던 점장이가 되어보라는 말을 심각하게 고민해
보기로 마음먹었다.

"이상하지 않습니까?"

샤이라의 말에 일행은 전부 그녀를 보았다. 샤이라는 어둠을 드러내
고 있는 저 깊은 지하를 향하는 계단을 응시하고 있었다.

"지금은 창세력 8012년. 누가 주창했는지는 알 수 없으나 언제부터
그렇게 불리고 있어요. 그리고 제2기라는 말. 그렇다면 1기도 있을 터.
우리가 고대 제국이라 불렀던 '한' 조차도 멸망한 지 이천 년 전. 건국
연도조차 몰라 제국 '한'이 얼마나 존속했는지 모릅니다. 또한 그때
문자도 지금과 매우 달라 그대어라 분류하여 연구하고 있는 마당이지
요. 그럼 그 이전은 뭘까요. 고대? 초고대?"

샤이라는 지팡이를 모로 쥐어 앞으로 내밀었다. 그러자 더욱 환한
빛이 계단 앞쪽으로 쏟아지며 어둠을 물리쳤다.

"언제인지는 모르겠지만 일정 시간이 지날 때마다 역사의 단절이
있었습니다. 보관해 놓은 사서가 불타 사라지고 유적이 파괴되었지
요. 그나마 에크라노에 고대 제국 '한'의 흔적이 가장 많이 남아 있
기에 망정이었지 그조차 아니었다면 '한'은 단순히 전설로서 우리가

들었을 것입니다. '한' 조차 그럴진대 그 이전의 역사는 어떠할까
요."

  샤이라의 말에 모두들 침묵하였다. 그도 그렇다. 그들에게 있어서
과거는 미지. 고대의 물품이라 하여 맹목적으로 좋아하거나 받을 뿐
그 '고대' 라는 것이 어느 시대였다는 것을 알아내기란 참으로 힘들었
다. 서적조차 드물었고 유적은 더욱 드물었다.

  생존에 급급하기에, 현재를 끌고 가기조차 벅차기에 신경 쓰지 않았
다. 하지만 생각해 보니 너무 이상하지 않은가?

  성진도 그에 대해 큰 호기심을 느꼈다. 말을 들어보니 이들의 역사
단절은 지구보다 더 심한 듯하였다. 지구에서의 인류 역사는 면면이
이어졌다. 암흑 시대라 하여 옛것이 불타고 은폐되는 그때라 하더라도
지구 반대 편인 동양에서는 그 나름대로의 역사를 꾸준히 이어 나가고
있었다. 역사 곳곳에서 조작이 되긴 했지만 수많은 참고 자료로 원래
의 역사로 바꾸어놓기도 하였다.

  옛것은 망각하기 쉽다라고 단순히 생각하기에는 너무나 괴이하였
다. 샤이라의 말을 참고하자면 그야말로 단절. 새하얀 공백이었다.

  "역사학자들 중 그 누구도 그와 같은 고민을 하지 않을 수가 없었습
니다. 하지만 뾰족한 수가 없었어요. 자료가 없으니 추론조차 할 수 없
지요. 단순히 부서져 버린 유적을 보고 그 시대가 어떠했을 것이라고
만 막연히 생각했을 테지요."

  샤이라는 벽을 손으로 쓸었다. 정체조차 알 수 없는 돌들이 빈틈없
이 꽉 맞춰져 머리칼 하나 들어갈 틈조차 보이지 않았다.

  "그 누가 이런 통로를 만들었을까요. 누가 이런 깊이로 건축물을 만
들었을까요. 지금 기술로는 어림도 없을 텐데."

처음에는 흔히 볼 수 있는 통로여서 누구도 신경 쓰지 않았지만 지금은 달랐다. 어느새 벽들은 청색을 띤 돌들로 빈틈없이 짜맞춰져 있었고 계단은 갈색 광택을 뿜으며 샤이라가 만든 빛을 반사했다.

"으음……."

하이단은 무거운 신음을 토해냈다. 생각해 보니 모든 게 이상했다. 의문은 한번 싹트면 걷잡을 수 없는 것인지라 당장 하이단과 유노의 미간에는 깊은 주름이 생겨났다. 샤이라는 그런 그들의 얼굴을 바라보며 말을 이었다.

"그래서 저는 생각했어요. 혹시나 우리가 알지 못하는 그 옛날 사람들이 이 계단 끝에 무언가를 만들지 않았을까 하는. 하지만 추측에 불과합니다. 저도 모든 것을 들었을 뿐, 실제로 본 적은 없으니까요."

"샤이라, 그 모디프스라는 드래곤은 그에 대해 아무런 말도 하지 않았습니까?"

샤이라의 말이 끝나기가 무섭게 성진이 물었다. 만년의 생을 살아왔다는 그 용. 그러면 뭔가를 틀림없이 알고 있을 것이다. 그러나 과거의 일을 모르는 것으로 봐서는 모디프스는 그에 대해 단 한 마디도 꺼내지 않은 것이 분명하였다.

"하지 않았어요. 질문하였지만 답하지 않았지요. 그것이 그의 의지. 제가 간섭할 수 있는 차원의 것이 아니지요."

무표정한 얼굴로 말하였지만 음색에서는 아쉬움이 가득 배어 있었다. 그때 일만 생각하던 아쉬울 따름이었다. 마법사의 호기심이 오죽 강하랴. 호기심을 채우기 위해서라면 금으로 만든 산이라도 팔아치워 마법 실험을 하는 족속들이니 말이다.

그때 성진은 뭔가 이상한 것을 느꼈다. 희미했지만 뭔가가 달라졌다. 성진은 입을 열어 그에 대해 말하려던 찰나 세르피아가 그녀 특유의 나이트 비전으로 어둠 저편을 뚫고 무언가를 보았다.

"계단이 끝나갑니다. 평지가 보이네요."

세르피아의 말에 성진을 제외한 일행의 발걸음이 빨라졌다. 삽시간에 계단을 내려가니 과연 평지가 나왔다. 어둠 속이라 캄캄했지만 바닥은 분명 계단이 아니었다. 샤이라의 지팡이에서 뿜어져 나오는 빛이 닿는 곳도 평평한 지대였다. 계단이 끝난 것이다.

"무슨 소리가 들리네요."

세르피아는 무슨 소리를 들었는지 귓가로 손을 가져갔다. 귓바퀴 뒤로 손을 모으더니 귀를 쫑긋거렸다. 인간이야 그렇게 하더라도 소리가 더욱 잘 들릴 턱이 없지만 엘프는 다른가 보다. 세르피아는 미세한 소리를 들었다. 어디선가 익히 들어본 소리.

이것은…….

"물 흐르는 소리가 들립니다."

난데없이 무슨 소리인가? 이런 곳에서 물 흐르는 소리라니. 세르피아의 때 아닌 소리에 유노와 하이단은 휘둥그레진 눈으로 그녀를 보았다. 일행의 귀에는 아무런 소리도 들리지 않았지만 성진도 그와 비슷한 소리를 들었다. 공력으로 청력을 높이니 역시나 물 흐르는 소리가 들리는 것이다. 성진마저도 고개를 끄덕이자 샤이라가 지팡이를 조금 높이 쳐들며 흔들었다. 밝은 빛과 푸른 입자가 지팡이에서 튀어나오더니 파문을 그리며 어둠 속으로 퍼졌다.

"저쪽에 물이 있군요."

혹시나 모를 안전을 위해 일행은 그 자리에 서 있었고 샤이라가 지팡이를 휘둘렀다. 그러자 지팡이 끝에서 밝은 빛의 구슬이 만들어지더니 그녀가 가리킨 방향으로 날아가며 빛을 뿌렸다.

샤이라가 만들어낸 빛이 처 삼십 야드를 날아가기도 전에 무언가가 나타나자 그녀는 구슬을 멈추고 그 자리에서 커다란 빛을 뿜게 만들었다. 그러나 그 자리에는 그들이 찾던 물은커녕 그저 커다랗고 둥근 기다란 관만 있을 뿐이었다.

그 광경에 일행은 서로를 쳐다보더니 누가 뭐라 할 것도 없이 그곳으로 달려갔다. 역시나 다를까. 물은 보이지 않았다.

"아니, 도대체 물이 어디 있는 거지?"

"이상하군요. 분명히 물이 저쪽에서 이쪽으로 흐르고 있었는데."

샤이라가 손끝으로 어둠 저편을 가리키더니 일행 뒤쪽을 가리켰다. 성진은 옆에 선 커다란 관을 찬찬히 뜯어보았다. 재질은 알 수 없었다. 손으로 가볍게 치자 둔탁한 울림이 퍼졌다. 일단은 금속 재질은 아닌 듯 보였다. 샤이라가 가리킨 방향을 따져 보니 이 거대한 관이 나 있는 방향과 같았다.

"이건… 수도관 같군요."

샤이라가 의문스러운 표정으로 물었다.

"수도관이라고요?"

성진은 고개를 끄덕이며 그의 신장보다 더 큰 조형물을 두들기며 말했다.

"밑과 위가 뚫린 커다란 원통을 이어 그 속에 물이 흐르게 하는 겁니다. 그러면 손실도 없을뿐더러 위생상으로도 매우 좋죠."

그때 말없이 거대한 수도관을 쳐다보기만 하던 유노가 뭔가가 생각난 듯 관자놀이를 살짝 문지르며 탄성을 토해냈다.

"아! 언젠가 국정 관계자에게 들은 적이 있습니다. 에크라노의 생명을 책임지는 물은 지하 수로에서 가져온다고 말이지요. 도대체 그 구조를 알 수 없기에 마법사와 학자들까지 끌어 모아 탐색해 봤지만 고개를 흔들었다고 하더군요. 과거 어느 마법사가 구조물에 손을 댔다가 뭔가가 잘못되었는지 물 공급이 하루 동안 끊긴 적이 있다고 하더군요. 그 뒤로는 간간이 누군가가 침입하지는 않았는지 탐색대만 지하 수로를 정찰할 뿐 일체 손대지 않았답니다. 그 관계자가 이야기했던 지하 수로의 모습이 이와 매우 비슷하군요."

그러면서 신기한 듯 수도관을 만졌다. 차가운 한기만 느껴질 뿐이었지만 유노에게는 경이로 다가왔다.

"에크라노 설립 이전부터 존재했다고 알려졌었는데. 물 흐르는 모습도 보이지 않는다고 했는데 과연 그러하군요. 이 눈으로 볼 줄이야. 정말 감격스럽군요."

유노의 말에 하이단은 턱을 매만지더니 미간을 찌푸렸다.

"이보게, 유노. 자네에게는 좋은 소식일 테지만 일행에게는 좋은 소식이 아니라고. 본래 이 길은 끝없이 이어진 계단이라고 하지 않았나. 그런데 지하 수로가 나왔다는 건 분명히 길을 잘못 들어선 것이라고. 외길 끝에 다다른 곳이 다른 곳이라니. 거참!"

어이가 없다는 듯 헛웃음을 터뜨린 하이단은 팔짱을 끼고는 그 커다란 수도관에 몸을 기댔다. 뭔가가 잘못되어도 크게 잘못되었다. 외길을 걸어 다른 곳에 도착하다니. 이것 참 마법 같은 일이 아닌가?

"……!"

마법?

"혹시 마법은 아닐까요?"

무엇이 그리 이상한지 한참 동안이나 두들겨 보고 만져 보고 냄새를 맡아보고 심지어 핥아보기까지 한 샤이라가 끝끝내 호기심을 참지 못하고 이 수로관을 때려부숴 그 내부를 알아보기 위해 작정하고는 마법을 행사하려던 찰나 하이단이 질문하였다. 본의 아니게 에크라노를 위기에서 구해낸 하이단의 이 영웅적인 행위에 샤이라는 아쉬운 듯(!) 수도관을 쳐다보더니 고개를 흔들었다.

"마법은 아닙니다. 뭔가가 이상이 있었으면 제가 느꼈겠죠. 하지만 제 내부의 마력의 흐름도 이상이 없고 주변에 흐르는 에너지에도 별다른 이상은 없었습니다."

아까 걸어 내려오던 중 에너지의 흐름이 살짝 변하기는 했지만 그것은 자연계에서도 일상적으로 일어나는 것이었다.

성진은 그가 느꼈던 것이 이와 관계되어 있다는 것을 알아차렸다. 무언가 달라진 것. 그렇다면 공간이 비틀린 것인가? 성진은 일행에게 말했다.

"일단 우리가 왔던 그 계단으로 돌아갑시다."

그러자 세르피아가 고개를 흔들며 말했다.

"그러고 싶지만 계단이 있던 장소가 사라졌습니다."

자세히 보니 일행이 왔던 계단은 온데간데없이 사라졌고 벽으로 단단히 가로막힌 게 아닌가? 성진은 일행이 내려왔던 계단이 있는 곳으로 걸어가 벽을 만져 보았다. 분명히 손으로는 딱딱한 석재의 느낌이 들지만 이것은 진짜가 아니었다. 무언가 괴리감이 느껴졌다.

"이건 도대체……. 이해가 되지 않는군요. 분명히 거짓이라는 것은 알고 있는데 느껴지는 것은 진짜라니."

샤이라가 연신 벽을 두들겨 보고 심지어 마법으로 확인해 보았지만 엄연히 그것은 벽이었다. 성진은 벽에 손바닥을 댄 채 예전에 느꼈던 변동을 되새겨 보았다. 손바닥으로 벽을 더듬는 도중 미세한 균열이 느껴졌다. 성진은 눈을 뜨고 벽을 보았다. 그러나 벽에는 아무런 균열도 없었다. 그렇다면 그가 느낀 건 무엇인가?

"이건……. 재미있군요. 공간을 다룰 수 있다니."

무거운 침묵에 모두가 젖어 있을 때 성진의 말이 그 고요를 깼다. 무엇을 알았단 말인가? 성진의 말은 분명 무언가를 알고 놀랍다는 식의 표현이었다. 모두의 눈이 의혹에 가득 차 성진을 바라보자 그는 이것을 어떻게 설명해야 할지 잠시 고민하였다.

이윽고 어떻게 설명할지를 결정한 성진은 일행에게 손바닥을 펴 보였다.

"잘 봐요. 이제부터 제 손바닥을 지금 우리를 가로막고 있는 벽이라고 생각하십시오. 통상 공간상에서 벽을 만들 때는 그냥 쌓으면 됩니다. 벽돌로 담을 쌓듯 그냥 쌓으면 되지요. 우리는 그 담을 뚫을 수 없습니다. 왜냐면 담이 우리를 가로막고 있기 때문이지요. 일자로 쌓은 벽이 일자로 보이는 이유는 안정된 공간 속에 벽이 존재하기 때문이지요. 만약 일그러진 공간이라면."

성진은 손바닥을 살짝 접어 'ㅅ' 자 형태를 만들었다.

"이렇게 일그러지게 보입니다. 여기서 보다 심층적인 추가 설명이 필요하겠지만 이만 넘어가지요."

본래대로라면 공간상에 질주하는 빛이 일그러져 우리 시신경에 인식되는 과정까지 설명해야 할 것이지만 성진은 샤이라를 제외한 일행의 눈빛을 보고 넘어갔다. 도저히 이해하지 못하겠다는 눈빛, 역시 이것은 과학적 지식이 바탕이 되어야 가능한 설명이었다. 때문에 성진의 가르치는 방식이 나쁘다는 것은 결코 아니었다. 성진은 검지와 검지를 붙인 상태로 손바닥을 일행들이 볼 수 있게 펼쳐 보였다.

"가장 중요한 지금 우리가 있는 공간에 대한 설명입니다. 이 공간은 특수합니다. 벽이 존재하는 공간이 두 개지요. 그러나 우리가 인지하기에는 하나입니다. 공간은 눈에 보이지 않는 것. 제가 손바닥 하나로 펼쳐 보인 평면과 이 나란히 붙인 손바닥 둘로 펼쳐 보인 평면도 하나입니다. 즉 두 개의 공간이 붙어 있다는 소리입니다. 그리고 그 접합면은 균열처럼 미세한 흔적이 남아 있고요. 이해하시겠어요?"

"아……. 무, 물론입죠!"

하이단이 잔뜩 굳은 얼굴로 애써 웃음 지으며 대답하였다. 제 딴에는 설명한 성진이 무안해하는 것을 배려하기 위한 것이었지만 도저히 알지 못하겠다는 기색을 뿜어내며 그런 말을 한다면 전혀 쓸데없는 짓이었다. 그렇기에 유노는 부끄러워 이마를 감싸 쥐었고 세르피아는 단호하게 말했다.

"모르겠습니다."

솔직히 알아봤자 그녀에게 도움 되는 것도 없었다. 하이단과 유노도 호기심이 사그라졌다. 호기심을 해결하기 위해서는 알아야 하고 알기 위해서는 지식이 필요한데 그 지식이라는 놈이 넘볼 수 없을 만큼 어려운 놈이니 질려 버린 것이다.

그러나 샤이라만은 눈을 반짝였다. 어떡해서든지 자신을 납득시켜 달라는 무언의 시위. 성진은 쓴웃음을 짓고는 고개를 저었다. 납득시킬 수 없을 때는 그저 행동으로 돌파해 버리는 것 또한 한 방법! 성진은 눈앞을 가로막는 이 기가 막힌 장애물을 갈라 버리기 위해 창생력을 사용해야 했다.

쓴웃음을 짓고 고개를 젓던 성진은 두 손을 모아 벽에 가져갔다. 그리고 과거 그가 만들어놓았던 아공간을 운집하여 균열 지점에 밀어 넣었다.

"뭐 하는 겁니까?"

돌연 성진의 행동에 어리둥절한 표정을 지은 하이단이 물었다. 성진은 여전히 벽을 바라보며 천천히 손을 놀렸다.

"가야지요, 그 계단으로. 우리가 계속 나아가야 했을 곳으로."

성진은 천천히 숨을 골랐다. 광혈을 토해낼 만큼 치명적인 상처를 입은 이후 처음으로 운용해 보는 것이었다. 영이라는 것은 신기하였다. 상처가 순식간에 생겼다가 지워지지 않을 만큼 오래 지속되기도 하였지만 어떤 계기를 맞으면 순식간에 아문다. 도리어 더욱 강해져 인간의 한계를 초월했다고 일컬어질 만큼 강인한 정신력을 뿜어내기도 하였다.

절망 속에서 일어선 사람이 강인한 정신력을 가지는 것처럼 비록 타의에 의해 훼손되었지만 자신도 어느 순간 무언가를 뛰어넘어 상처를 극복하였다. 만약 된다면 지금까지 부족해서 하지 못했던, 혹은 깨닫지 못해 사용하지 못했던 다양한 기법, 새로운 힘이라 칭해도 좋을 만큼 놀라운 운용법을 사용할 수 있을 것이리라.

때문에 성진은 경건했다. 그 어느 때보다 더욱 투명하고 맑은 정신으로 주변의 창생력을 느끼고 거두어들였다. 몸에서 떨어져 나간 창생의 인이 세상에 뿌려놓은 그의 힘. 그가 원하자 힘들이 움직였다.

의지가 힘이 되어 주변에 퍼져 나갔다. 그러자 주변에 널려 있던 창생력이 진공청소기에 빨려 들어가듯 성진에게로 빨려 들어가는 것이었다. 매우 짧은 시간, 그것도 매우 적은 양에 불과하였지만 창생력을 운용하기 위한—그러나 하이단은 그것을 법력이라 믿고 싶었다. 쓸데없는 믿음이지만—코어(Core)를 가지고 있는 하이단에게는 무시무시한 기세였다.

'으음…….'

언제 느껴도 소름 끼치는 감각이었다. 늘 주변에 느껴지는 그것들이 성진에게 폭풍처럼 빨려 들어가 주변에 아무것도 존재하지 않을 때에는. 한순간 공간상에 창생력이 완전히 배제되어 버리는 그 감각. 역시나 진실로 다루는 것과 빌려 쓰는 것은 엄연히 다른 것이었다. 그런데 이토록 강력한 그분의 증거가 실은 그들의, 교단의 착각이었다니. 거짓이라니. 언제나 느끼는 것이지만 그 공허 뒤에 찾아오는 것은 참담함이었다.

하이단은 애써 그 같은 마음을 억눌렀다.

며칠 동안 단절되어 있어서 새롭게 느껴졌을까? 그 어느 때보다 확연히 다가왔다. 그가 원하는 대로 그가 생각하는 대로 움직일 것만 같은 창생력은 성진의 손길을 느끼자 그 강인하고 폭발적인 힘을 억누르며 으르렁거렸다. 그의 가슴속에서, 그의 머리 속에서, 그의 손 위에서 연신 쪼개지고 비틀려지고 늘여지고 줄어들었다. 마치 아메바처럼 살아 있는 듯 꿈틀대었다.

하이단은 그것을 볼 수 없었다. 그러나 느낄 수 있었다. 머리털이 곤두설 것만 같은 숨 막히는 지배력이 성진의 손길에 따라 꿈틀거렸다. 예전에 느꼈던 그 경이로움보다 더욱 강력한. 그의 가슴 깊은 곳, 영혼 깊숙한 곳에 박혀 있는 코어(Core)가 뛰쳐나가고 싶다는 듯 꿈틀거렸다.

성진의 의지가 더욱 강력해지고 성진과 창생력 사이의 싱크로률이 더욱 높아질수록 그러한 느낌은 더욱 심해졌고 어느 순간 하이단은 아무엇도 느낄 수 없었다. 너무나 지극했기에 느낄 수 없는 것이었다. 그의 감각으로는 바라볼 수 없을 정도의 영역. 성진은 벽을 향해 가볍게 손을 저었다.

그러자 성진의 의지에 따라, 그의 계산에 따라 수많은 아공간이 벽이 존재하고 있는 균열에 박혀들었고 그가 원하자, 그가 구상하자 창생력이 아공간을 구성하며 점차 몸집을 불려 나가더니 균열을 찢어발기며 거대한 틈을 만들어냈다.

꽈자장!

유리가 부서지는 예리한 파공음이 인간이 들을 수 있는 가청 주파수대를 훨씬 넘는 파장으로 퍼져 나갔다. 들을 수 없으나 몸으로는 느낄 수 있었다. 작은 모래가 몸을 쓸고 가는 느낌을. 가히 좋지 않은 느낌이기에 하이단과 유노는 진저리를 쳤고 작은 영역이나마 들을 수 있었던 세르피아는 심한 통증을 느꼈다.

퍼렇게 센 빛을 발하던 벽이, 그 단단한 누군가가 만들어낸 벽이 출렁이더니 점차 일그러지기 시작하였다. 파문을 그리며 왜곡되어 벽이 일그러지는 광경, 고양이의 동공이 좌우로 펼쳐지듯 천천히 벌어지며 그 사이로 시퍼런 빛이 뿜어져 나오기 시작하였다.

그리고 그 너머로 성진이 행사한 지독한 강제력은 누가 만들어놓은 지도 모를 이 두더지 굴같이 얽혀 있는 공간 전체를 훑어가더니 그가 원하는 것 하나를 강제로 끄집어놓았다. 혼몽과 같은 수많은 실타래 중 그 끝을 정확히 붙잡은 것이니 얼마나 경이적인 것인가! 그 서슬에 놀란 듯 공간이 심하게 출렁거렸고 강한 파동이 일행을 흔들어놓으려 발악하였다.

차아악―

공간이 쏟아내는 소리없는 비명에 성진은 냉소를 지었다. 이 귀신놀음 같은 놀이터를 누가 만들었는지 모르겠지만 상당히 재미있었다. 그가 알지 못했던 것들이 휘두르는 손에 속속들이 잡혀 들어오는 기분에 성진은 웃었다.

벽에 닿은 손도 어느덧 푸른 빛으로 물들었고 샤이라가 만든 빛은 언제 사라졌는지 알 수 없었지만 갈라지는 공간 사이로 뿜어져 나오는 빛이 일행의 눈을 적셨다. 그 파란 빛 속에 성진은 하얗게 웃었다.

만약 공간이라는 것에 자아가 있다면 그것은 몸부림이라 표현해야 할 것이었다. 목소리가 있다면 절규하였다고 해야 할 것이었다. 눈이 있다면 피눈물을 흘렸다고 해야 할 것이었다.

독극물을 마셔 버린 사람의 생명이 발하는 최후의 단말마 같은 경련이 공간을 휩쓸고 지나가며 격렬하게 성진의 지독한 지배력에 저항하였다. 빛은 더욱 강해지고 전하가 심하게 튀어 방전되기 시작하였다. 일그러진 공간이 경련하며 진정하기 위한 듯 심하게 에너지를 빨아들이려 하였다.

그것이 법칙이었고 질서였다. 그 법칙과 질서가 성진을 거부하였다. 그러나 성진은 파란 빛을 받으며 주체할 수 없는 희열을 느꼈다. 성진은 새하얀 치아와 붉은 잇몸을 드러내며 소리없이 웃었다.

─나는 법칙에 선행한다!

성진의 뜻이 온 공간에 강렬한 파장을 일으켰고 지배력이 더욱 강력해지더니 더 더욱 많은 양의 창생력을 끌어 모으기 시작하였다. 지하수로 내에 널려 있는 창생력뿐만 아니라 얽히고설킨 공간상의 것은 물론 지상의 것까지 끌려오기 시작하였다.

성진은 끝없는 구멍이었다. 대하(大河)의 물이 깊이를 알 수 없는 구멍을 만나 남김없이 빨려 들어가듯 성진에게 쓸려가더니 그의 의지에 따라 어그러진 이공간 속으로 내달렸다.

—지금은 내가 법칙이니 이것은 나의 것이리라!

무지막지한 해일 같은 성진의 의지가 창생력과 함께 폭풍처럼 휘몰아치며 절규를 찢어버리고 날려 버렸다. 태양같이 따사롭고 봄바람같이 부드러운 성진의 의지가 저항을 부드럽게 감싸 안고는 녹여 버렸다.

마침내 아득히 먼 옛날 사람들이 꾸며놓은 이공간의 지배권은 그 옛날 사람들이 이공간을 지배하기 위해 만들어놓은 깊은 지하의 통제 장치를 벗어나 성진에게 돌아갔다. 일그러진 공간은 창생력을 받아 비로소 안정되었고 마침내 성진에게 무릎 꿇었다. 비록 한시적이지만 말이다.

벅차오르는 환희와 희열이 성진을 감싸 안았다. 태초의 의지가 만들어놓은 세계를, 법칙을 그가 제어하여 통제하였다. 법칙에 선행하였다. 내 것이 아닌, 내가 창조한 것이 아닌 타의의 것을 제어한 것이다. 원소뿐만이 아니었다. 원소만 제어할 수 있는 것이 아니었다.

이것이 성진에게 무슨 의미인지는 모르겠지만 성진은 아무튼 기뻤다. 그렇다면 앞으로 그가 생각했던 것을 할 수 있으리라. 만약 그렇게 하여 성공한다면 적어도 다시 한 번 그 오만한 다섯 신들을 만났을 때는 다시는 도망가지 않아도 될 것이리라.

"열려라."

성진이 부드럽게 말하며 좌표를 계산하여 불러내었다. 그러자 흐트러진 실타래 중 한 가닥이 공간의 균열 틈 사이로 몸을 드러냈다. 그들이 내려왔던 그 지하 계단.

이제껏 음침했던 분위기와는 다른 밝은 광택을 머금고 노르스름한 빛을 뿜는 그 계단에 하이단은 감동하였다. 그는 자기도 모르게 큰 소리로 외치며 첫 걸음을 내디뎠다.

"갑시다!"

*　　　　*　　　　*

터널은 어둡고 축축하고 좁았다. 어둡고 축축하니 이끼 같은 선태식 물류가 벽이며 천장, 바닥 등을 덮고 있었다. 거기서 배어나는 묘한 쾨쾨함. 거기에다 왜 이리도 좁은지. 한 사람이 양팔을 채 벌리기도 전에 벽이 닿을 정도니 오죽할까. 그나마 어깨 넓이 정도로 좁지 않은 것에 감사해야만 하였다.

터널은 처음에는 자연 암반을 깎아 만든 듯 울퉁불퉁하고 불규칙적이었다. 곳곳에 돌출물들이 많았고 간혹 머리 위로 높이 뚫려 있는 천장에서 박쥐 떼들이 튀어나와 터널 밖으로 뛰쳐나갔다. 아마도 통풍을 위해 만들어놓은 모양일 것이나 가히 좋지 않은 것들뿐이었다.

그리고 한 시간여쯤 들어가자 돌연 바뀌었다. 인간의 손길이 확실히 닿은 듯 벽은 암반투성이가 아닌 벽돌로 미장이 되어 있었다. 하지만 그런 것은 중요한 것이 아니었다. 더욱더 음침해지기에 벽돌로 미장이 되든 진흙으로 범벅이 되든 신경 쓸 겨를이 없었다.

좁고 음침하고 어두컴컴하기 짝이 없는 이 터널에서 오십에 달하는 사내들이 줄줄이 터널을 따라 걷고 있었다. 횃불에서 피어오르는 주황빛 혓바닥을 눈 삼아 전진하는 대열들의 발걸음은 느리기 짝이 없었다. 이 갑갑한 터널을 한시라도 빨리 벗어나고픈 것은 사람의 욕망으로 본다면 당연할진대 왜 이다지도 느린지.

이유는 바로 이끼 때문이었다. 습하고 어두운 곳을 좋아하는 선태식물로서는 당연한 생태의 결과였지만 사람이 느끼기에는 정말 구역질날 정도였다. 바닥에 융단처럼 깔린 이끼를 보자면 질릴 정도니. 거기에 곳곳마다 이끼가 만들어놓은 습한 기운 때문에 돌이 삭았다. 이끼의 뿌리가 좀 짧은가? 밟으면 때가 밀리듯 벗겨지는 것이 이끼. 삭은 돌 위에 자라난 이끼니 얼마나 미끄러울까?

미끌미끌한 바닥 때문에 균형을 잡기 위해 벽에 손대면 마찬가지로 차갑고 축축한 이끼가 손에 쥐여졌다. 입에서 욕지기가 나오는 것은 어쩌면 당연한 일이었다.

"젠장! 빌어먹을!"

이 빌어먹을 터널을 걸어오며 여러 번 터진 말이지만 이번에는 조금 심한 모양이었다. 이끼를 밟고 미끄러진 남자가 균형을 잡기 위해 팔을 휘젓는 순간 앞에 걷던 이의 어깨를 잡아챈 것이다. 보통 체구의 사람이라면 붙잡은 사람의 체중을 빌어 균형이라도 잡을 테지만 이끼를 밟고 미끄러진 이는 일행 중 가장 체구가 큰 근육질의 사내였다. 오히려 어깨를 잡힌 사람도 덩달아 넘어져 좁은 굴 바닥을 구르고 말았다.

호되게 넘어졌는지 근육질 사내의 팔꿈치는 발갛게 까져 피가 배어 나오고 있었다. 덩달아 넘어진 사내가 엉덩이를 주무르며 욕지기를 내뱉었다.

"빌어먹을 자식아! 넘어지려면 지 혼자 지랄할 것이지 남까지!"

"닥쳐, 이 새꺄! 뒤지고 싶냐?"

용병의 세계에서 큰 몸집은 아울러 험악한 인상으로 이어지는 것은 진리. 근육질 사내가 눈을 부라리자 같이 넘어졌던 사내의 눈이 약간 흔들리더니 고개를 돌렸다. 물론 그 입에서는 작은 욕이 중얼중얼 되풀이되고 있는 것은 안 봐도 훤한 사실이었다. 용병이 그저 인상에 찌그러질 인간들이 아니라는 것은 당연했지만 근육질의 사내는 그 몸집만큼이나 실력도 가지고 있었다.

그것이 그 치열한 살육의 현장에서 눈에 잘 띈다는 핸디캡을 안고 살아남을 수 있는 까닭이었다. 그러나 그런 그도 피하고 싶은 상대가 있는 법이다.

"닥치고 계속 걸어라."

길게 늘어진 대열 앞쪽에서 차가운 목소리가 들려왔다. 그 서슬에 근육질 사내는 더 이상 투덜거리지 못하고 몸을 일으켰다. 비죽 깊숙이 찔러 넣어놓았던 붕대를 꺼내 대충 팔꿈치를 감싼 그는 군소리없이 몸을 일으켜 걸음을 재촉하였다. 그가 걷기 시작하자 다시 대열이 움직였다.

차가운 목소리의 주인공은 일행의 대장, 정확히 말하자면 이 오십에 달하는 무리의 감시자이자 법이었다. 용병 세계에서 잔뼈 굵은 그라도 저 목소리의 주인공에게는 절대로 달려들고 싶지만은 않았다.

얌전하고 나약한 귀족이라고는 상상하지도 못할 실력을 가진 냉혈한 드골 백작.

그는 절대로 잊을 수가 없었다. 한밤중 앙심을 품고 암습하는 용병이 환하게 빛나는 검에 의해 단 두 수만에 머리가 날아가는 그 장면을.

빛을 뿜는 그 검으로 상대의 검을 수수깡마냥 잘라내고 곧 이어 머리를 베어버리는 드골 백작의 웃음. 그 어둠 속에서 그토록 시퍼렇게 웃는 그 모습을 절대로 잊을 수가 없었다.

오러 유저! 대륙을 통틀어 몇십밖에 없다고 알려진 강자. 그중 한 사람이 드골 백작이라는 것은 그야말로 비극적이고도 안타까운 사실이었다.

약육강식의 법칙을 가장 잘 표현하는 용병의 세계에서 강한 자에게
약해지는 것은 당연하였다. 일단 대장이 오러 유저라고 밝혀진 이상
반항할 생각은 포기하고 말았다. 그간 호된 여정 때문에 쌓였던 불만
은 안으로 사라져 버렸고 지금까지 냉담하게 대했던 드골 백작은 일단
오러 유저라는 것이 밝혀지자 그간 맺혔다는 듯 가면을 벗어버리고 잔
혹하게 용병들을 굴렸다.

이미 생사여탈까지 맡긴다는 각서까지 쓰고 왔지만 이건 너무나 가
혹하였다. 요 며칠 새 일어난 일이지만 치가 떨릴 정도였다. 불만 한소
리 지껄였다가 목이 날아간 동료가 몇인가?

오십을 헤아렸던 동료는 그새 45명이 되었다. 거기에 이건 또 뭔가?
평원에 얼쩡거리던 이상한 녀석 때문에 땅속까지 들어와 이 빌어먹을
터널을 걸어야 한다니.

대열 가장 앞에서 걷고 있는 그 자식만 생각하면 주먹이 부르르 떨
렸다. 그 말고도 용병들 대다수가 그 빌어먹을 녀석 때문에 이 고생을
하는 것이었다.

왜 하필 드골 백작에게 걸려서!

모두의 빌어먹을 자식이 되어버린 칼도 정말이지 미칠 것만 같았다.
만약 눈앞에 신이라는 작자가 나타났다면 검으로 갈기갈기 찢어 늑대
먹이로 던져 주고 싶을 정도였다. 5대 신을 흠씬 두들겨 패주고 싶었
다. 그중에서 딱히 누구를 고르라면 인간의 앞날을 관장한다는 예언과
행운의 여신 '스메티아'를 꼽고 싶었다. 그네들의 사제들이 들었다면
입에 거품을 물 정도의 끔찍하고도 신성 모독적인 행위를 잔뜩 베풀어
줄 생각이었다.

도대체 자신이 무슨 죄가 있다고 이 고생을 안겨준단 말인가!

"무슨 잡생각이냐? 빨리 걸어."

그의 등을 쿡쿡 찔러오는 손에 떠밀려 칼의 걸음이 다시 빨라졌다. 인상을 찌푸린 칼은 동아줄로 단단히 묶인 손을 들어 손등으로 머리를 쓸어 넘겼다. 그렇게라도 하지 않으면 정말 발광할 것만 같았다.

"조용히 협조하는 게 좋네. 백작한테 자네의 소중한 두 작은 동료를 잃고 싶지 않다면."

뿌득!

칼이 이를 갈자 부러지는 소리가 들렸다. 그의 분노를 단적으로 나타내는 행동이었다. 등 뒤의 인물은 그런 칼의 어깨를 두어 번 두들겼다.

"칼, 오랜만에 만났는데 이렇게 된 것은 참으로 유감이야. 하지만 나도 임무가 있고 정보는 자네가 가지고 있으니 어쩔 수 없잖나. 기사가 아이를 인질로 잡는 것이야말로 치욕이지만…… 그래도 어린것들이 죽는 거보다는 낫지 않은가."

"베르트……."

칼은 등 뒤 인물의 이름을 부르며 끓어오르는 분노를 삭였다. 하나 이렇게 분노해도 무슨 소용일까? 이미 사태는 걷잡을 수 없이 변하였거늘.

모든 것은 그때까지 순조로웠다. 여관에서 짐을 챙겨 일행의 말을 끌고 날이 밝기도 전에 성문을 빠져나왔다. 그리고 그대로 말을 몰아 성진이 머리 속에 새겨준 그 장소로 갔다. 작은 숲이 들어선 곳. 그리고 터널 입구 근방에 짐을 풀고 그냥 쉬었어야 했다.

하지만 자꾸만 떠오르는 영상. 환하게 빛나는 오러. 그 마력과 같은 빛을 조금이라도 보기 위해 검을 빼 들어 휘두르지만 않았어도. 애초에 오러의 운용법을 확실히 익히기 위해 숲을 벗어난 것이 화근이었다. 그냥 그대로 숲에 조용히 틀어박혀 성진 일행을 기다리고 있어야만 했다. 성진과 샤이라와 약조한 것처럼.

도대체 얼마만큼 희박한 확률에 걸렸기에 그곳을 지나는 이들을 만났는지. 수련에 정신이 팔려 정신없이 검을 휘두르고 있을 때 이들 일행이 지나갔고 베르트가 그를 알아봤다.

그 옛날 힘든 수련 기사 시절 함께 보냈던 작은 기억이 그토록 그의 발목을 잡을 줄이야. 십여 년 만에 만난 베르트는 그의 풀 네임을 불렀고 드골 백작이 어떻게 알았는지 성진과 세르피아의 소식을 묻더니 아이들마저 잡아와 목에 칼을 디밀고 협박했다.

"아이들의 목에서 향기로운 피가 솟구치는 것을 보고 싶지 않다면 '그것' 이 있는 곳으로 안내해라."

뱀처럼 비틀린 웃음을 머금고 살아 있는 세르피아를 '그것' 이라 부르며 물건 취급하는 사내 드골 백작. 서출로서 끊임없이 장자와 정부인의 암살 위협에 시달렸던 그는 의외로 뒷소식에 뛰어났다. 그래서 풍문으로나마 드골 백작의 소문을 들어봤다. 뱀 같은 사내, 목적을 위해서라면 수단 방법을 가리지 않는 사내. 비록 그가 어리석어 화가 나면 뒷생각도 하지 않고 일을 저질러 버리는 우둔함이 '수단 방법을 가리지 않는 냉혹한 사내' 라고 와전된 것까지는 몰랐지만 최소한 그가 한다면 하는 사내라는 것쯤은 그의 광기 어린 눈빛을 보면 알 수 있었다.

　　그래서 지금 성진이 심어놓은 기억에 따라 쉐도우 워커들의 비밀 터널을 통해 일행을 안내하고 있었다. 차라리 몰랐으면 좋았으련만이라고 생각도 해봤지만 가치가 없는 자는 죽인다는 것을 알고 있는 칼이기에 안도의 한숨을 놓았다. 성진이 기억을 전해줌으로써 길리언과 타키안의 목숨을 보존할 수 있는 것에 감사하였다. 어쩌면 성진이 이러한 사태를 예견했을지 모른다는 생각이 들기도 할 정도로 기가 막혔다.

　　"네가 미안할 것까지는 없어. 넌 그냥 임무를 수행하고 있을 뿐이야. 단지 내가 재수없었을 뿐."

　　칼은 등 뒤에서 걷는 베르트에게만 들릴 정도로 작은 소리로 속삭였다.

　　그렇다. 자책하기에는, 원망하기에는 이미 늦어버렸다. 이제 어떻게 하면 이 순간을 현명하게 벗어나는가 하는 생각만 해야 할 뿐. 하나 드골 백작이라는 놈은 어떻게 된 모양인지 사악하고도 음습한 쪽으로는 비상하게 머리가 돌아가는 모양이었다. 길을 안내하기 위해 칼을 가장 앞에 배치하였고 길리언을 대열 중간에, 타키안을 마지막에 배치하였다. 드골 백작이 명령만 하던 칼이 '앗' 하는 사이에 목을 베어버릴 것은 보지 않아도 뻔한 일이었다.

　　쯔그덕, 쯔드덕.

　　이끼와 장화 사이에서 흘러나오는 질벅한 소리가 동굴 안을 가득 메웠다. 정확히 46명—말을 지키기 위해 두 명이 밖에 대기하고 있었다—이 만들어내는 소음이 비좁은 터널 안에 메아리치니 작은 소리로 대화하면 앞뒤 사람만 겨우 들을 수 있을 정도였다. 더군다나 칼 앞에는 횃불을 든 두 명의 사내가 몇 발자국 앞서 걷고 있었고 드골 백작과는 네다섯 명이라는 장벽이 가로막고 있었다.

베르트는 목소리를 낮추고 칼에게 속삭였다.

"드골 백작이 노리는 게 뭐지?"

칼은 고개를 반쯤 돌려 베르트를 바라보려 했다. 그의 눈빛은 의혹으로 가득 차 있었다. 베르트는 재빨리 그의 허리를 손가락으로 찔렀고 칼은 다시 앞을 바라보았다.

"모르고 있었나?"

"……."

무언은 곧 긍정이라. 칼은 살짝 고개를 끄덕였다. 저 음험한 뱀은 그의 목적을 일행에게 말하지 않은 것이다. 그저 시프 길드가 제공하는 단편적인 정보에 따라 아무것도 모르는 사내들을 다그쳐 여태껏 쫓아왔던 것이다.

"엘프다."

칼은 짧게 내뱉고는 입을 다물었다. 베르트는 놀라 부르짖어 주의를 끌 정도로 어리석지는 않았다. 하지만 놀람은 어쩔 수 없는지라 자연 주먹이 꽉 쥐여질 수밖에 없었다. 베르트는 수많은 생각을 떠올렸고 마찬가지로 여러 가지의 가설을 늘어놔 보았다. 그러나 어느 것 하나 마음에 드는 것이 없었다.

도대체 뭣 때문에 100여 년 전에 사라져 버렸던 엘프를 쫓는 것인가? 다시 나타나 갖고 싶기 때문에? 단순히 수집욕 때문에 적성국 국경을 넘어 수도 깊은 곳까지 쫓게 만들까? 자칫 잘못하면 전쟁의 불씨가 될 수 있거늘. 어떻게 국왕을 움직이게 할 수 있었을까 등등 수많은 상념 때문에 엉켜갔다.

그런 베르트의 복잡한 심사를 끊어놓으려는 듯 칼의 나직한 음성이 베르트의 귀를 두들겼다.

“베르트, 옛 친분이 있기에 충고하지. 아니, 경고라고 해야 할까? 두 아이들에게 상처 하나 내지 말게. 만약 그분이 아셨다간 끔찍한 경험을 하게 될 거야.”

세상에 영향을 주지 않고 방관하는 마스터라 할지라도 분노하면 무섭다. 마스터의 분노는 하늘을 가리고 땅을 뒤덮는다. 하물며 성진이 가장 아끼는 그의 제자 길리언에게 변고가 있었다가는…….

‘멸절(滅絶).’

명령권자인 크라인 왕국의 국왕부터 해서 깡그리 목이 달아날 것이었다. 바로 조국 크라인 왕국의 멸망. 최악의 시나리오였지만 그렇게 되지 말라는 법 또한 없었다.

도대체 그것이 무슨 뜻이냐고 채근하는 베르트의 물음에 칼은 깨끗이 입을 다물었다. 칼이 다시 입을 열게 된 것은 그로부터 상당한 시간이 흐른 뒤였다.

붉게 타오르는 횃불 너머로 이제껏 터널을 걸으며 볼 수 없었던 갈림길이 나 있었다. 단 두 개의 갈림길이었지만 처음 있던 변화기에 가장 선두에 서서 횃불을 들고 길을 걷던 사내는 황급히 드골 백작에게 보고하였고 드골 백작은 사늘히 웃으며 물었다.

“어느 쪽이냐. 허튼 길을 말할 때마다 애들 손가락을 두 개씩 잘라 주지.”

갈림길을 한참 응시하던 칼은 무겁게 입을 열었다.

“오른쪽.”

＊　　　＊　　　＊

그것은 매우 갑작스럽게 찾아왔다.

춥구나. 여긴 어디냐!

여보! 아가! 누가 우리 좀 살려주세요!

지켜라! 근데 누굴 지켜야 하나. 히익! 뭐야? 아파! 크아악!

보우하소서! 굽어 살피소서! …저주받으리라!

내 다리! 아악! 배가 아파! 창자가 흘러나와! 으아악!

누구 내 아들 본 적 없소? 내 아들 머리통밖에 남지 않았구려! 아들아!

하악! 하아악! 추워요! 추워! 누가 나 좀 살려줘!

수만 가지의 목소리가 메아리쳤다. 어느 게 남자이고 여자인지, 노인이고 아이인지 분간하지 못할 정도로 뒤섞여서 울려 퍼졌다. 그 속에는 절규도 애달픈 구원의 목소리도 죽어가는 자의 단말마도 한데 뒤섞여 있었다.

분노, 애환, 체념, 한탄, 절망, 슬픔, 공포. 갖은 감정이 파도처럼 밀려와 성진을 후려쳤다. 어디에서 온 것인지, 누가 하는 것인지는 알 수 없으나 검은 나무의 뿌리처럼 뻗어오는 그것은 성진의 다리를 붙잡고 어깨를 동여매고 목을 감아왔다.

온기다! 정말? 살아 있는 사람! 산 자! 산 자! 따뜻해! 따뜻해!

귀기가 잔뜩 배인 날카로운 비명 소리와 함께 축축하고 음습한 사념(邪念)이 구름처럼 밀려와 성진의 눈과 코를 막고 귀를 후려쳤다. 자아조차 없어 한 말을 앵무새처럼 되풀이하는 그것들은 성진의 육신을 뚫고 영혼을 옥죄려 하였다. 누구의 것인가. 망자의 염인 것인가? 간절하고도 등골이 서늘한 사념은 바늘이 되고 검이 되어 성진을 찌르려 하였다.

"성진, 무슨 일 있어요?"

세르피아가 곁에 다가와 조용히 물었다. 계단을 밟던 성진의 발걸음이 순간 주춤하자 물은 것이다. 성진은 살짝 고개를 저었다.

"아무 일도 없습니다."

성진의 조용한 미소에 고개를 갸웃거리던 세르피아는 다시 걸음을 재촉하였고 앞서 걷고 있는 하이단과 유노의 대화만이 조용한 통로를 가득 채울 뿐이었다. 어디서 나타났는지 모를 사념덩어리가 성진을 감싸고 있다는 것을 알지 못한 채.

보통 인간이라면 단숨에 사념에 장악당해 정신 붕괴를 일으킬 만한 끔찍한 목소리와 감정이 검은 파도처럼 닥치고 있었다. 하나 어찌 이런 음습한 사념 따위가 성진을 침범할 수 있으랴. 일반적인 다스터의 정신 방어력 수준을 훨씬 뛰어넘은 성진의 정신은 샤이라마저 경악할 정도였다. 하긴 창생의 인을 다루기 위해 단련된 정신력이 한낱 단말마가 뭉쳐 생성된 사념에게 침범당할 턱이 없었다.

성진은 그를 덮치려 발악하는 망령의 노력을 내버려 두었다. 오히려 호기심이 생겼다. 정령을 다루기 위해 자연의 염을 느낄 수 있는 세르피아가 이런 사념덩어리를 느끼지 못한 것과 마스터인 샤이라가 정신 에너지의 일종인 이것을 느끼지 못한 것에 이상함을 느낀 것이다.

왜 세르피아가 느끼지 못하는 것인가? 왜 샤이라가 느끼지 못하는 것인가? 오직 그에게만 닥쳐온 이것. 잔뜩 흐트러진 이 귀신늘음 같은 공간 속에 이런 사념이 왜 떠다니는 것인가?

일행 중 가장 정기(精氣)가 강한 성진에게 이끌려 붙은 것이라 생각되었다. 흥미가 생겼다. 하긴 탁월한 능력을 자랑하는 동료조차 눈치채지 못한 사념덩어리거늘 어찌 흥미가 생기지 않겠는가.

호기심을 채우기 위해서는 그것을 연구해 봐야 하는 법. 성진은 그를 옭아매는 사념을 향해 물었다.

―너희는 누구냐.

그러자 그를 동여매는 사념이 말했다. 아니, 말했다기보다는 서로가 서로를 집어삼켜 한입에서 수만 가지의 목소리로 제각각 지껄이기 시작하였다.

내가 누구냐구? 넌 누구냐?! 아냐! 너희가 뭐냐! 누구는 뭐야! 아니야! 난 이름이 있어! 이름? 그 따위는 생각하지 마! 아냐, 생각나! 닥쳐! 이름을 말할래! 하지 마! 할 거야! 이름! 내 이름은 스마리아! 루이스, 시끄러워! 칼라마스, 다아, 라뮤아라, 샤우투, 카큐, 라쿠마…….

골이 쩌렁쩌렁 울릴 정도의 이름이 나열되기 시작하였다. 낮은 소리로 읊조리는 그것은 흡사 주문을 외우는 듯 빨랐다. 지금 말하지 못한다면 사라져 버릴 것처럼 빠르게 성진 주위를 돌면서 이름을 내뱉었다. 이름이 나열될 때마다 생전에 느꼈던 감정이 폭죽처럼 터졌다 사라졌고 다시 터졌다.

…노이톤, 사이카야, 나퓨, 자, 잠깐만 들어줘! 말해 줘! 살려줘! 닥쳐! 내 이름! 난 누구! 여기는 어디! 살아 있는 자! 칼류마, 쿨라디아, 로뮬라스. 시끄러워! 캬캬아이아악! 내 창자! 아들아! 어디 있냐?! 사이카타, 라푸마. 어머니! 히히! 난 어머니가 없어! 아니야……!

끝없이 이어지는 망자의 절규가 연기처럼 사라지고 울려 퍼졌다. 그리고 그것들은 성진의 혼을 점령하기 위해 연신 죽은 손을 내밀었다. 시꺼멓게 썩은 손가락 끝으로 다시 손가락이 튀어나오고 그 손가락 끝으로 얼굴이 생겨나더니 부패되어 흘러내리는 눈알 뒤로 혓바닥이 성진의 몸을 핥았다. 축축한 시체 썩은 물과 악취가 코끝에 감돌고 노랗고 거무스름한 액체가 수렁처럼 생기더니 성진의 발목을 감쌌다.

주위는 어느새 컴컴한 공간. 샤이라도, 세르피아도, 유노도, 하이단도 없었다. 오직 그만이 어둠 속에서 계단을 밟으며 망자의 손을 느끼며 나아가고 있을 뿐.

공간을 타고 넘어오는 사념의 단말마. 악령도 아닌 것들이, 그저 감정의 찌꺼기가 쌓인 것들이 지고한 성진의 영성을 노리고 있었다. 어차피 현실화시킬 수 없는 저들의 저급한 환상. 성진은 비웃었다. 성진은 한쪽 입꼬리를 말아 올리고는 차갑게 외쳤다.

—꺼져라.

캬아아아아아아악!

콰장창!

검은 공간이 부서져 내리며 그것들은 성진의 의지에 밀려 비명을 지르며 부서져 나갔다. 밝은 태양 아래 사라져 버리는 그림자처럼 지극히 고결한 영성에 저급한 사념들은 제 스스로 찢겨졌다. 손발이 떨어져 나가고 흩어져 뼈가 가루가 되고 눈알이 쪼개져 성진의 시야를 어지럽혔다. 그러나 그것들도 성진의 시선에 부서져 버리고 이내 무(無)로 돌아갔다.

하나 아직 일행이 보이지 않았다. 그렇다면 여기는 어디인가? 무엇이 그에게 환상을 보여주는 것인가? 성진은 호흡을 가다듬어 그를 붙잡는 이 환상을 부숴 버리기 위해 정신을 모았다. 그러자 그를 감싸는 백지 같은 공간 전체가 진동하기 시작하였다.

그때 메아리처럼 수만 가지 목소리가 한뜻으로 내뱉은 한마디를 들었다.

오라. 보라. 느껴라.

이제껏 제 스스로 미쳐 무슨 소리를 하였는지도 모를 망자의 한이 담긴 말들을 지껄이던 목소리들이 정결하고도 간결한 어조로 하나의 문장만을 말했다. 그것은 커다란 의미가 되었고 성진을 울렸다.

그리고 성진이 다시 눈을 뜬 순간 길고 길었던 계단의 끝이 보였다.

"어엇! 끝이 보이군!"

가장 앞서 걷고 있던 하이단과 유노가 지루한 계단의 연속이 끝났다는 것에 진심으로 기쁘다는 듯 큰 소리로 외치며 단숨에 계단의 끝을 달렸다.

그도 그럴 것이 처음부터 계속 계단만 걷는다면 그렇게 심하게 지루하지 않을 것이나 중간에 신기한 에크라노의 고대에 만들어진 지하 수로를 보았다. 신기한 것을 보았는데 어찌 호기심이 동하지 않을까? 당연히 인내심을 가지고 계단의 끝을 걷는다기보다는 그 끝에 얼마나 신기한 것이, 흥분되는 것이 기다리고 있을까? 하는 기대감 때문에 인내심이 마르게 된다.

그래서 지하 수로를 만나기 직전 처음 몇 시간 동안 걸은 것에 비해 훨씬 짧은 시간 동안 두 번째 직면한 계단을 걸었지만 하이단과 유노에게는 첫 번째 구간보다 두 번째 구간을 걷던 것이 더 지루하게 느껴졌다. 연속된 같은 영상을 보다 신기한 율동을 보고 다시 같은 영상을 보게 되었으니 자꾸 그 신기한 율동이 떠올라 영상이 지루하게 느껴지는 것과 같은 이치인 것이다.

가장 먼저 계단의 끝에 도착한 하이단이 힘찬 걸음으로 발을 내딛자 참방 하는 맑은 울림이 퍼졌다.

"어이쿠! 웬 물이야?"

하이단의 말에 샤이라는 지팡이의 빛을 강하게 하여 바닥을 비췄다. 그리고 전혀 예상하지 못했던 모습에 유노와 하이단, 세르피아는 탄성을 토해냈다.

"아!"

아름다움의 극치라. 샤이타의 지팡이 끝에서 퍼져 나온 자연광에 가까운 빛 탓인지, 아니면 이곳 설계상의 특징인지는 몰라도 너무도 아름다웠다. 빛으로 일어나는 향연이라 표현하면 옳을 정도였다.

빛이 닿는 바닥은 물들이 파랗게 빛나고 있었다. 너무나도 깨끗하고 투명한 물이 바닥에 깔린 청석이 반사한 빛에 반짝이고 있었다. 손가락 두 마디 깊이에 불과했지만 빛을 고스란히 반사하는 청석에 물 전체가 스스로 빛을 발하는 듯 투명하고 깊은 푸른색을 발하고 있었다.

벽은 또 어떠한가. 도대체 어떤 종의 이끼인지 알 수 없지만 빛이 닿자 보석처럼 반짝이고 있었다. 이끼 표면에 미세한 막이 있어 빛을 굴절시키고 반사하여 보석처럼 보인 것이다. 천장은 아치 형으로 되어 있었고 높이도 매우 높았다.

빛을 효과적으로 이용하여 이런 아름다움을 가져다 줄 정도의 건축 수준은 지금으로서는 도저히 불가능한 수준이었다. 인간의 손으로는 절대 불가능했다. 중앙대간 깊숙한 곳에서 살고 있는 마운틴 드워프나 저 대륙 남단의 끝, 사막에 뻗어 있는 열암(熱巖)의 산맥에 사는 남부 드워프에게나 가능한 일이었다. 아니, 그들도 이렇게 빛의 반사와 굴절을 이용한 예술적인 건축은 불가능하였다.

한동안 주위를 둘러보던 샤이라는 성진을 돌아보며 물었다.

"여기가 쉐도우 워커의 비밀 기지인가요?"

성진은 천천히 고개를 저었다. 이곳이 아니었다. 그 뒤엉킨 공간상에서 성진은 분명 쉐도우 워커들의 비밀 기지로 좌표를 정하고 계단의 방향을 그곳으로 인도하였다. 하나 도착한 곳은 전혀 다른 곳. 그가 생각지도 못한 곳에 도착한 것이었다. 왜 이런 알 수 없는 곳에 도착했는가 하는 의문이 떠오르자 조금 전 들었던 그 강렬한 음성이 떠올랐다.

오라. 보라. 느껴라.

도대체 어떻게 한 것인지는 모르겠지만 성진이 설정한 좌표를 비틀어 이곳으로 인도한 것 같았다. 누가 자신이 완전히 장악한 공간에 영향력을 행사한 것인가? 어떤 방법으로?

알 수 없는 현상에 의문이 꼬리에 꼬리를 물고 이어졌지만 한 가지는 확실히 알 수 있었다.

이곳으로 그들 일행을 인도한 목적이 있다는 것이다. 그리고 그 목적이 그를 덮쳤던 사념과 음성에 관계되어 있을 것이라는 걸 말이다.

"그럼 또다시 이상한 곳에 도착한 거란 말씀이십니까?"

유노는 허리춤에 꽂아놓은 크로스 보우를 슬그머니 꺼내 들며 물었다. 도대체 알 수 없는 곳에 도착했으니 불안하지 않을 턱이 없었다. 하이단과 유노, 세르피아의 눈이 성진을 향했다.

"저도 왜 이곳에 도착했는지 알 수 없습니다. 하지만 확실한 건 이곳에 도착한 것은 우연이 아니오, 우리는 계속 나아가야 한다는 것입니다."

성진의 말에 하이단은 곰곰이 생각에 잠기더니 쓴웃음을 머금으며 말했다.

"캬! 이거 빼도 박도 못하는 상황이군요. 이제 와 위험하다고 돌아가자니 너무 늦었고 세이진님 말마따나 무턱대고 들어갔다가 위험해지면 저희 둘 목숨만 위태해질 수 있으니. 솔직히 조금 무섭습니다. 마스

터에게 인정이란 것은 없으니 정말로 위급한 상황이면 세르피아님만
보호할 것 아닙니까?"

하이단의 말은 마스터의 관점에서 보면 당연한 것이었다. 얼핏 보기
에 동료라고 생각될지 모르겠지만 엄밀히 따지자면 하이단이 무작정
따라다니는 것을 성진이 거절하지 않았을 뿐이었다. 즉 하이단과 성진
사이의 관계는 아무것도 아닌 것. 언제든 끊을 수 있는 것이었다.

하나 놀랍게도 성진은 고개를 저었다.

"아닙니다. 이번만은 지켜 드려야 하지요."

전혀 뜻밖의 대답에 하이단은 눈을 동그랗게 떴다. 당연히 '물론이
죠!' 라는 성진의 단호한 대답을 들을 것으로 예상하였기 때문이다. 성
진은 이유를 설명하였다.

"제자를 보살펴 주신 점, 은원은 확실히 해야지요."

성진의 말에 하이단은 감격하고 말았다. 마스터의 보호라니! 꿈만
같은 소리였다. 호기롭게 따라 들어왔지만 막상 불안해지던 찰나였다.
한데 그런 말을 들으니 없던 용기까지 치솟는 게 아닌가?

하이단은 주먹으로 가슴을 두드렸다.

"그럼 가야지요! 발목은 절대 잡지 않겠습니다!"

호기에 가득 찬 하이단은 누가 뭐라 할 새도 없이 성큼성큼 걸어 통
로를 걷기 시작하였다. 일행은 서로를 쳐다보고 쓴웃음을 짓고는 하이
단의 뒤를 따라 걷기 시작하였다. 한데 하이단의 발걸음이 좀 빨랐다.
어느새 일행 저만치 앞을 걷고 있지 않은가? 샤이라가 비춰주는 빛이
엷게 통로에 퍼져 있다고는 하나 횃불 하나 없이 혼자 걸어가니 자연
유노는 친구가 걱정되기 시작하였다.

"이보게! 그렇게 앞서 가면 큰일 날 수도 있으니 조심해! 같이 가

야지!"

유노의 경고에 하이단은 코웃음을 쳤다. 아니 원, 한두 살 먹은 어린 애도 아니고 그깟 이런 깊이의 물에 넘어질 것인가? 거기에 그는 수십 년간 몸을 갈고닦은 사람. 웬만해서는 균형을 잃고 넘어지지 않았다. 하이단은 쓸데없는 걱정을 하는 유노에게 괜찮다는 듯 말했다. 과연 그것이 정말 쓸데없는지가 문제지만.

"괜찮대도! 내가 한두 살 먹은…… 으헉!"

등 뒤로 은은히 번져 오는 빛을 벗 삼아 자신있게 걸음을 걷던 하이 단은 순간 뭔가를 밟았는지 발이 밀린다는 느낌을 받았다. 순간 하이 단은 균형을 잃었고 저도 모르게 손을 휘저었다.

풍덩!

아니나 다를까, 하이단이 유노의 말을 받다가 그만 넘어진 모양이었 다. 하이단의 낭패 어린 투덜거림과 물소리가 묘한 조화가 되어 통로 를 울렸다. 유노가 가장 먼저 물을 세차게 밟으며 달려갔고 성진과 세 르피아, 샤이라는 천천히 걸어갔다.

"쯧쯧. 그러게 내가 뭐라고 했나. 칠칠맞기는."

과연 하이단은 무언가를 밟고 미끄러진 듯 온몸이 젖어 있었다. 샤 이라가 도착하여 불을 비추자 그의 갈색 머리칼에서 맑은 물이 뚝뚝 떨어지고 있었다. 도대체 멀쩡히 걷다가 왜 넘어진단 말인가? 하이단 그도 어이가 없었는지 두 눈을 끔뻑거리며 샤이라를 올려다보았다. 샤 이라는 웃음을 터뜨리고야 말았고 깜짝할 사이에 변해 버린 꼴을 보자 니 처음에는 혀를 차던 유노조차 결국에는 폭소를 터뜨렸다.

"크하하핫! 한두 살 먹은 애도 그렇게는 안 넘어질 거다!"

"크윽! 시, 시끄러워!"

얼굴을 잔뜩 붉힌 하이단은 유노가 내미는 손을 붙잡고 벌떡 일어섰다. 그리고는 손에 쥐어져 있던 이끼를 내던졌다. 아까 균형을 잃고 넘어질 때 손을 휘저었는데 벽에 붙어 있던 이끼를 잡은 것이었다. 한데 왜 그리 약한 것인지. 잡은 이끼가 쑥 뽑혀 버리는 게 아닌가? 덕분에 하이단은 물 바닥에 엉덩이를 비벼야 했고 온몸은 때 아닌 샤워를 해야만 한 것이다.

"에잉! 빌어먹을 것!"

그 큰 손바닥으로 한 움큼 뜯어낸 이끼가 도통 적은 게 아닌지 제법 '풍덩' 소리를 내며 물에 처박혔다. 이끼를 쥔 손을 물에 씻던 하이단은 푸념을 터뜨렸다.

"도대체 이끼란 놈이 왜 그리 약한 거야? 잡았더니 쑥 뽑혀 버리니. 황당해서 원."

하이단의 말에 유노는 웃으며 벽에 손을 가져가 이끼 한 움큼을 쥐었다.

"자네 힘이 강한 게 아니고? 이런 곳에 붙어 사는 이끼는 보통 질긴 게 아니라고. 이렇게 쥐어뜯어도……. 어라?"

유노는 웃으며 시범을 보였고 이끼는 맥없이 벽에서 뜯겨져 나갔다. 당황스럽다는 표정으로 벽과 이끼를 번갈아 쳐다보던 유노는 다시 한 번 이끼를 잡아 뜯었고 이번에도 쉬이 뜯겨졌다. 유노는 어이가 없다는 듯 중얼거렸다.

"뭐 이래?"

바위에 붙어 사는 이끼는 강하다. 그 작은 뿌리로 바위 표면을 뚫어 몸을 단단히 고정시킨다. 그러니 웬만한 힘으로는 이끼를 뜯어낼 수 없다. 벽이라 할지라도 그 재료는 돌일 텐데 어찌 이럴 수가 있나? 그 같은 이치를 잘 알고 있는 일행은 벽으로 다가가 이끼를 쥐어뜯어 보았고, 그리고 놀랐다. 세르피아는 손으로 벽을 더듬어보았다. 이끼가 뜯긴 벽은 매끄러웠다. 도대체 이게 뭔가? 그 순간 세르피아의 손에 이상한 홈이 느껴졌다. 세르피아는 손가락으로 그것을 더듬으며 안력을 돋우어 자세히 살펴보았다.

그것은 문자였다.

"벽에… 글자가 새겨져 있어요."

세르피아의 말에 샤이라가 눈을 반짝이며 그녀의 곁으로 다가가 벽을 훑어보았다. 과연 문자가 새겨져 있었다. 거기다 언뜻 보아하니 분명 고대어였다. 상당히 큰 면적에 새겨져 있는 듯 이끼에 가려진 부분으로 글자가 이어졌다. 이런 곳에서 문자를 발견하다니. 샤이라는 흥분이 되었다. 고대의 도시라 추측되는 곳이다. 그러한 곳에서 문자가 발견된다면 그것은 이유를 막론하고 사료 혹은 정보다. 즉 알아보고 연구해 보아야 할 과제였다.

단숨에 이끼를 뜯어내기 위해 샤이라는 일행에게 눈짓을 하여 벽에서 물러서게 하였다. 샤이라가 살짝 지팡이를 움직이자 그녀로부터 반경 5야드 공간에 존재하는 모든 이끼가 순식간에 샛노랗게 고사(枯死)해 버리는 것이 아닌가?

"아앗!"

샤이라의 마법에 유노는 깜짝 놀랐다. 그로서는 마스터급 마도사의 마법 시현을 이렇게 자세히 보기는 처음인 것이다. 따지고 보면 바로 어제 그의 신념이자 믿음의 상징인 신전이 박살날 정도로 충분히 보았었지만 그때 유노의 상태는 제정신이 아니었던 것을 감안한다면 공식적(?)으로 유노가 샤이라의 마법을 본 것은 이번이 처음이었다.

캐스팅조차 없이 시현되는 마법이라니. 신을 모시는 사제로서 마법에 드물게 밝은 유노가 어찌 경악하지 않으랴.

"캐스팅도 없는 시현이라니. 마스터란……."

마법이라는 것이 얼마나 어렵고도 높은 학문인지 잘 아는 우노는 어이가 없다는 듯 중얼거렸다. 정확히 5야드에 해당하는 영역에 사는 이끼를 말라 죽여 버리다니. 그렇다면 수많은 사람들이 붐비는 광장에서 원하는 인간을 미라로 만들어 버릴 수 있다는 뜻도 되었다.

보통 마법사들의 마법 발현은 일반적으로 일정 영역을 설정해 놓고 마력을 움직인 다음 외부 에너지에 간섭하여 펼친다. 때문에 그 일정 영역을 얼마나 줄일 수 있느냐와 크게 펼칠 수 있느냐, 혹은 외부 에너지의 간섭을 얼마나 잘 컨트롤할 수 있느냐에 따라 마법사의 역량이 천지 차이로 달라진다.

즉 샤이라가 보인 간단한 동작으로 펼쳐진 마법은 엄청난 수준인 것이다. 만약 저런 광경을 다른 마법사들이 보았다면 필시 거품을 물리라. 샤이라는 유노의 중얼거림에 싱긋 웃고 답했다.

"그래도 머리가 아프기는 아프지요. 한데 유노는 사제치고는 마법에 대해 정통하시군요?"

한 치의 오차도 없이 설정한 영역 안에서 원하는 목표물을 순식간에 고사시켜 버리는 고난이도 마법을 선보인 사람치고 매우 여유로운 대답이 아닐 수 없었다. 샤이라는 마법에 잘 아는 기색을 띠는 유노에게 되물었다.

덕분에 유노는 끔찍한 기억이 떠오르고 말았다. 유노의 얼굴은 샛노랗게 변했다. 그 옛날 추억과 함께 잠들어 있었던 그 기억이……. 기억이 떠오른 것은 유노만이 아니었다. 하이단도 마찬가지였다. '마법'에

관한 기억은 그나 유노나 정말로 잊고 싶은 기억 중에 하나였다. 둘은 그 기억을 공유하면서도 각자만의 기억들도 여럿 가지고 있었다.

다 큰 성인 때 겪은 일이지만 워낙 환상적이고도 끔찍스럽게 겪은 터라 그에 관한 기억이 꿈에 떠오를 때면 자다가도 벌떡 일어나곤 하였다. 혹은 가위에 눌리거나 경기를 일으키기도 하였다. 유노는 애써 표정을 가다듬으며 말했다.

"크흠. 그냥, 잘… 알게 되었지요."

억지로 답한 유노는 얼굴을 잔뜩 굳힌 채 입을 다물었고 하이단은 유노의 말에 똥 씹은 표정을 지었다.

하이단은 '그게 잘 알게 된 거면 난 절대 알고 싶지 않아!'라고 외쳐 주고 싶지만 애써 그 같은 욕구를 억눌렀다. 말해야 할 것이 있고 숨겨야 할 것이 있다. 이 경우는 후자에 속한 것이었다. 누군가 전자라 우기고 그 일을 들춰내려고 한다면 하이단은 기꺼이 그 누군가에게 그가 겪었던 그 고통을 고스란히 맛보게 해줄 용의도 있었다.

하여간 갑작스런 하이단과 유노의 침묵에 샤이라는 어리둥절한 표정을 지었지만 어찌 그녀가 수십 년 전 하이단과 유노가 겪었던 파란만장한 그때를 알 수 있을까?

관심을 끊어버린 샤이라는 아무 일도 없다는 듯 다시 한 번 살짝 지팡이를 휘둘렀고 고사되었던 이끼가 벽에서 후두둑 떨어져 내렸다. 순식간에 깨끗했던 물은 누런 이끼 조각으로 흐려졌고 대신 벽은 반질반질하면서도 깨끗한 자태를 드러냈다.

그리고 일행은 침묵했다.

"이게… 뭐죠?"

"저도… 모르겠군요."

하이단이 묻고 샤이라가 답했다. 샤이라가 만들어놓은 불빛에 드러난 벽은 놀라웠다. 도대체 저것이 무엇인가? 분명 돌 같아 보이는데 그것은 은빛의 광택을 발하고 있었다. 바로 금속만이 뿜어내는 금속 특유의 차가운 광택. 그것이 불빛을 타고 번져 보였다.

그것뿐이라면 오히려 이상하지도 않을 것이다. 그 광택은 벽에 새겨진 흔적을 타고 흘렀다.

곡선과 직선의 규칙적이면서도 불규칙적인 조화, 반복. 그렇게밖에 표현할 수 없었다. 셀 수도 없는 미려한 곡선이 벽 한가운데 둔자가 새겨진 부분을 기점으로 방사 형태로 질주하고 있었다. 직선과 곡선이 겹치면서 알 수 없는 문양을 남겼고 문양은 다시 문양끼리 겹치면서 기이한 형상을 낳았다. 방사형과 원추형, 그리고 이루 말로 표현할 수 없는 수많은 문양들이 겹치고 쪼개지고 끊어지고 나누어져 다시 둥그렇게 말리고 넓게 퍼졌다가 희미하게 사라졌다.

"이건 정말… 인간의 솜씨로 만들어진 것이 아니군요."

세르피아마저도 문양에서 눈을 떼지 못한 채 중얼거렸다. 어떻게 저런 무늬와 문양을 단지 직선과 곡선으로 표현할 수 있을까! 그녀가 보았던 인간들의 건축물이나 예술품을 보아 이런 것을 만들기는 불가능해 보였다. 엘프마저도 매료시키는 형상. 인간의 조악한 솜씨로 만들어졌다고 상상할 수도 없었다. 돌과 금속의 장인이라 불리는 마운틴 드워프나 사막 드워프조차 이것을 본다면 눈을 부릅뜰 것이라는 생각마저 들었다.

보면 볼수록 놀라웠다. 불빛에 피어난 광택이 벽에 새겨진 홈을 타고 흐르며 더욱 눈을 어지럽혔다. 계속 보고 있으면 어느새인가 숨조차 쉴 생각을 잊어버린 채 빨려 들어가듯 그저 망연히 바라보는 것이었다.

성진은 그 형상 안에서 규칙성을 찾고자 하였고, 그리고 찾았다.

만다라라는 불가의 상징을 그림으로 나타낸 불화(佛畵)가 있다. 단순한 문양의 겹침과 반복으로 만다라는 우주의 진리와 만물의 생성을 표현하였다. 그 속에 숨어 있는 색조와 도형의 향연은 반복 속에 진리가 숨어 있음을 충분히 깨닫게 해준다.

지금 눈앞에 펼쳐진 이것도 그에 못지않았다. 이것은 이곳을 만든 누군가, 혹은 누군가들이 남긴 그들의 신념이자 정신을 표현한 것 '같았다'. 굳이 '같았다' 라고 표현한 것은 도무지 짐작할 수 없기 때문이다. 성진이 가진 마음의 잣대가 아무리 크고 넓다고는 하나 판이하게 다른 체계로 만들어진 정신 세계를 아무런 정보도 없이 잴 수는 없는 노릇이었다. 그저 성진은 짐작할 뿐이었다.

그렇다 해도 이건 대단하였다. 선의 반복이 주는 의미는 정확히 모르겠지만 한 가지는 확실했다.

"이성을 마비시키고 감성을 매료시킬 수 있는 예술 작품이라는 것."

성진의 말에 모두가 깨어났고 고개를 끄덕였다. 정신없이 빠져들 수 있다는 것. 그것이 무엇이든 간에 지성을 가진 존재에게 감동을 안겨줄 수 있다면 충분히 예술 작품으로 평가될 수 있다는 것이다.

언제까지고 감상하면 좋겠지만 일행에게는 할 일이 있었다. 여기서 죽치고 벽화만을 바라볼 수는 없는 노릇이었다.

유노는 자못 놀랍다는 투로 이야기했다.

"그나저나 놀랍군요. 저것 보세요. 벽화를 구성하는 선들이 중심을 향해 모여 있는데 그 중심에 문자가 새겨져 있다니. 저런 놀라운 흔적이 한낱 치장하는 수단밖에 되지 않는 걸까요?"

무엇인가를 꾸밀 때는 사람들의 이목을 집중시키기 위해 다양한 기법이 쓰인다. 그 대다수는 이목을 집중시켜 알릴 대상을 더욱 돋보이게 하는 노력을 띠고 있다. 이것도 그러하다면, 이렇게 놀라운 벽화를 그려놨다면 벽화의 중심에 놓인 문자는 얼마나 중요한 가치를 담고 있는 것인가?

"샤이라, 문자를 해독해야 되지 않습니까?"

성진의 말에 샤이라는 고개를 끄덕이며 벽화 중앙을 보았다. 방사 형태로 뻗힌 문양이 모여드는 곳에 새겨진 문자. 도대체 어떤 문명이기에 마스터조차 매료시키는 예술품을 남길 수 있는 것인가? 고대어에 일가견이 있는 그녀는 이 작품을 남긴 문명에 대해 호기심에 불탔다. 그녀가 알고 있는 고대어들은 형태는 변조되었지만 어법이나 어순은 유사했다. 때문에 실마리만 찾는다면 완전히 해독해 낼 자신이 있었다.

그러나 그녀의 얼굴은 점점 굳어갔다.

"이건……. 제가 알고 있는 어떤 고대어도 아니군요. 해독할 수 없어요."

그녀가 알고 있는 모든 고대어의 패턴을 벗어난 형태를 띠고 있었다. 도대체 이것은 무엇인가? 혹시 자신이 짐작한 창세 이전의 문명이 남긴 것인가?

"제가 생각했던 2기 이전의 문명이 남긴 문자 같군요. 2기 이전이라니. 정말로 존재했었군요."

겉으로는 태연했지만 내심은 흥분하였다. 증거가 눈앞에 있었다. 비록 해석할 수는 없지만. 그 '해석할 수 없다'는 사실 때문에 짜증도 솟구쳤다.

"해석하지 못하면 말짱 헛것 아니에요?"

하이단이 샤이라 곁으로 살며시 다가와 넌지시 말을 건넸다. 맞는 말이다. 눈앞에 꿀이 있는데 먹지 못하는 곰의 심정과 같았다. 한데 그 말을 꼭 해야 하나?

"지금 약 올리시는 거지요?"

샤이라는 슬쩍 웃음을 지으며 말했다. 하나 벽에서 반사된 은빛 광채가 이리저리 샤이라의 얼굴에 맺히자 그것은 더 이상 웃음이 아니었다. 시퍼런 미소가 샤이라의 얼굴에 퍼져 나가니 그 서슬에 하이단은 기겁했고 성진과 유노는 외면했다.

사태를 해결해 준 것은 예상외의 인물인 세르피아였다. 샤이라가 이끼를 제거해 버린 반대쪽 벽에서도 똑같은 벽화를 발견한 것이다. 성진이 따져 보아도 그것은 한 치의 오차도 없었다. 다만 다른 것이 있다면 중앙에 새겨진 문자가 다르다는 것.

샤이라는 재빠르게 첫 구절을 해석하였다.

"'로준'의 언어를 이해하지 못하는 후생(後生)들을 위해 그들의 언어로 같은 내용을 남긴다. 제가 알고 있는 고대어군요. 해석할 수 있습니다."

문자를 살펴본 샤이라의 말에 일행은 화색을 띠었다. 지금껏 눈을 떼지 못한 채 오직 벽화만 바라보고 있었기 때문에 일행 뒤에 새겨진 같은 흔적을 발견하지 못한 것이다. 참으로 어처구니없지 않은가? 똑같은 내용을 담은 문자를 등 뒤에 두고 지금껏 알지 못하는 문자에 좌절해 끙끙대고 있었다니.

무언가에 사로잡히면 시야가 좁아진다니 딱 그 짝이었다. 덕분에 유노와 하이단은 서로의 어깨를 두드리며 헛웃음을 터뜨렸다. 샤이라는 전심으로 해석하기 시작하였고 불과 10분이 경과하기도 전에 전부 해석할 수 있었다.

"굉장히 빠르시군요."

고대어를 전문으로 해석하는 학자라 할지라도 한 줄을 해석하는 데 몇십 분이 걸린다. 한데 장문으로 보이는 문장을 불과 10분 단에 해석하는 샤이라에게 어찌 감탄하지 않을까? 마스터라 하지만 그만한 지식을 쌓기 위해 고생한 샤이라의 노고가 훤히 보이는 듯하였다.

하나 유노의 이런 감탄에도 불구하고 샤이라의 찌푸려진 미간은 펴질 줄을 몰랐다.

"샤이라, 무슨 문제라도?"

성진이 조심스럽게 묻자 샤이라는 이해할 수 없다는 듯 고개를 젓고는 한숨 섞인 말을 털어놓았다.

"도무지 이해할 수 없군요. 두세 번째 줄까지는 이해할 수 있었습니다. 그런데 그 다음부터 문제군요. 어떤 의도로 이런 '시'를 적어놓은 것인지."

샤이라의 말에 하이단은 눈을 동그랗게 떴다. 시라니? 무슨 뚱딴지 같은 소리인가? 이 같은 소름 끼칠 정도로 위대한 벽화로 강조하기 위해 새겨진 문자가 단지 시라니. 그의 상식으로서는 도저히 이해할 수 없었다.

"샤이라님, 그 시라는 것 좀 알려주십시오."

샤이라는 고개를 끄덕이며 문자에 담긴 내용을 들려주었다.

〈 '로준'의 언어를 이해하지 못할 후생(後生)들을 위해 그들의 언어로 같은 내용을 남긴다. 위대한 흐름에서 떨어져 나온 선지자(先知者)

가 남긴 말이니, 언제까지고 기억되리라.

흔들리는 시계추, 돌고 도는 톱니바퀴.
원점을 돌아 한번 째깍.
원점을 돌아 다시 한 번 째깍.
째깍째깍째깍째깍. 덜크덕.
멈춰 버린 시계추, 놀란 다섯 아이.
시끄러운 다섯 아이 시계추를 붙잡으니,
지나가는 뻐꾸기, 시계추를 돌려주다.
다시 흔들리는 시계추, 돌기 시작하는 톱니바퀴.
두 번 돌아 세 번 도니
무거운 톱니바퀴 튀어 오르고,
가벼운 톱니바퀴 가라앉자
뻐꾸기가 톱니바퀴를 물어뜯다.
다섯 아이 크게 울자
엄마가 주신 톱니.
다섯 아이 웃으며
톱니바퀴를 고친다.〉

"……."

일행은 모호하다는 표정을 지었다. 도대체 저게 무슨 뜻인가! 하이단과 유노는 멍한 표정을 지었고 성진은 고민했으며 세르피아는 그저 무표정으로 들었다. 그러나 그들이 느끼는 공통된 감정은 하나. 그것은 의혹이었다.

"무슨 뜻인 것 같습니까?"

하이단이 조심스럽게 성진에게 물었다. 성진은 천천히 고개를 저었다.

"글쎄요. 시라는 것을 해석하는 것은 매우 힘들지요. 시를 지을 당시의 상황, 작자의 심정과 배경, 의도를 알아야 대충이라도 짐작할 수 있지요. 지금 보고 있는 저도 다섯 아이가 누구이며 뻐꾸기가 무엇인지 톱니바퀴가 무엇을 뜻하는지 알 수 없습니다. 다만 제가 짐작하는 것은 처음 시를 소개했던 말이지요."

성진은 첫 구절을 읊으며 벽을 쓸어 내렸다. 손끝에 홈이 느껴지고 서늘한 기운과 수천 년 전에 홈을 새기며 땀방울을 흘렸을 장인의 모습이 떠오르는 듯했다.

"'로준'의 언어를 이해하지 못할 후생(後生)들을 위해 그들의 언어로 같은 내용을 남긴다. 위대한 흐름에서 떨어져 나온 선지자(先知者)가 남긴 말이니, 언제까지고 기억되리라. 이것이 바로 시를 풀 수 있는 중대한 단서입니다. '후생'이라 함은 나중에 태어난 자. 그러니까 따져 보면 현재 이 시대를 살고 있는 이들을 이야기합니다. '선지자'라 함은 먼저 보는 자. 앞날을 짚어보는 자로도 해석되지요. 예언가일 수 있다는 말이지요. 그 다음 구절에 말하였 듯 '언제까지고 기억되리라'라는 구절은 무언가 중대한 의미를 담은 시이니 후세에 사람들이 이해할 수 있는 언어로 언제까지고 남겨주겠다는 뜻이지요. 즉 무언가를 경계하라는 이야기입니다."

그것은 샤이라도 생각했던 것이었다. 샤이라는 아직 성진이 말하지 않은 것을 이어 말했다.

"또한 다른 것도 찾아볼 스 있습니다. '로준'이라는 문명이 존속하였을 당시 문자 체계가 두 종류 존재했었다는 것이지요. 그 당시 새로 생겨났을 문자 체계로 적은 것이 방금 제가 해석했던 고대어인 셈이지요. 추측할 수 없을 정도로 오래전에 이 벽화가 완성되어졌다는 이야기입니다. 또 하나, 예언시라 함은 미래에 일어날 이야기를 적은 것입니다. 문제는 그 당시의 미래가 지금을 기준으로 지나 버린 과거냐, 혹은 지금이냐, 미래냐 하는 것이지요. 시 해석만큼이나 모호한 것들입니다."

한동안 고심하던 성진은 과감히 결단을 내렸다. 일단 시를 외우고 계속 통로를 걷는 것이다. 어떤 곳인지도 모르는 곳에서 시를 해석한답시고 미적대면 어떤 일이 벌어질지는 아무도 몰랐다. 더군다나 저 지상 밖에는 칼과 두 아이들이 기다리고 있지 않은가? 물론 칼과 두 아이들이 전혀 예상치 못한 무리에 잡혀서 현재 제 발로 쉐도우 워커의 기지로 향하고 있다는 사실을 알면 이렇게 태연하게 있지도 않을 것이다.

이러한 사실을 알 리 없는 하이단은 한숨을 푹 쉬며 말했다.

"하아. 제가 넘어지지만 않았어도 발견하지 못했을 것을. 괜한 불안감만 쌓이는군요. 저것이 무슨 의미를 담고 있는지는 몰라도 들으니 등골이 오싹한 것을 보아 분명 좋은 뜻은 아닌 것 같습니다. 차라리 모르고 있었으면 좋았을 것 같은 생각이 드는군요."

성진은 고개를 저으며 하이단의 어깨를 두드렸다.

"아닙니다. 이것은 매우 중요한 것일지도 모르는 것입니다. 저것이 무슨 뜻을 의미하는지는 모르겠지만 어쩌면 우리와 관계된 매우 중요한 것일지도 모릅니다. 하이단, 알고 대처하는 것과 모르고 겪는 것은 큰 차이가 있습니다. 그런 의미에서 당신은 큰일을 한 셈이지요."

"그렇다면 좋겠지만……."

하이단은 말끝을 흐리며 벽화를 바라보았다. 이렇게 놀라울 정도의 치장을 하여 기록된 내용이 분명 단순할 리는 없었다. 거기에다 알 수 없는 은유와 비유. 시에서 느껴지는 불안감이 하이단의 마음을 적셔왔다. 성진의 괜찮다는 말에도 불구하고 불안한 이유는 뭘까? 하이단은 내심 자신의 기우가 그저 기우로 끝나기만을 바랐다.

불안감은 인간을 흔들리게 한다.

불안감은 나약한 감정. 사람을 약하게 만드는 감정이다. 그렇기에, 누구보다도 투쟁적이고 낙천적인 하이단에게 어울리지 않는 감정이었다. 그의 일생 중 얼마나 불안감을 맛보았을까? 하이단은 그의 마음속에 꿈틀대는 불안감을 억지로 비웃으며 발걸음을 떼었다.

그는 그 불안감을 날려 버리고 싶다는 듯 외쳤다.

"자자! 말이 나왔으니 가야지요! 이 통로의 끝이 지옥인지 천국인지 직접 알아봅시다!"

미래라는 거대한 인연의 끈을 어찌 인간이 알 수 있으랴. 닥쳐올 일이 두렵다 하여 불안감만 가진다면 그것은 죽어버린 생. 인간이 인간답게 살기 위해, 아니, 지성체가 그들답게 살기 위해서는 그 미래를 위해 치열하게 달려야 한다. 그것이 종말이 되든 진화가 되든. 그 모든 것을 관장하는 인과율을 어찌 지성체가 이해할 수 있을까.

미래를 엮어 나가기 위한 끈들은 수만 가지다. 성진이 길리언을 발견하였다 하여 그 아이에게 손을 내밀지 않았다면 사승 관계가 없었을 것이며 칼을 외면했더라면 유쾌한 동료 또한 없었을 것이다. 샤이라와 적대했다면 지금처럼 매혹적이고 재치있는 그녀의 성격을 경험하지는 못했을 것이다. 미래라는 수많은 갈림길 중에 선택하는 것은 그 자신의 몫. 불안하다 하여 무섭다 하여 소극적이기만 한다면 결코 좋은 결과를 이끌어낼 수 없다.

그런 면에서 하이단은 훌륭한 것이었다. 그는 의식적으로, 그리고 본능적으로 그렇게 대처한 것이리라. 그는 불안감으로 자칫 줄어들지 모르는 선택의 길에 무의식적으로 저항한 것이다. 그것을 알고 느꼈기에 성진은 빙그레 웃었다.

"그러죠. 갑시다."

성진이 하이단의 말에 맞장구치며 앞서 걷자 모두가 의외라는 듯 그의 등 뒤를 바라보다 일제히 발을 내디뎠다.

고대인의 예언이 적혀 있는 벽을 뒤로하고 샤이라가 만든 불빛이 어두운 미로 같은 통로를 향했다. 그 앞에 무엇이 있을지는 아무도 모른다. 그렇기 때문에 그저 걸을 뿐. 예언이라 하여 그것이 이루어진다고 볼 수는 없었다. 아니, 이루어진다 하더라도 그 의미는 수만 가지. 해석하는 자에 따라 의미가 바뀌는 것이 예언이니 운명도 이와 같다.

그 작은 갈림길에 기대어 미래를 걷는 사람과 사람들은 참으로 위대한 것이었다.

그리하여 일행은 지상에서 수만 피트 깊이의 누군가가 만들어놓은 태고의 통로를 걸었다.

일행이 물 차는 소리와 밝은 빛이 통로를 따라 저편으로 사라진 직후 통로는 다시 오랜 세월 동안 겪었던 그대로 어둠 속에 묻혔다. 다만 달라진 것이 있다면 이끼가 말끔하게 제거되어 번들번들한 벽이 드러났다는 것 빼고는.

아니, 그 달라진 점마저 사라지고 있었다. 어둠 속에 잠겼던 이끼들이 눈에 띄게 증식되더니 순식간에 드러난 벽을 덮어버리는 것이 아닌

가? 그 증식 속도가 워낙 빠른지라 벽은 순식간에 이끼로 덮였고 처음
과 마찬가지로 은은한 야광을 발하며 새파란 빛으로 어둠 속을 물들였
다.

바람도 무언가의 떨어짐도 없었다. 통로의 바닥을 적시는 잔잔한 물
은 이윽고 태고의 침묵을 이어받아 거울처럼 잔잔했다. 아니, 전부 잔
잔한 것은 아니었다. 조금 전 하이단이 미끄러진 그 자리에는 파문이
생겼다가 사라지기를 반복하였다. 그것도 두세 번. 이윽고 파문도 사
라졌고 통로는 완전히 침묵하였다.

*　　　　*　　　　*

길고 긴 터널 끝은 고대하던 목표인 엘프가 아니었다. 단지 그의 걸
음을 가로막는 거대한 석문뿐. 대문에 행렬은 드디어 처음으로 그 걸
음을 멈췄다. 드골 백작은 선두에 섰던 용병의 보고에 앞으로 나서 석
문에 다가갔다. 보아하니 쉬이 뚫릴 것 같지도 않았다. 석문은 그저 평
범한 돌이 아닌 듯 엷은 은빛 광택을 띠고 있었다. 불빛을 가까이 비추
자 횃불에 엷은 광택이 번져 나갔다. 손으로 두들기자 단단한 느낌이
났다.

"그 녀석 끌고 와."

드골 백작은 여전히 석문을 바라보며 나직한 목소리로 등 뒤의 용병
에게 명령했다. 횃불을 든 용병은 재빨리 옆의 용병에게 눈짓을 보냈
다. 눈짓을 받은 용병이 눈을 부라리며 '왜 나냐?' 라는 뜻을 담아 보내
자 횃불을 든 용병은 횃불과 드골 백작을 번갈아 바라보며 '이거 들고
뒤로 갔다가 목 떼이면 책임질래?' 라는 뜻을 가득 담은 험악한 표정을

지어 보였다.

　말이 없어도 통하는 것이리라. 수긍해 버린 용병은 재빨리 칼을 끌고 왔다. 따지고 보면 얼마 되지도 않는—그들과 칼과의 거리는 불과 6야드도 채 되지 않았다—거리를 가지고 그 많은 뜻을 담은 눈빛을 교환한 이들이 우습기까지 하였다.

　하나 실상을 알고 보면 당연한 행동이었다. 나직한 목소리로 명령하는 드골 백작의 말을 잘못 듣고 엉뚱한 행동을 했다가 목이 날아간 이들도 있었기 때문이다.

　'그 녀석'이 누굴까 잠시 고민하던 용병은 다행히 드골 백작의 주문을 충실히 이행하였고 그 증거로 그의 곁에는 포승줄에 단단히 포박된 칼이 서 있었다.

　드골 백작은 고개를 뒤로 돌려 칼을 바라보았다. 그리고 그 특유의 뱀을 닮은 미소를 그리며 칼에게 물었다.

　"이 문… 어떻게 열지?"

　칼은 그의 미소에 구역질할 것 같은 느낌을 받았다. 거기에 묘한 비린내마저 풍겼다. 뱀 같은 것이 아니라 뱀이었다. 탐욕스런 뱀. 칼은 억지로 역한 느낌을 짓누르며 말했다.

　"나도 모른다."

　칼도 몰랐다. 성진이 전해준 정보에는 이런 석문 따위는 없었다. 흡사 갑작스레 땅에서 솟아난 듯한 석문에 칼도 당황하고 있던 차였다. 이만한 석문은 분명히 이 자리에 없었다.

　그러나 유감스럽게도 진심을 토로한 칼의 대답이 충분히 드골 백작에게 전달되지 못한 듯하였다. 드골 백작은 더욱 짙은 비린내를 풍기며 웃었다.

"가서 꼬마를 데려와라."

다시 용병이 움직였고 중간 열에 끼어 있었던 길리언이 끌려왔다. 횃불에 비친 길리언의 얼굴은 창백하게 질려 있었다. 횃불 빛에 비치면 분명 주황빛을 띤다는 것을 아는데도. 그러나 길리언은 의연한 표정으로 드골 백작을 똑바로 올려다보았다. 드골 백작은 그 눈빛에 놀랐다는 듯 눈을 살짝 크게 떴다가 지그시 뜨며 손으로 길리언의 볼을 쓰다듬었다.

'크억!'

드골 백작의 손이 닿자 순간 드골 백작의 소름 끼치는 악념이 밀려들어 왔다. 역겹고 추악한 욕망, 탐욕과 광기. 그 모든 것이 노도처럼 길리언을 후려쳤다. 피부에 소름이 돋고 등줄기로 식은땀이 배어났다. 그 끔찍한 느낌에 길리언은 이를 악물었다.

길리언의 보드라운 볼을 쓰다듬던 드골 백작은 살짝 웃으며 칼 곁에 서 있는 용병에게 말했다.

"아, 자네들. 그 녀석 단단히 붙잡고 있게. 놓치면 내가 자네들의 목을 떼줄 테니."

고상하게 존칭을 붙여가며 명하는 드골 백작의 주문에 주위에 선 용병들은 어리둥절한 표정을 지으면서도 재빨리 칼의 양팔을 붙잡고 허리를 감쌌다. 목숨은 누구나 하나, 소중하기 때문이었다.

드골 백작은 다시 길리언의 얼굴을 쓸어내며 서서히 미소를 그리기 시작하였다. 그리고 드골 백작의 미소가 커지며 날카로운 송곳니가 보이는 순간 길리언은 왼쪽 팔뚝이 화끈해지는 것을 느꼈다.

쐐악—

드골 백작은 허리춤에서 순간적으로 검을 빼 들어 휘둘렀다. 차가운 강철의 손톱은 여린 아이의 피부를 가르고 정맥을 가로지르며 근육을 잘랐다. 강철의 손톱은 길리언의 상완 이두근을 완전히 절단해 버리고 근육 깊숙한 곳에 숨겨져 있는 동맥마저 끊어버렸다.

푸아악!

선명한 선홍색 핏물이 잘려진 상처 틈에서 폭발하듯 치솟아 벽면을 적셨다. 그저 화끈했을 뿐이었다. 길리언은 저도 모르게 오른손으로 왼팔을 만졌다. 뜨뜻하고 점성이 느껴지는 액체가 손바닥에 하나 가득 느껴졌다. 길리언은 손바닥에서 따스함을 느꼈고 온몸이 서늘해지는 기이한 느낌을 받았다.

“아아…….”

너무나 갑작스러웠을까? 길리언은 자신이 무슨 일을 당했는지 알 수 없었다. 그저 팔에 감각이 사라지고 있다는 것만 느낄 뿐. 그러다 어느 순간 머리가 아찔할 만큼의 고통과 함께 왼쪽 팔이 찌릿거리더니 완전히 감각이 사라졌다. 이윽고 다량 출혈로 인한 쇼크가 찾아왔고 길리언은 의식을 잃고 쓰러졌다.

“…….”

드골 백작의 갑작스러운 행동에 모두들 말없이 그 모습을 멍하니 보았다. 도대체 무슨 일인가? 무언가 빛이 번쩍 하더니 피보라가 일었고 아이가 쓰러진 상황을 도무지 납득할 수 없었다. 드골 백작의 상식 밖의 행동에 모두들 경악하였고 굳었다. 너무도 놀랐기에 소리조차 지르지 못하고 굳어버린 것이다. 자욱이 피어나는 혈향에 칼이 가장 먼저 정신을 차렸다.

“아악!”

비명을 질러야 할 사람은 길리언임에도 불구하고 정작 칼이 크게 놀라 부르짖었다. 아이의 팔 근육을 끊어버리다니! 무슨 짓인가!

"정말 모르나?"

정작 근육을 끊어버린 당사자는 지그시 웃으며 물었다. 태연한 미소에 지나가는 듯한 물음. 가이드에게 묻는 그런 자연스러운 질문. 칼은 길리언의 팔에서 끊임없이 뿜어져 나오는 피와 코끝에 스치는 혈향에 미칠 것만 같은 느낌을 받았다. 심장이 급격히 박동하기 시작하였고 사지 말단에서부터 분노가 끓어올랐다. 이윽고 분노는 그의 시야를 잠식하였고 붉게 변하는 듯한 착각과 함께 목이 터져라 고함쳤다.

"이런 개자식아! 모른다고 했잖아! 놔! 저 자식 죽여 버릴 거야!"

"흠, 정말 모르는가 브군."

그의 낭패 어린 말에 칼은 머리 속에서 무언가 뚝 끊기는 것을 느꼈다. 그 순간 칼에게서 소름 끼치는 살기가 폭발하듯 터져 나왔다. 칼은 이미 오러 유저. 깨달은 경지가 상당히 높은 오러 유저였다. 칼이 진심으로 살기를 품자 그것은 엄청난 압박이 되어 휘몰아쳤다. 칼 주위에 있던 용병들은 심장이 미어터질 것 같은 충격에 뒤로 물러섰고 칼의 엄청난 살기에 의외라는 듯 드골 백작은 눈을 동그랗게 떴다.

"죽여 버리겠어!"

칼이 앞으로 박차고 나가자 그 거센 힘에 칼을 붙잡고 있던 용병 셋이 끌려갔다. 칼의 살기를 정면으로 받은 녀석들은 얼굴이 허옇게 질렸지만 끝끝내 칼을 놓지 않았다. 놓지 않으면 죽을 것 같은 기분에 시달렸지만 놓치면 진짜 죽는다. 아무래도 기분보다는 현실이 더 큰 무게가 있는 것이었다.

"크아악! 이 개자식아!"

칼의 분노가 쩌렁쩌렁하게 터널을 울렸다. 칼 뒤로 선 용병들은 난생처음 듣는 오러 유저의 살기 어린 외침에 뒤로 물러섰다. 그들은 칼이 오러 유저라는 것을 모른다. 그러나 칼의 고함 속에 섞인 살기는 피부로 느낄 수 있을 만큼 노골적이었다.

칼은 거세게 움직이며 손을 움직였다. 포승줄을 끊어버리고 눈앞에 선 저 빌어먹을 녀석의 목을 조르고 싶었다. 포승줄은 매우 질긴 소재였고 인간의 힘으로는 절대 끊을 수 없는 것이었다. 그럼에도 불구하고 칼은 거칠게 손목을 비틀었다. 순식간에 칼의 손목의 피부가 벗겨지며 핏물이 배어 나왔다.

투둑―

칼의 집념 탓인지 오러가 근육의 힘을 증폭시킨 탓인지 몰라도 포승줄의 오라기가 조금씩 끊어져 버리는 게 아닌가? 그 모습에 재미있다는 듯 드골 백작은 길리언이 쓰러진 곳으로 눈짓을 보내며 말했다.

"그렇게 발광하는 것보다는 저 아이를 응급 처치하는 게 더 좋지 않을까? 더 놔두다가는 과다 출혈로 죽을 것 같은데?"

아닌 게 아니라 길리언의 팔에서 뿜어져 나오는 혈액은 어느새 작은 웅덩이를 이루고 있었다. 일을 저지른 당사자가 빙글빙글 웃으며 말하는 것에 따른다는 게 정말이지 싫었지만 하는 수 없는 것이었다. 그대로 놔두면 죽는다.

칼은 황급히 다가가 길리언의 출혈 부분을 지혈시키려 하였지만 두 손이 묶인 상태였다. 칼은 절망 어린 눈빛으로 길리언을 보았다. 어두운 불빛 사이로 보이는 길리언의 낯빛은 정말 창백했다. 이도 저도 못하는 꼴이 우스웠다. 칼은 이를 악물고 상의의 밑부분을 뜯어 기다란 붕대를 급조했다. 그러나 어떻게 묶나. 하지만 묶어야 했다. 그가 어찌할 바를 모르는 이 순간에도 길리언의 피는 흘러나왔고 몸은 점차 식어갔다. 칼은 손으로 천을 들고 울부짖었다.

"제기랄!"

그 순간 손 하나가 불쑥 튀어나와 칼이 쥐고 있는 천을 뺏어 들더니 길리언의 왼쪽 어깨 부분을 강하게 동여맸다. 칼은 멍하니 손의 임자를 바라보았다.

"베르트……."

이를 악문 베르트는 비상 주머니에서 붕대를 꺼내더니 십자 모양으로 길리언의 팔뚝을 강하게 묶었다. 본래 막대기로 꼬아 죄어야 동맥까지 지혈되지만 기사의 단련된 힘은 그런 막대기 효과를 발휘하였다.

빠른 손놀림으로 응급 처치를 마친 베르트는 한숨을 쉬고 칼에게 말을 건넸다.

"이두근이 완전히 끊기고 동맥까지 끊겼다. 지혈은 어떻게 했는데 저대로 놔두면 왼팔 전체를 잘라야 한다. 아, 그렇지. 용병 중에 마법사가 있으니 그에게 부탁하면 되겠다!"

베르트의 말에 칼의 얼굴은 화색을 되찾았지만 그런 그들의 기분을 끊어버리는 차가운 목소리가 들려왔다.

"이런이런. 부관, 응급 처치까지는 용납하겠지만 그 이상은 안 돼."

냉랭하게 코웃음 친 드골 백작은 아쉬움이 가득한 목소리로 석문을 쓰다듬으며 말했다.

"흠 어쩌나. 이 석문을 부숴야 계속 나아갈 수 있겠는데. 오러 유저 둘 정도 되어야 뚫을 수 있겠군."

그 소리에 칼은 머리 속이 번쩍거렸다. 칼은 드골 백작에게 소리쳤다.

"만약 문을 열 수 있다면 아이를 치료해 줄 것이냐?"

칼의 말에 드골 백작은 재미있다는 듯 칼을 바라보았다.

"넌 분명히 여는 방법을 모른다고 했을 텐데? 거짓말을 했었던가?"

그의 빈정대는 듯한 물음에 칼은 이를 악물었다.

"개자식아! 그것 말고 방법이 있다! 빨리 이거나 풀어줘!"

한시가 급했다. 그가 지체하고 있는 사이에도 길리언의 왼팔은 죽어가고 있을 것이었다. 근육이 끊긴 채 혈액 공급마저 차단당한다면 얼마나 치명적인지 칼은 너무나도 잘 알고 있었다. 그렇기에 급하게 소리친 것이다. 드골 백작에게 그의 진심이 전해졌는지 드골 백작은 잠시 턱을 쓸더니 말했다.

"좋아. 네가 그리 자신만만하니 풀어주도록 하지. 우선……."

퍽!

칼의 얼굴이 오른쪽으로 획 돌아갔다. 드골 백작이 칼의 왼쪽 뺨을 후려친 것이다. 칼을 걷어찬 드골 백작은 만족한 웃음을 띠며 검을 뽑아 들고는 가볍게 놀렸다.

"우선 나에게 존칭을 취하도록. 나는 개자식이라는 천박한 이름 따위는 없다."

툭 하는 소리와 함께 칼의 손목을 죄고 있는 밧줄이 깨끗이 끊겼다. 정말 빌어먹게도 깨끗한 한 수였다.

"…알겠소, 백작……."

칼은 입 안에 고이는 짭짤한 핏물을 삼키며 씹을 듯이 말했다. 칼은 베르트에게 손을 내밀었다.

"검을 빌려줘."

칼의 말에 베르트는 그의 눈동자를 보았다. 시뻘겋게 충혈된 눈동자는 분노를 가득 담고 있었다. 잠시 고민하던 베르트는 드골 백작의 끄덕임에 허리춤의 검을 뽑아 건네주었다.

"허튼짓하면 재미있을 거야."

드골 백작의 이죽임에 칼은 터져 나오려던 분노를 억눌렀다. 그가 오러를 뿜어내며 드골 백작에게 달려들더라도 그를 한순간에 제압할 수는 없다. 그는 이제 막 오러를 깨달은 새내기였고 그에 반해 드골 백작은 빌어먹게도 숙련된 오러 유저였다.

방금 전 길리언의 뼈에는 아무런 이상도 주지 않고 근육을 가르는 한 수에 칼은 드골 백작의 숙련된 솜씨를 엿볼 수 있었다. 정말 빌어먹을 일이었다. 칼은 목소리에 최대한 살기를 억누르며 말했다. 그의 목소리는 찢어지는 듯 처절했다.

"난…… 아이를 살려야 한다."

말을 내뱉은 칼은 천천히 석둔으로 다가갔다. 칼은 천천히 숨을 골랐다. 그리고 눈앞에 자리 잡은 석문을 드골 백작이라고 상상하기 시작하였다.

그의 분노가 칼의 몸 깊숙한 곳에 내재된 힘을 일깨웠고 주인의 분노에 따라 힘은 용솟음쳤다. 근육을 타고 혈관을 지나 신경을 자극했다. 기이한 진동과 음률이 근육 속에서 노래하기 시작하였다. 칼의 의지에 따라 결집된 힘은 그가 쥔 검에 쏠리기 시작하였고 검은 조용한 울음을 토해내기 시작하였다.

웅웅웅—

칼의 분노는 더욱 커졌고 상상했던 드골 백작의 이미지가 석문에 확연히 떠올랐다. 그 순간 칼의 몸속에 작은 폭발이 일어났고 노도와 같은 해일이 검에 치달았다. 그리고 마침내 찬란한 빛무리가 솟아났다.

"오러?"

드골 백작은 눈을 동그랗게 뜨며 저도 모르게 말했다. 그뿐만이 아니었다. 그의 뒤에 선 용병이나 베르트도 마찬가지로 숨을 죽이고 칼이 쥔 검을 바라보았다. 정확히 말하면 그 검에서 피어난 아름다운 빛을 보았다.

칼의 분노는 찬란한 빛으로 승화되어 검에서 뿜어져 나왔고 드골 백작을 향한 강렬한 살기가 대기를 가득 메웠다. 그 숨 막힐 듯한 위용에 베르트는 몸을 가늘게 떨었다.

동기였던 칼은 그를 멀찍이 따돌리고 모든 검사와 기사의 꿈이라 불리는 오러 유저에 들어섰다. 검에서 찬란하게 뿜어져 나오는 빛. 베르트는 그 빛을 보며 질투와 감동이라는 상반된 감정에 잠시 흔들려야만 했다.

드골 백작은 눈을 지그시 떴다. 이제껏 여유로운 표정으로 칼을 보던 것은 싹 가셨다. 그의 눈에는 작은 긴장감이 스쳤고 오히려 경계심마저 흘렀다. 칼이 오러 유저란 것을 알아버렸으니 이제껏 자신이 월등하다고 생각했던 것이 일순간 무너져 버린 것이다. 더군다나 저렇게 젊은 나이에 오러를 얻다니. 오히려 드골 백작 가슴 깊숙한 곳에서 차가운 질투심이 피어올랐다.

칼 옆에 선 드골 백작은 역시나 검을 빼 들어 오러를 뿜었다. 대륙에 기십 명밖에 없는 오러 유저가 이 지하 깊은 곳의 알 수 없는 터널 앞에서 나란히 오러를 뿜어내는 광경에 용병들은 정신없이 구경하였다.

드골 백작과 칼은 암묵적인 신호와 함께 검을 휘둘렀고 밝은 빛과 함께 석문은 깨끗이 조각나 부서져 내렸다.

쿠르릉.

먼지도 피어오르지 않았다. 오히려 깨끗이 잘려 버린 단면은 반질반

질한 광택을 뿜어내고 있었다. 오러를 거두고 검을 베르트에게 전해준 칼은 드골 백작에게 말했다.

"약속은 지켜라."

드골 백작은 고개를 끄덕였다.

"물론 지켜야지. 가서 마법사를 불러와라."

용병은 누군가를 부르기 시작하였고 간단한 무장을 갖춘 남자가 달려와 길리언을 살펴보기 시작하였다. 말했던 그 마법사 같아 보였다. 잠시 길리언의 상처를 살펴보던 사내는 캐스팅을 시작하더니 두 손에서 밝은 빛이 뿜어져 나왔다. 그 빛으로 길리언의 상처 부위를 문지르던 사내는 이윽고 손의 광채가 사라지자 약간 지친 표정으로 칼에게 다가가 조용히 말을 건넸다.

"상처는 치료했습니다. 다만 절단된 근육은 마법으로는 도저히 고칠 수 없습니다. 오러 유저의 오러에 의해 끊어진 근육은 마법이나 신성력으로도 이을 수 없지요. 유감스럽게도 말이지요. 쯧, 어린 나이에……."

마지막을 길리언에 대한 동정으로 맺은 사내는 뒤로 돌아가 대열에 합류하였다. 칼은 다시 자신의 두 손에 포승줄을 감는 용병을 외면한 채 길리언만을 보았다. 칼은 처연한 미소를 지었다.

'미안하다. 나 때문에…….'

드골 백작은 그런 칼의 뒷모습을 무언가 골똘히 생각하며 바라보았다. 무엇을 생각했을까? 잠시 손에 들린 검을 들고 주춤하던 드골 백작은 작게 읊조리며 검을 집어넣었다.

"지금이야 내 손안에 있으니…… 나중에 잘라야지."

그런 드골 백작의 중얼거림을 베르트는 얼핏 들었다. 그 속에 묻어

나는 냉기에 베르트는 소름이 돋았다. 무슨 뜻인지는 몰라도 칼에게 좋지 않은 것이리라. 그런 베르트의 염려를 알 턱이 없는 칼은 자신에게 닥칠 불행도 알지 못한 채 길리언을 끌어안고는 몸을 일으켰다. 피에 젖어 축 늘어진 팔이 칼의 눈을 아프게 찔렀다.

"그럼 계속 가도록 하지."

드골 백작의 명에 따라 다시 46인의 대열은 천천히 깊고 어두운 터널을 걷기 시작하였다.

*　　　*　　　*

발 밑에 흐르는 물은 어느덧 무릎까지 차 올랐고 대신 터널은 점점 넓어져 일행이 걸을 수 있는 길이 나왔다. 길에 올라서서 다시 터널을 걷자 물은 어느덧 개울을 이루었고 그에 맞춰 터널 저 끝에서는 빛이 보이기 시작하였다.

"드디어 출구인가?"

하이단은 기쁜 기색을 드러내며 걸음을 조금 더 빨리하여 걸었고 역시나 일행도 그에 따라 발을 맞춰 걷기 시작하였다. 빛이 보인다 함은 끝이 보인다는 것이었다.

'빛이라.'

성진은 공간을 점령한 후 점차 새로운 깨달음에 발맞춰 그가 더욱 다양한 힘을 사용할 수 있는 것을 깨달았다. 그중 하나가 바로 자기장을 느끼는 것인데 이곳 자기장은 지상을 기준으로 볼 때 대략 5km 정도의 깊이에 해당하는 것이었다.

지상으로부터 5km 깊이까지 터널을 뚫고 계단을 만든다는 것이 보통 쉬운 일인가? 더군다나 빛이라니. 광원(光源)이 무엇이기에 이 깊은 곳에 빛을 만들 수 있을까?

가지가지 생각을 해봤지만 정답은 역시 '직접 보아라' 였다. 백문이 불여일견이라고, 역시 백 번 듣는 것보다는 한 번 보는 것이 더 좋은 법이다.

일행의 걸음이 어느덧 터널의 끝에 다다랐을 때 모두들 제 눈을 의심해야만 했다. 하이단은 가슴을 움켜쥐고 떨리는 목소리로 말했다.

"젠장, 평생 잊지 못할 거 여러 번 보는군. 이러다 심장 마비로 급사하는 것 아닌가."

투명하고 맑은 물들은 절벽을 타고 밑으로 곤두박질치고 있었다. 도대체 어디가 바닥인지 알 수 없을 만큼 높은 곳에 이들이 서 있는 것이었다.

이들이 서 있는 터널만이 있는 것은 아니었다.

"많군요."

샤이라는 주위를 돌아보며 담담히 말했다. 하지만 하이단과 유노는 샤이라를 노려보아야 했다. 저게 과연 담담히 말할 성질의 것인가?!

절벽은 둥글었다. 아니, 정확히 표현하자면 이 공간은 전부 절벽으로 되어 있었다. 짐작할 수 없을 정도로 거대했지만 반구형의 형체. 아주 작게 보이는 저 건너편에서도 수십, 수백의 물줄기들이 중력에 이끌려 아래로 내달리고 있었다. 왼쪽을 보아도, 오른쪽을 보아도 장대한 자연의 음을 내뱉으며 수백 톤의 물들이 낙하하고 있었다.

쏴아아아—

90도로 꺾여 지상으로 내닫는 물줄기에서 튀어 오른 물방울들이 반구형 하늘 저 위편에서 쏟아지는 빛을 이리저리 꺾어 수십, 수백 개의

무지개를 만들고 그것도 모자라 서로 제각각 엮어지고 있었다.

만약 음유 시인들이 이 광경을 보았다면 이렇게 표현했을 것이리라.

암회색 바위틈에서 빠져나온 영롱한 거미줄이 일곱 빛깔의 숨결을 내뱉으며 하늘 저편에서 땅으로, 다시 땅에서 하늘까지 이어 달리더라.

지금까지 걸어오며 통로의 빛의 미학과 벽화에서 보여준 기하학적인 문양의 향연이라는 아름다움도 보았지만 이것은 웅장하다는 의미로 보여줄 수 있는 아름다움이었다.

세르피아가 자라난 라프디아 숲, 수해(樹海)의 웅장함에 비견될 만한 것이었다. 아니, 피조물이 이룩한 인공미가 덧붙었으니 그보다 더할까.

"드워프들이 이걸 보았다면 그네들의 도시를 부숴 버렸겠군."

유노는 신음을 토하며 말했다. 거대한 크로노인 대륙을 남북으로 가르는 중앙대간에 사는 마운틴 드워프들만의 도시이자 지성체가 만든 최고의 도시 '강철의 도시'도 이만큼은 못할 것 같았다.

"에이! 설마 그 정도까지야……?"

하이단이 회의적인 반응을 보였지만 유노의 말을 증명한 것은 샤이라였다.

"제가 강철의 도시를 가보았지만 이만큼은 아니었어요."

샤이라마저 인정할 정도니 유노의 말은 과장이 아니었다.

고개가 꺾일 듯이 아득히 솟은 천장. 얼마나 넓은 것인가 짐작조차 할 수 없는 공간. 그저 멀리 보이는 회색의 잔영이 그것이 벽이라는 것을 인지시켜 주는 것이었다. 반구형으로 된 거대한 공간의 가장 높은 곳에서는 눈부신 빛이 흘러나왔고 그것은 흡사 태양이라도 되는 듯 밑으로 쏟아졌다.

그리고 반구형의 평평한 면, 그러니까 가장 밑은 거대한 도시가 펼쳐져 있었다. 도시라고 짐작할 수 있는 것은 건물이라고 추측되는 수많은 것들이 이리저리 들어서 있기 때문이었다.

처음에는 그것이 도시인지 몰랐다. 다만 성진만이 알았을 뿐. 그것은 그가 떠나오기 전 그의 고향 지구에서 자주 보았던 도시와 비슷한 모양이었다. 설화에도 나오지 않을 정도로 옛적에 만들어진 도시, 샤이라마저도 지하 깊은 곳에 있었을 것이라고 추측했던 도시. 그 잃어버린 도시에 일행이 도착한 것이다.

그러나 경탄도 잠시. 현실적인 문제가 일행을 덮쳐 왔다. 그것은 어떻게 내려가냐는 것이었다.

"계단도 없는데… 어떻게 내려가지요?"

유노가 걱정스러운 듯 말했다. 그러나 유노는 잠시 간과한 것이 있었다. 그의 곁에는 무소불위의 존재라고 일컬어지는 마스터들이 둘이나 있다는 것. 하이단은 웃으며 유노의 어깨를 감쌌다.

"껄껄껄! 친우여! 평범하게 생각하지 말라! 우리의 곁에는 마스터가 있으니. 자자, 어서 뛰세!"

"그, 그렇군. 에? 뭐라… 으악!"

하이단의 말에 깨달았다는 듯 긍정하던 유노는 자신을 붙잡고 조금도 망설임없이 뛰어내리는 하이단의 행동에 기겁하고 말았다. 둘이 뛰어내리자 잇달아 샤이라도 몸을 던졌고 성진은 약간 당황하는 눈빛을 띠는 세르피아의 손을 잡고 주저없이 몸을 날렸다.

파아앗!

눈앞이 새하얗게 변할 만큼 환한 빛이 눈앞을 찌르고 이윽고 한없는

해방감이 몸을 감쌌다. 귓가를, 몸을 시원한 바람이 감싸 안았다. 중력
은 낙하하는 자의 몸을 잡아끌었다. 바람을 찢고 공간을 가르며 수십
미터를 단번에 떨어지는 쾌감에 성진은 눈을 지그시 떴다. 그리고 그
쾌감이 마냥 싫지만은 않은 듯 세르피아도 은은한 미소를 지으며 팔을
놀렸다.

가늘고 긴 초록빛 머리칼이 쉴 새 없이 나부끼고 머리칼에 맺힌 광
택이 사방으로 뛰쳐나갔다. 진저리치는 초록빛이 잔광을 뿌리며 공중
으로 흩어졌다.

그러나 그 쾌감이 모두 다에게 해당되는 것은 아니었다.

"으아아악! 하이다안! 너 죽여 버릴 거야아!"

촌각의 차이였으나 벌써 저만치 떨어진 유노의 경악과 당황에 찬 음
성이 울려 퍼졌다. 그에 비해 하이단은 갖은 묘기를 부리며 스카이다
이빙의 진수를 보여주고 있었다. 하이단은 진심으로 기쁜 듯 크게 웃
음을 터뜨렸다.

"크하하하! 날아라!"

실로 수천 년 만의 방문자의 웃음소리가 잃어버린 옛 선인(先人)들
의 도시 위에 울려 퍼졌다.

일행은 길을 걷고 있었다. 도시는 깨끗하고 조용했다. 도대체 얼마
만큼 옛날에 만들어졌는지도 짐작되지 않을 만큼 깨끗하고 새것 같았
다. 하지만 그 깨끗함에, 생명체도 없는 조용함에 하이단은 음산함마
저 느껴야만 했다.

"도대체…… 이 도시는 뭡니까?"

하이단은 사방을 두리번거리며 샤이라에게 은근히 물었다. 그러나

샤이라가 어찌 알 수 있을까? 이곳은 고대의 역사에도 기록되지 않을 만큼 아득히 먼 옛날의 도시였다. 아니, 설마 존재할까 생각했던 것이 실지로 증명되어 이렇게 밟고 서 있다는 것에 묘한 감흥마저 일어나고 있었다.

도무지 짐작할 수 없었다. 건축 양식이며 곳곳에 새겨진 글자와 문양. 그녀가 알고 있는 지식 속의 어떤 것도 이에 해당하지 않았다.

"모르겠습니다. 일단 이 도시의 중심부로 가야 하겠지요. 저쪽으로 가지요."

샤이라는 떨어지면서 보았던 도시의 중심부를 떠올리며 걸음을 옮겼다. 떨어지면서 많은 것을 보았다. 반구형으로 생긴 도시는 참으로 특이했다. 이 지하 깊은 곳에 이 같은 거대한 공동(空洞)을 만들어낸 것도 그렇지만 물을 보급하는 것도 탁월했다. 절벽에서 떨어진 물들은 십자 모양의 수로로 도시 중심부를 향하였다. 이 막대한 양의 물이 들어왔으면 나가는 곳도 있어야 하거늘 도시 어느 곳에서도 그러한 곳을 발견하지 못했다.

그렇다면 중심부로 모인 물은 분명 지하 수로를 통해 도시 곳곳으로 배분된다는 이야기. 샤이라는 짐작할 수 없을 만큼 오랜 세월 동안 이러한 시스템이 유지되었다는 것에 경악할 수밖에 없었다. 도대체 이곳은 어떤 조화를 부렸기에 자연의 거친 손길에서 벗어나 이렇게까지 멀쩡할 수 있을까?

그녀가 생각하기에는 모든 해답은 이 도시의 중심부에 있을 것 같았다. 아직도 활동하는 그 중심부에 가면 무언가를 찾을 수 있겠지 하는 확신 비슷한 예감이 들었다. 그것은 비단 그녀만이 가진 감정은 아니었다. 성진마저도 비슷한 확신을 하였으니.

"확실히 이 도시의 중심부에 정체를 알 수 없는 에너지의 유동이 있습니다."

"에너지의 유동이라고요?"

샤이라는 의문스럽다는 듯 성진에게 물었다. 그녀가 알 수 있는 것은 자연력의 비정상적인 집중. 성진이 이야기하는 에너지의 유동은 조금 다른 타입인 것 같았다. 과연 그녀의 짐작이 틀리지는 않았는지 성진은 그녀의 물음에 답했다.

"그것이 저도 잘 알 수 없습니다. 이런 식의 에너지 유동은 느껴본 적이 없거든요."

성진도 그가 느낀 에너지의 흐름에 매우 난감하였다. 이런 흐름은 느껴본 적이 없었다. 알 수 없는 에너지가 생겨나 절벽을 타고 하늘로 솟아 빛으로 바뀌고 나머지는 물을 조정하는 듯하였다. 그럼 그 에너지는 어디서 생겨났을까? 근원이 있다면 분명 막대한 힘이 느껴져야 할 터였다. 하나 그것도 아니었다.

막말로 하늘에서 뚝 떨어진 것같이 갑자기 나타나는 것이었다. 마치 창생력처럼.

'창생력이라.'

성진은 내심 자신이 떠올린 가정에 머리를 저었다. 그것은 불가능한 것. 창생력을 얻을 당시 느꼈던 것은 이 힘을 다루고 지닐 수 있는 자는 전 우주를 통틀어 그와 '태초의 의지' 뿐이었다. 그런데 이런 곳에 창생력을 사용하는 것이 있을 수 있을까?

의문은 꼬리를 물고 커져 나갔지만 생각한다고 모든 의문이 해결될 수는 없는 법이었다. 직접 현실을 마주하고 원인을 파헤쳐야 그 과정을 알 수 있는 법.

일행은 아무런 빛도 없는 회색으로 점철된 죽은 도시의 거리를 지나 중심부에 도착하였다.

도시 중심부에 서 있는 건축물은 피라미드의 형상을 띠고 있었다. 정사각형 밑면의 각 꼭지점에서 솟아난 변들이 한 점에서 만난 정사각뿔 형태였다. 크기는 이집트 기자 피라미드의 삼 분지 일도 안 되는 것이었지만 이집트 피라미드와 눈에 띄게 다른 점들이 있었다.

하나는 돌로 쌓은 것이 아닌 듯 피라미드는 매끄럽게 생겼다는 것이다. 마치 콘크리트로 기본을 닦아놓고 유리로 표면을 덧씌운 것처럼 벽화가 새겨졌던 벽의 재질과 같은 돌로 깨끗하게 만들어져 있었다. 얼마나 광택을 뿜어내는지 위에서 쏟아져 내리는 빛이 피라미드 꼭대기에서 부서져 내려 온통 피라미드를 환하게 물들이는 터라 피라미드가 자체적으로 발광하고 있다는 착각마저 들게 할 정도였다.

그리고 낙하할 당시 보았던 수로는 과연 피라미드로 모여들고 있었다. 사방(四方)에서 몰려든 수로는 피라미드 밑으로 끊임없이 흘러들었다. 검고 큰 수로는 지하 깊숙이 뚫려 있었고 모여든 수로의 물은 단말마 같은 굉음을 질러대며 어둠 저편으로 사라졌다.

잠시 지켜봤지만 매초에 수십 톤의 물들이 피라미드 밑으로 빨려들고 있었다. 끝이 있다면 차 오르기 마련. 고대부터 그리해 왔다면 이미 진작 이 도시는 물에 가득 차 있어야 했다. 무언가 인위적으로 배수 혹은 순환해 주었으니 이리도 멀쩡한 것이 아닐까? 그렇다면 이곳은 이 도시에서 유일하게 활동하는 것인 셈이다.

하나 난감하게도 입구가 보이지 않았다. 건축물은 매끄럽게 빈틈 하나 없었다. 수로를 샤이라의 마법으로 날아서 건너며 피라미드 주위를 돌았지만 입구가 없었다. 해답은 피라미드 안에 있을 것 같은데 입구가 없으니 일행은 그 자리에서 발을 동동 구를 수밖에 없었다.

"거참, 집에 문이 없다니. 어쩌라고?"

하이단은 어처구니없다는 듯 말했다. 그의 고정관념으로는 건물에 입구가 없다는 것을 도무지 이해할 수 없었다. 집이라는 것이 그 목적상 비와 바람을 피하고 보다 안락하게 생활하기 위해 만드는 것이 아닌가? 물론 이렇게 수로가 모여들게 만들어놨다 하더라도 사람이 안에 들어가서 작업했을 것이 분명했다.

일행은 그저 피라미드를 훑어보았고 그중 하이단은 슬며시 피라미드를 어루만지며 그의 난감한 마음을 달래고 있었다. 따뜻한 기운이 느껴지던 피라미드가 돌연 서늘해졌다. 하이단은 이상한 마음에 그가 손을 대고 있는 부분을 보았고 그 부분의 광택이 바로 옆부분의 광택보다 어둡다는 것을 깨달았다. 이상한 생각에 자세히 들여다보려는 순간 그것은 손 모양을 띄기 시작하였고 경악한 하이단의 손을 그 무언가가 마주 잡았다!

*** ** ****!

머리를 강타하는 괴이한 소리와 영상이 하이단을 덮쳤다. 무언가 수만 가지의 형태와 감정이 머리 속을 스쳐 갔다. 하이단은 기겁하며 피라미드에서 손을 떼고는 물러섰다. 매우 짧은 순간이었지만 하이단의 피부는 온통 소름이 돋아 있었고 얼굴은 창백하게 질려 있었다.

하이단의 괴이한 행동에 일행은 그의 곁으로 달려갔고 유노는 하이단의 하얗게 질린 얼굴에 놀라 물었다.

"아니! 하이단! 도대체 무슨 일인가?"

유노는 하이단의 배짱을 알고 있었다. 젊은 시절 그가 보여주었던 용기는 사내로서 정말 본받을 만한 것이었다. 어떠한 공포도 투지로써 이겨내던 하이단이 공포로 인해 얼굴이 허옇게 질린다는 것이 어디 보통 일인가!

"나도 잘 모르겠네. 무언가가……."

말을 잇던 하이단은 그만 입을 다물고 말았다. 그가 뭘 듣고 보았는지 하이단 자신도 알 수 없었다. 하지만 그것이 매우 소름 끼치면서도 음습하고 위험하다는 것쯤은 본능적으로 알 수 있었다. 표면 의식으로는 아무것도 기억나지 않았지만 무의식은 공포에 질려 입이 움직이지 않는 것이다.

"괘, 괜찮네. 나는……."

핏기가 가신 얼굴로 억지로 미스 지으며 일어서려 했지만 공포로 인해 근육이 굳어버렸는지 몸이 움직이지 않았다.

투지란 의식적인 것. 공포를 의식적으로 '저항한다' 는 마음으로 물리치는 것이다. 그러나 이와 같이 당사자가 인지할 수 없는 공포가 무의식을 공격하자 무의식이 표면적으로 떠올라 육체에 영향을 미친 것이다.

후들거리는 다리로 억지로 몸을 일으킨 하이단은 피라미드를 볼 수 없었다. 의식 쪽으로 눈을 그쪽으로 돌리려 해도 몸이 통제되지 않았다. 눈이 거부하는 것이었다.

"이, 이게 왜 이러지?"

하이단의 무의식은 피라미드를 두려워하고 있었다. 샤이라가 급히 하이단을 편히 눕히고 정신계 마법으로 하이단의 무의식을 달래는 사이 성진은 피라미드 쪽으로 다가갔다. 그리고는 눈부신 광채를 발하는 피라미드의 표면을 만졌다.

오라! 보라! 느껴라!

예전 들었던 그 강렬한 염파(念波)가 피라미드에서 터져 나왔다. 이번에는 샤이라도 느낄 수 있을 정도로 강렬한 유동이었다. 샤이라는 그와 같은 힘이 그녀가 눈치 챌 수 없을 만큼 은밀히 숨어 있었다는 사실에 깜짝 놀랐다.

드드드—

그와 동시에 약하게 진동하기 시작하였다. 수로에 흐르던 맑은 물이 커다란 파문을 일으키기 시작하였으며 피라미드에서 내뿜던 광채가 서서히 박동하기 시작하였다. 마치 빛을 흡수하며 호흡하는 것처럼 진동의 강약이 서서히 교차했다.

땅에서 사람들이 솟아났다. 얇은 암회색 보도블록 위로 회색의 무표정한 사람들이 하나둘씩 피라미드 주위에서 솟아났다.

아이, 노인, 여자, 남자. 그들은 갑자기 솟아났고 천천히 다가왔다. 그것들은 생기가 없었으며 빠르면서도 낮은 말을 중얼거리며 천천히 걸었다. 그것은 살아 있는 자에게는 극성인 것. 아직 채 미치지도 않았는데 주위가 서늘해지고 피부에는 소름이 돋았다. 견문이 탁월한 샤이라만이 그것이 무엇인지를 깨닫고는 부르짖었다.

"악령(惡靈)?"

사라졌던 태고의 존재가 모습을 드러낸 것이다. 이 세계에서 음차원(陰次元) 계열의 몬스터는 나타나지 못했다. 비록 지상에 강림하지는 않으나 세상은 다섯 신의 강력한 권능 아래 다른 차원의 힘으로부터 철저히 보호받고 있었기 때문이다. 유일하게 음차원으로부터 힘을 이끌어낼 수 있는, 죽음을 연구하는 마도학의 한 종파인 '네크로멘시'와 같은 마도학파에 의해 탄압받았다. 그들의 마법은 매우 조악하여 직접적으로 악령을 만들어낼 수 없었고 그저 죽은 시체에 음차원의 힘을 부여하여 일으켜 세울 수 있을 뿐이었다. 그것조차 섭리에 벗어난 다 탄압하여 사멸된 지 오래. 현세에 이르러 음차원의 힘이 둘질계로 강림하는 일은 사라져 버린 지 오래였다. 즉 죽은 영이 세상에 나타나 사람들을 혼란스럽게 한 사례는 고대 제국 한의 성립 이후로 역사상 단 한 건도 없었던 것이다.

자연 마법학에서 영혼을 강제하는 마법은 도태되기 마련이었다. 마인트 컨트롤로 사람을 조종할 수 있다고 하지만 그것은 정신을 속이는 것이지 영혼을 속박하는 것은 아니었다. 즉 샤이라로서는 영혼을 제령 할 수 있는 수단이 없는 셈이다. 샤이라는 일행 주위에 강력한 마법 결계를 펼쳤다.

"섣불리 행동하지 맙시다. 일단 뒤로 물러나죠."

악령의 가장 큰 문제점은 바로 산 자가 가진 생명력을 흡수한다는 것이다. 생명력을 왜 흡수하는가 하는 이유는 밝혀지지 않았지만 악령 이 갈취해 가는 생명력은 살아 있는 자의 목숨을 앗아가기 충분할 정 도로 탐욕적이었다.

마스터인 샤이라야 지고한 영성으로 어느 정도 악령을 물리칠 수 있 다고 하지만 생명력이 한정없는 것은 아니다. 그녀도 많은 양의 생명 력이 빠져나간다면 죽을 수도 있었다.

마스터마저 이럴진대 일반인은 어떠할 것인가? 백이면 백 그들의 손 길이 닿는 즉시 생명력이 빨려 나가 말라비틀어질 터였다.

겨우 정신을 수습하고 파이팅 포즈를 취한 하이단은 유노에게 외쳤 다.

"유노! 자네는 교황이지 않나! 어떻게 좀 해보게!"

유노는 그들에게 다가오는 죽은 자의 영을 보며 입술을 질끈 깨물었다. 유노라고 예외는 아니었다. 음차원의 힘이 물질계에 강림할 일이 없으니 자연 신성력을 다루는 수단에서 사악한 영을 물리치는 방법도 소멸하였다.

'턴 언데드' 니 '홀리 볼트' 니 하는 것들은 이미 사라진 고대의 법이 되어버린 실정이었다. 유노의 일그러진 표정을 본 하이단은 이내 한숨을 내뱉고는 주먹을 불끈 쥐었다.

"에라! 사내가 한 번 죽지 두 번 죽냐?"

하이단은 투지를 일으키기 위해 오기를 담아 외쳤다. 하이단의 자못 비장한(?) 외침에 샤이라는 쓴웃음을 지으며 말했다.

"악령에게 당하면 두 번 죽죠. 육체의 죽음과 영혼의 죽음."

"……."

샤이라의 답변에 언제 타올랐냐는 듯 투지는 사그라졌다. 모르는 것이 약이다라는 말을 실감할 수 있는 순간이었다. 두 번 죽는다니. 하이단은 질린 표정으로 서서히 다가오는 악령을 바라보았다.

세르피아는 활을 재어 악령을 겨눴다. 형체를 가진 생명체에게만 통한다지만 오러가 스며든 화살의 일격은 음차원 에너지에 잠식당한 악령에게도 통한다고 족장 아르피아에게 들은 적이 있었다. 아, 오러?!

"악령에게 순수한 마력과 오러, 신성력을 이용한 공격을 가하면 피해를 입힐 수 있다고 들었습니다."

세르피아의 말에 하이단의 얼굴에 화색이 돌았다. 일단은 저항해 볼 수 있는 수단이 생긴 것이다. 세르피아는 화살에 좀 더 많은 양의 오러를 불어넣었다. 화살 주위에 노란 빛이 일렁이면서 약한 진동이 일어나기 시작했다. 한쪽 눈을 지그시 뜨고 악령을 향해 화살을 겨눴다. 그런 세르피아의 눈에 이상한 것이 띄었다. 그녀의 귀에는 그저 소음처

럼 들렸지만 실은 악령들은 일제히 한 모양으로 입을 놀리고 있는 것
이다.

＊＊ ＊＊＊ ＊＊！

악령들은 끊임없이 무언가를 외쳐 댔다. 입술로 읽을 수 있을까 생
각했던 세르피아는 이내 고개를 저었다. 인간들이 쓰던 고대어이다.
샤이라조차 알지 못한 고대어를 그녀가 어찌 알 것인가?

포위망은 더욱더 좁혀졌고 음산한 읊조림만이 주위를 감쌌다. 그와
함께 젖어드는 압박감. 숨조차 제대로 쉴 수 없을 정도의 압박감에 하
이단과 유노의 얼굴엔 식은땀이 맺혔다.

으레 이런 상황이면 압박감을 못 이겨 누군가가 자제력을 잃고 무기
를 휘두르기 마련이었지만 다들 용케 참아내고 있었다. 이 세상 것이
아닌 것을 보았을 때의 공포란 상당히 클 것인데 하이단들은 이를 악
물고 이겨냈다.

거리는 점점 가까워지고 산 자의 따스한 숨과 죽은 자의 냉기가 서
로에게 느껴질 정도가 되자 유노와 하이단, 세르피아는 진저리를 쳤다.
차가운 숨결이 얼굴을 핥는 듯한 기분, 무언가 부패한 것 같은 냄새가
코를 찌른 탓이다.

인내심의 한계는 넘어섰고 오기로 참아내다 더 이상 참지 못하여 1
분이 아득하게 느껴질 만큼 숨 막히는 그때 성진이 한 걸음 앞으로 나
서며 오른손을 내밀었다.

"나는 그대들의 이름을 알고 있습니다."

─나는 그대들의 이름을 알고 있습니다.

말로써 대기를 흔들고 뜻으로 공간을 흔들었다. 음산하게 깔리던 망
자의 진언은 성진의 뜻에 침묵하였고 죽은 자는 텅 빈 눈으로 그를 바

라보았다.

성진의 행동에 하이단은 경기를 일으켰고 유노는 기겁했다. 악령이란 말이 통하지 않는 존재. 퇴치해야 하는 존재였다. 그런 악령에게 무슨 말인가? 그러나 성진은 아랑곳하지 않았다. 이름을 불러주는 것. 그것이야말로 영들이 바라고 바랐던 것이었다.

"당신들의 이름을 불러달라는 간절한 소망."

―당신들의 이름을 불러달라는 간절한 소망.

망자들은 죽음의 행보를 멈췄다. 사방을 가득 채우던 사늘한 냉기는 씻은 듯이 사라지고 대신 나온 것은 기대감. 그리고 하이단은 그가 느낀 이 분위기가 일종의 기대감이라는 것을 깨달았을 때 경악하고 말았다. 망자들이 기대감을 가지다니!

성진은 가장 앞쪽에 있는 악령 하나를 가리키며 말했다.

"당신의 이름은 스마리아. 당신은 루이스. 당신은 샤우투입니다. 나는 당신들을 기억합니다."

―당신의 이름은 스마리아. 당신은 루이스. 당신은 샤우투입니다. 나는 당신들을 기억합니다.

그것이 시작이었다. 성진이 망자의 이름을 하나씩 부를 때마다 망자는 웃으며 빛깔을 되찾았다.

이름이란 곧 개개인에 붙은 증표. 망령이 되어 잊혀져 버린 이름이 타인에 의해 불리자 악령은 스스로 정화되기 시작하였다. 기억된다는 것, 수천 년 전에 억울하게 죽은 영혼들 각자의 잊혀진 이름이 불려지자 그 자신을 자각하였고 제각각 영성을 띠기 시작하였다. 악령은 정화되고 있었다.

"저는 당신들 모두를 기억하고 있습니다."

─저는 당신들 모두를 기억하고 있습니다.

성진의 말은 과언이 아니었다. 실지로 이들의 사념덩어리와 접촉했을 때 혼재된 기억 속에 이들의 모습을 보았으며 이름을 들었고 일생을 지켜보았다. 성진은 기억된 모든 악령들의 이름을 하나하나 불러주었고 악령들은 웃으며 물러섰다.

"……."

달리 무슨 할 말이 있을까? 하이단과 유노, 세르피아와 샤이라는 멍하니 성진을 바라볼 수밖에 없었다. 악령의 이름을 불러 정화한다? 이건 말도 안 되는 듣도 보도 못한 일이었다. 지금 이 순간 당연하다시피 하던 진리가 무너지고 있는 것이다.

그러나 일행의 이런 혼란에도 불구하고 마침내 모든 망령의 이름을 부르자 그들은 더 이상 악령(惡靈)도 망령(妄靈)도 아니었다. 다만 육신을 벗어나 환생하지 못한 가엾은 혼일 뿐.

생전의 모습을 지니고는 무엇이 그리 한인지 무엇이 그리 억울한지 울지도 웃지도 못한, 그저 처연한 미소만을 띠는 영들의 모습에 세르피아는 가슴이 미어지는 것 같았다.

영혼은 돈다. 그 방식은 알 수 없지만 혼은 어디론가 사라져 되돌아온다. 그것이 이 세상의 진리. 영혼은 정화되고 다시 태어나는 것이 바로 법칙. 법칙에서 제외되어 수천, 아니, 헤아릴 수 없을 정도의 오랜 세월 동안 이 지하 도시에서 떠돌아다녀야 했던 저들을 떠올리자니 무슨 말을 할 수 있을까.

세르피아는 살며시 손을 내렸다. 세르피아는 깨달았다. 이들은 악령이 아니었다. 다만 너무나도 오랜 세월 동안 육신을 잃고 방황한 탓에 그 자신을 잃어버렸을 뿐. 단지 그뿐.

　모든 이들의 이름을 부르며 성진 또한 깨달았다. 그가 보았던 환영과 환청은 이들의 간절한 메시지라는 것을. 무언가가 애달픈 이들은 그 속내를 이방인에게 알리고 싶어 그토록 필사적으로 다가온 것이리라.

　하나 너무도 오랜 세월 탓에 그 목적을 잃어 잠시 생자의 따스함에 현혹되었을 뿐. 단 한 가지의 염원으로 여태껏 그렇게 이곳을 떠돌아다닌 것이다. 성진은 그가 들었던 세 마디의 메시지와 이들의 행동을 따져 보았다. 이윽고 결론을 내린 성진은 영들을 향해 외쳤다.

　"'오라' 하였으매 왔소! '보라' 하였으매 당신들의 삶을 보았고 이름을 보았소! 둘을 받았으니 하나를 돌려주시오. 두 가지 걸음은 마지막을 위한 것. 이제 말하시오! 느끼게 해주시오! 무엇이 당신들을 붙잡은 것이오!"

　─ '오라' 하였으매 왔소! '보라' 하였으매 당신들의 삶을 보았고 이름을 보았소! 둘을 받았으니 하나를 돌려주시오. 두 가지 걸음은 마지막을 위한 것. 이제 말하시오! 느끼게 해주시오! 무엇이 당신들을 붙잡은 것이오!

　귀로 들리고 머리로 울리는 경험이란 가히 색다른 것이리라. 산 사람이 그럴진대 죽은 자는 어찌할까. 예민할 대로 예민한 그들은 성진의 외침에 동요하였다.

　이름을 기원했던 영들은 벼락같이 울리는 성진의 말에 잊혀져 버린 한 가지 사명을 기억해 냈다. 마침내 그들은 외쳤다.

　느끼게 해준다! 그대! 기다린 자! 기다린 자를 위한 것! 보라! 보라!

　부산스럽던 속삭임이 이내 통일되더니 하나의 목소리를 이루었고 한뜻이 되어 퍼져 나갔다. 영들이 토해내는 외침은 마음을 벗어나 물리 법칙에 작용하였고 이윽고 대기를 흔들었다. 외침이 거듭될수록 대기는 흔들렸고 거대한 소리가 되어 퍼져 나갔다.

"*** ***! ***! *** ****** **!"

사멸해 버린 태고의 언어가 긴 세월을 뛰어넘어 터져 나왔다. 그것은 육신을 잃어버린 영들이 토해놓은 간절한 외침이었다. 수천, 수만의 영들이 기원하자 그것은 곧 힘이 되었다. 힘은 피라미드를 움직였고 태고에 그들이 사용했던 아득한 세월 속의 잊혀졌던 힘이 눈을 떴다.

피라미드는 울었다. 진동이 커지고 바닥을 울렸다. 대기가 울려 온 공간에 퍼졌고 그 강렬한 진동이 가슴을 울렸다.

보라. 느껴라.

피라미드에서 거대한 뜻이 파문처럼 터져 나왔다. 그와 함께 순백의 새하얀 빛이 수로를 타고 번져 나가더니 아득히 낙하하는 폭포를 거슬러 올랐다. 빛은 살아 있는 것처럼 물을 역주(逆走)하여 사방으로 번져 나갔다. 하얀 실그물처럼 뽑아내며 번지던 빛은 다시 피라미드를 향해 쏟아졌다.

공간을 수놓는 수많은 실타래가 피라미드에서 말려들었고 눈으로 보이는 모든 것들 속이 빛이라는 거미가 내뿜은 거미줄에 얽혔다. 이윽고 하나로 수렴된 빛은 피라미드 꼭대기를 통해 빛이 쏟아지는 저 천장으로 터져 올랐다.

말이 통하지 않으나 뜻이 통하지 않으나 그대는 우리를 읽었나니. 표면에 얽매이지 않는 그대는 진실로 약조된 자. 그대 앞에 영광이 깃들라! 마왕의 자식이든 깨달은 자든. 진실을 들어 태엽을 풀어내라.

아득히 먼 옛날 한 인간이 남긴 애달픈 목소리가 피라미드에서 울려 퍼졌다. 이미 먼지가 되고 그 혼백조차 몇 번의 환생 끝에 변해 버렸을 세월 끝에 잊혀진 목소리가 방문자의 마음을 두드렸다.

무엇을 읽었는지 무엇이 약속되었는지는 알 수 없었다. 다만 이렇게 갑작스럽고도 혼란스러운 방법을 통해서라도 그들의 마지막 뜻을 전하고 싶은 간절함이, 그 간절함이 수천, 수만 년의 세월을 뛰어넘은 것이다.

잊혀진 고대의 법은 영들의 뜻에 눈을 뜨고 새겨졌던 법칙에 따라 꿈틀거렸다. 터져 나온 빛은 공간을 하얗게 물들이며 커져 나갔다. 바닥을 물들이고 하늘을 물들였다. 수로에 흐르는 물들이 꿈틀거리며 역류하여 폭포를 거슬러 올랐다.

들어라! 보라! 우리의 기억!

반복된 메시지가 이것이 무슨 현상인지를 깨닫게 해줬다. 이것은 그들의 기억을 보여주기 위한 의식. 너무도 성스러운지라 일행은 그 새하얀 공간 속에 녹아들고 있었다. 어머니의 품처럼 달콤한 빛과 공기가 코끝을 스치는 순간 눈앞에 환상처럼 고대인의 기억이 펼쳐졌다.

그들은 기다리고 있었다. 그 기다림의 대상은 세상에서 가장 존경받는 이. 그는 태어날 때부터 남달랐다. 그는 무엇이든지 알고 있었고 모든 이의 이름을 알고 있었다. 그들은 이 세상 말고도 죽은 다음의 세상을 알고 있었다. 세상의 모든 생명을 주관하는 거대한 흐름. 사람들은 그 흐름을 통해 태어나고 죽어갔다.

사내는 그 위대한 흐름에서 떨어져 나온 우연의 산물. 99.999%가 완전하다 하더라도 0.001%라는 극히 희박한 확률의 불완전한 것이 있었다. 사내는 그러한 자. 사내는 모든 것을 알고 정확히 미래를 짚어내는 전무후무한 신령스러운 힘을 가지고 있었다.

모든 것을 아는 자가 이름을 아는 것은 당연지사. 예언 말고도 이름을 알고 있다는 것에 사람들은 그를 경배하였다. 이름을 알고 있다는 것은 성스러운 것. 그래서 사람들은 이름을 교환했다.

'내가 너를 알게 되니 나는 너를 축복한다.'

축복이란 삶의 지표. 다섯 마왕이 지배하는 세계에서 축복이란 삶을 영위할 수 있는 중요한 수단이었다.

그렇게 지극한 세상에 무엇이든 아는 이가 나타났으니 그는 바로 구세주, 모든 이들의 희망이었다.

그는 세상을 떠돌며 한두 마디씩을 남기고 갔다. 그것은 사람들을 보호할 수 있는 중요한 수단이 되었다. 이미 수많은 도시를 들렀던 그 위대한 자는 이번에는 그들의 도시를 방문하게 된 것이다. 도두들 그가 자신의 이름을 불러주기를 바랐다.

황야의 먼지가 한차례 쓸려 나가고 저 멀리 말을 타고 오는 한 사람이 보였다. 사내는 젊었으며 매력적이었다. 사내의 뒤로는 하얀 성광이 자리 잡았고 먼지도 바람도 그를 범접하지 못했다. 사내는 도시로 들어서는 순간 가장 먼저 만난 사람의 이름을 불렀다. 그리고 두 번째 만난 사람의 이름을 불렀다.

모두가 열광했다. 마침내 기다리던 그가 온 것이었다. 처음 보는 사람의 이름을 당연하게 부르는 사내. 사내는 도시의 광장으로 들어선 순간 도시의 분수를 보았다. 분수의 곁에는 작은 어린아이가 서 있었다. 사내는 어린아이의 이름을 부르려 했고 곧 아이의 이름을 알 수 없다는 것을 깨달았다. 얼굴을 굳힌 사내는 돌연 팔을 벌려 외쳤다.

"다가온다! 피하라! 이곳은 마왕이 주시하는 땅! 피하라!"

모두가 경악하였고 공포에 질렸다. 사람들은 저마다 짐을 싸기 시작하였다. 사내의 말은 곧 예언. 미래를 짚어내는 재주는 그가 처음 가지고 태어났다. 그의 말은 곧 진리. 그대로 이루어질 것이니 피하지 않을 수 있을까? 말을 외친 사내는 다시 몇몇 사내를 불러들여 귓속말로 말했다.

"믿을 만한 사람을 골라 지하 깊은 곳에 도시를 만들라. 그곳에서 기다릴지니."

말을 마친 사내는 크게 시를 읊었다.

흔들리는 시계추, 돌고 도는 톱니바퀴.
원점을 돌아 한번 째깍.
원점을 돌아 다시 한 번 째깍.
째깍째깍째깍째깍. 덜크덕.
멈춰 버린 시계추, 놀란 다섯 아이.
시끄러운 다섯 아이 시계추를 붙잡으니,
지나가는 뻐꾸기, 시계추를 돌려주다.
다시 흔들리는 시계추, 돌기 시작하는 톱니바퀴.
두 번 돌아 세 번 도니
무거운 톱니바퀴 튀어 오르고,
가벼운 톱니바퀴 가라앉자
뻐꾸기가 톱니바퀴를 물어뜯다.
다섯 아이 크게 울자
엄마가 주신 톱니.
다섯 아이 웃으며
톱니바퀴를 고친다.

시를 노래한 사내는 처량한 웃음을 터뜨리며 도시를 떠났다.

두 번째 기억이 시작되었다. 이번에는 답답했다. 그들은 오랜 세월 동안 이 좁은 도시에서 생활했다. 수백 년 동안 이 지하 깊은 곳에 도시를 만들고 삶을 영위했다. 혹시 마왕의 자식들이 찾아오지 않을까 하는 걱정에 그들의 재주로 공간을 비틀고 짜맞추어 어지러운 미로까지 만들어놓았다.

그들은 그 속에서 인내하였다. 그들은 과거의 교훈을 중히 여겼다. 전통을 중히 여기는 그들은 먼 옛날 위대한 자가 경고했던 것을 아직까지 지키고 있었다.

하나 너무 오래되었을까? 그들의 인내심도 점차 바닥났다. 수천, 수만 명이 생활하는 지하 도시의 삶은 하루하루가 똑같았기 때문이다. 그들의 선조도, 그 선조도 같은 삶을 살았으니 인내심이 바닥나지 않을 수가 없었다.

이제 그들을 잡고 있는 것은 마지막 위대한 자가 남긴 시. 그것이 무슨 뜻일까 수백 년에 걸쳐 생각해 보았지만 도무지 알 수 없었다. 마침내 그들은 그것을 무시해 버리기로 생각하고 도시를 나가기로 결심하였다.

그렇다고 위대한 자가 남긴 시를 완전히 무시할 수는 없는 노릇. 장인 한 사람을 남겨 길고 어두운 통로에 그 시를 남기기로 하였다.

수백 년 동안 사용하지 않은 통로를 닦아 모든 사람이 올라가 버리고 남겨진 장인은 자신의 사명을 다하기 위해 벽에 시를 새기기 시작하였다. 벽은 그들의 재주로 만든 영원불멸한 소재. 그들의 위업을 새겨 넣는 소중한 것이었다. 오래전 도시를 만들 때 찾은 이 신비한 돌에 그 마지막으로 시를 새겨 넣는 것이다.

마지막 작업이니만큼 장인은 심혈을 기울였다. 장인은 혼을 불태우는 열정으로 시를 완성해 갔고 마지막 문양을 완성하기 전 사람들이 돌아왔다. 얼마 전 도시를 나갔던 사람들. 그들은 공포에 질려 있었다.

"세상은 멸망했다! 우리가 마지막이다! 마왕이 온다! 우리가 어리석었다!"

위대한 자의 말은 사실이었다. 그들은 몇백 년을 더 버티면 완성할 수 있는 미지의 것을 한순간의 실수로 부숴 버린 것이다. 그들은 절망하였고 공포에 떨었다. 그들은 지상과 연결하는 모든 통로의 공간을 비틀어 버렸고 함정을 짜놓았다.

그들과 같이 온 사람, 지상의 사람은 특이했다. 피부는 하얗고 귀가 작았다. 코가 컸으며 머리 색은 붉었다. 말은 지극히 단순하고 조악했으며 글자도 달랐다. 그들은 그 사람의 말을 배웠다.

이제 그들이 실패했으니, 아니, 정확히 말하면 전달하는 그들이 사라질 것이니 시를 남겨야 했다. 그분의 말씀은 아직 실현되지 않은 것. 앞으로 있을 일이었다. 그것이 무엇인지 알 수는 없지만 시를 남겨야 하는 것이 그들의 마지막 사명. 장인은 목숨을 태워 반대 편 벽에 똑같이 시를 새겼다. 최후의 한 획을 긋는 순간 장인의 마지막 숨이 다했고 혼을 불태우고 숨이 끊긴 장인의 시신에서 이끼가 피어났다. 이끼는 순식간에 벽을 덮었고 벽화를 지워 버렸다.

이윽고 이끼가 벽을 덮자 마왕의 자식이 나타났다. 마왕의 자식은 모든 사람을 죽이고 찔렀다. 건물은 고스란히 남겨둔 채 살아 움직이는 것은 철저히 멸살하였다.

그들은 죽었다. 찢겨진 육체에서 혼이 빠져나가 위대한 흐름에 이끌려 환생하려 하였다. 하나 이 무슨 운명의 장난인가! 그들이 혼신의 힘을 다해 만들어놓은 공간의 함정은 도리어 그들의 발목을 붙잡았다. 그들은 지상으로 나갈 수 없었다.

그들은 절망하여 울부짖었다. 비탄의 눈물이 육체를 삭이고 영혼을 흔들었다. 슬픔과 절망. 암흑과 탄식. 그 모든 것들이 도시를 감싸고 살아 있는 자가 없는 도시는 점점 변해갔다.

마침내 그들의 전통적인 지도자는 결단했다. 모두의 혼을 피라미드로. 먼 훗날 남긴 메시지를 알아줄 누군가가 오기를. 그때까지 잠들기로.

"커흑!"

하이단과 유노는 가쁜 숨을 토했다. 말로 표현하지 못할 절망과 슬픔이 가슴을 뒤흔들었다. 세르피아는 얼굴을 일그러뜨렸으며 샤이라는 미간을 찌푸렸다. 일행은 기억을 보았으며 그들의 감정을 느꼈다. 그것이 그토록 슬플 줄이야.

느끼게 한다.

이것. 우리의 기억.

기억해 다오, 우리를.

차가운 손톱이 가슴뼈를 박살 낼 때 느낀 그 기분.

우리의 죽음은 아무도 모릅니다. 우리를 기억해 주세요.

우리는 먼지가 되어 다시 태어날 권리조차 잃었구려.

기억 속에 혼재된 담담한 말들. 그러나 그 속에 숨은 비통함과 슬픔. 고통과 절규가 절절히 배어 있었다. 그것을 어찌 인간이 참을 수 있을까. 그 처절함에 하이단은 머리를 감싸 쥐고 무릎을 꿇었다.

"그만! 그만!"

눈에서 쉬지 않고 눈물이 나왔다. 자신이 죽은 것처럼, 그가 아버지처럼 여기는 휘라인 교단의 로슈가 죽은 것처럼, 타키안이 죽은 것처럼. 죽은 이가 남긴 마지막 말은 그렇게 하이단의 마음을 헤집었다.

세르피아라고 다를 것인가. 언제 엘프가 인간의 격렬한 감정을 여과 없이 느껴볼 수 있을까. 그 격렬함에, 그 아픔에, 그 고통에 세르피아의 얼굴은 하얗게 질리더니 이윽고 구토하고 말았다.

"커엑! 웨엑!"

세르피아는 허리를 굽히고 격렬히 토했다. 누런 위액의 토사물이 회색의 바닥에 번졌다. 이렇게 격렬하거늘 인간은 어찌 삶을 살아간단 말인가! 세르피아는 휘몰아치는 감정의 회오리에 미칠 것만 같았다.

유노는 절망했다. 그들의 기억 속에 보았던 것을 도저히 믿을 수 없었다. 믿고 싶지 않았다. 그의 신념과 바라보고 온 나날들이 무너지는 것 같았다. 그를 지탱하던 것이 조각조각 부서지고 가루가 되어 흩날리는 것 같았다. 유노는 무릎을 꿇고 절규하였다.

샤이라는 이해하였다. 에크라노에 남아 있는 고대 유적의 기원을. 그것은 이 멸망한 지하 도시 사람들이 남겨놓은 위장. 그들이 떠나갔다는 것을 보여주기 위한 것이다. 그리고 그것도 모자라 몇십 피트를 파고 내려가 또 다른 가짜 흔적을 만들어놓은 것이다.

그리하여 지상의 것이 모두 사라졌을 때, 전부를 알 수 없지만 하여튼 모든 것이 멸망하고 새로운 인간들이 대지를 걸어다닐 때 그들이 남겨놓은 가짜 흔적이 모습을 드러낸 것이다.

수만 명의 사람들이 무덤조차, 이름조차 남겨지지 못한 채 아득한 지하의 도시에서 사라졌다. 영혼은 구제되지 못하였다. 죽어서도 구원받지 못한 절망. 영혼이 흘린 눈물은 하천이 되어, 바다가 되어, 보이지 않는 해일이 되어, 아득한 세월 동안 도시를 후려치고 있었던 것이다.

이곳은 그야말로 슬픔에 잠긴 곳. …비탄이 잠든 대지였다.

제3장 비탄은 대지를 뚫고

『그날은 신이 인간에게 분노를 내린 날이었다. 어리석은 인간들의 탐욕에 지치다 못한 신의 철퇴였다. 모두가 그것을 크라인 왕국의 하수인 '사냥개'의 우두머리인 드골 백작이 벌인 일이라고 생각했지만 나는 그렇게 생각하지 않았다. 나는 그때 분명히 보았다. 비는 억수같이 퍼붓고 컴컴한 하늘을 질주하는 붉은 벼락이 작열하는 가운데 갈라진 대지의 틈으로 죽은 자들이 하늘로 오르는 것을. 그들은 웃고 있었다. 이 땅에 잠들었던 옛 선인들의 영혼이 피에 젖어 신음하는 어리석은 우리를 비웃은 것이리라. 나는 생각했다. 왜 신의 분노가 영화로운 카밀 왕국에 임했는지. 그리고 깨달았다. 그분의 눈에는 모두가 같다는 것을. 카밀 왕국인이든 크라인 왕국인이든 똑같은 인간이라는 것을.』

전설적인 극작가이자 대붕괴의 생존자
'사우스'의 회고록 중 발췌

제13장 비탄은 대지를 뚫고

창세력 제2기 8012년 7월 23일.

새벽에 지상을 출발하여 이곳 깊은 지하에 들어온 지도 벌써 십 몇 시간이 지났다. 지상은 지금 저녁 무렵일 것이다. 그러나 이곳은 깊은 지하. 더군다나 상황이 상황이니만큼 피로를 느낄 여유 따위는 없었다. 팽배한 긴장감이 몸을 감싸고 있을 뿐.

이들의 한을 들어줄 사람이 왔고 한을 들어줬으니 이제 이들이 해방될 수순만이 남았다. 하나 일을 그렇게 간단하게 끝낼 수가 없었다.

"왜 바로 해방시키면 안 된다는 거죠? 당신이 저들이 만들어놓은 공간의 함정을 지배하여 해체시킬 수 있지 않습니까."

샤이라는 의문스럽다는 듯 물었다. 이제 죽은 자들은 더 이상 일행의 눈에 보이지 않았다. 하나 보이지 않을 뿐이지 이곳에 없는 것은 아니었다. 절정이 있으면 끝도 있는 법. 최고조에 달한 사념의 힘이 약해지자 모습이 보이지 않는 것이다. 그 증거로 사늘한 냉기가 도시 지면 전체에 깔려 있지 않은가?

물어보지는 않지만 분명 세르피아의 눈에는 도시 바닥이 오직 짙은 푸른색으로 보일 것이었다.

"해체시키면 이들은 바로 해방될 것입니다. 당신도 알다시피 그 함정이 이들의 승천(昇天)을 막는 강력한 족쇄이니까요. 하나 그 다음은 어떨까요. 이곳은 이들의 한이 서려 있는 곳. 그 강력한 영적인 힘이 이곳을 보존했습니다. 이곳이 부서지지 않는 것도 풍화하여 무뎌지지 않은 것도 이들의 영 하나하나가 담겨 있기 때문이죠."

성진의 말에 샤이라는 대번에 깨달았다. 이들을 해방시킨다면 도시를 지탱하고 있는 힘이 사라질 터. 그렇다면 이 엄청난 위용을 자랑하는 도시가 붕괴될 것이다. 이 도시가 붕괴된다면?

"맙소사……."

옆에서 듣고 있던 유노가 새파랗게 질려 중얼거렸다. 도시 한복판, 아니, 어쩌면 도시 전체에 걸쳐 그 지하에 수백, 수천 피트 깊이의 공백이 생길 것이고 대지가 무너져 내릴 것이다. 수만, 수십만 명의 사람들이 돌연 무너진 대지와 건물에 깔려 신음하는 모습이 떠올랐다. 토사와 각종 석상이 뒤섞여 구르고 평원 한복판에는 거대한 원형의 구덩이가 생길 것이다. 그 구덩이는 당연히 에크라노. 그렇게 된다면 에크라노가 괴멸될 것은 자명한 사실이었다.

한 나라의 수도가 괴멸된다면 당연히 나라가 마비될 터. 남대륙 사분지 일을 지배하는 한 나라가 마비되어 버린다면 당장 제1의 적성국 크라인 왕국과 북대륙의 패자 카이나 제국이 남침하게 되는 것은 자명한 사실이었다.

"니미럴……."

너무도 기가 막힌 상황에 하이단은 어처구니가 없다는 듯 욕지기를 내뱉었다. 지고한 마스터가 듣는 마당에 그런 천박한 욕을 내뱉는다는 게 조금 그럴지 몰라도 이미 여러 번 전적이 있는 하이단은 아랑곳하지 않았다. 아니, 오히려 '니기럴' 이라는 욕 한마디는 지금 그의 심정을 매우 효과적으로 표현시켜 주는 데 유용하였다.

당장 수만 명의 영들을 해방시켜 줄 수 있지만 그 위에 사는 지금의 수십만 명의 사람들이 당장 죽을 판이었다. 그렇다고 외면할 수도 없는 노릇. 피 토할 듯한 그들의 처절한 기억을 읽은 마당에 어찌 눈을 돌릴 것인가! 그것은 하이단 그의 양심상 절대 용납하지 못할 일이었다.

그렇다면 대안이 있을 것인가? 도저히 그의 머리를 굴려보아도 마땅히 뾰족한 수가 나지 않았다. 어찌나 얼굴을 붉히며 머리를 굴렸는지 웬 아주머니의 영 하나가 희미하게 모습을 드러내더니 잔잔한 미소를 띠며 하이단의 이마를 짚을 정도였다. 그 때문에 기겁했다는 것은 당연한 결과지만.

지금껏 잠자코 있던 세르피아는 성진을 보며 물었다. 그녀의 몸은 아직까지도 그 강렬했던 감정을 잊지 못한 듯 가늘게 떨고 있었고 얼굴은 붉게 상기되어 있었다.

"성진, 당신은 무슨 생각을 하는 거죠?"

세르피아의 물음에 제각각 대안을 생각하던 이들의 시선이 성진을

향했다. 무슨 말이든 '지껄여 보라' 는 눈빛! 표현이 조금 과격했을지
몰라도 성진을 향하는 이들의 눈빛을 표현하기에는 이보다 적당한 낱
말이 없었다. 세르피아나 하이단, 유노의 눈빛은 그야말로 불타고 있
었으니까!

"무슨 대안일까요? 들어보고 싶군요."

샤이라마저도 빙글빙글 웃으며 물었다. 그녀로서는 영들이 이대로
있든 해방되든 별 상관 없었다. 그녀는 마스터이고 이들에게 동정을
가질 감정 같은 것은 없었으니 말이다. 잔인한 말일지 몰라도 그녀는
마스터였다. 만약 동정심을 갖는다면 그것은 더 이상 마스터가 아니요,
관조자가 아니었다. 엘프들이 말하는 엘 디어, '지고한 존재' 라는 존
칭을 받을 수 없는 존재였다.

감정을 가지고 판단이 흐트러진다면 마스터란 존재는 그 순간부터
세상에 어긋나는 존재. 지금 이 순간 샤이라가 알고 싶은 것은 순수하
게 성진이 생각한 대안이었다.

성진은 난처한 미소를 지으며 말했다.

"너무 노골적인 시선은 부담되는군요."

"……."

저게 이 상황에서 할 말인가?! 하이단과 유노는 황당한 표정을 지으
며 성진을 바라보았다. 하이단은 현 상황도 잊어버린 채 '어이! 마스터
양반! 지금 제정신으로 하는 농담입니까?' 라고 묻고 싶었지만 어찌 성
진에게 그렇게 말할 수 있을까. 겨우 튀어나오려는 말을 힘껏 억누르
고 최대한 순화해서 물었다.

"저기… 세이진님, 이 상황에서 그런 농담은 조금 어울리지 않습니
다만……?"

뜻밖에 성진은 고개를 가로저었다. 그리고 이어진 성진의 말은 하이단과 유노, 세르피아를 기겁하게 만들었다.

"농담이 아닙니다. 지금 우리의 대화를 듣고 있는 것은 우리뿐이 아닙니다. 이곳의 원주민인 수만 명이 지금 저를 주시하고 있지요. 바로 우리 곁에서."

"……!"

잊었던 사실이 떠올랐다. 아닌 게 아니라 약간 서늘했던 것이 이제는 온몸이 으슬으슬 떨릴 만큼 냉기가 느껴졌고 입으로는 하얀 입김이 쏟아지고 있었다. 피부에는 어느새 소름이 돋아 있었다. 검은 어둠 속에서 수백, 수천의 하얀 눈동자가 자신을 주시하고 있다는 생각이 들자 꼬리뼈에서 서늘한 한기가 일어나 머리끝까지 치밀면서 머리칼이 쭈뼛 서는 것 같았다.

하이단은 바짝 말라오는 입 안의 침을 억지로 꿀꺽 삼켰다. 이건 용기로 이겨낼 수 있는 것이 아니었다. 바로 방금 전까지 그들의 생명력을 빼앗기 위해 다가오는 그 두시무시한 장면을 보지 않았는가? 제아무리 철담을 지닌 자라도 다리가 달달 떨리는 것은 당연하였다. 그들의 처절한 기억을 읽기는 하였지만 동정과 공포는 별개. 동정은 동정이고 공포는 공포였다.

하이단의 기색을 읽은 성진은 가볍게 미소 지으며 천천히 설명을 시작하였다.

"이 공간을 지탱하는 외벽은 매우 강한 소재로 만들어졌습니다. 수십만, 수백만 파운드의 힘이 가해져도 부서지지 않죠. 비바람에도 무뎌지지 않은 매우 강한 소재입니다. 아치 형태로 이루어진 이 벽이 수천 피트 두께의 암반과 토사를 지탱하고 있는 셈이지요. 영들의 힘이 보태져 있다는 사실을 고려해 본다 하더라도 매우 강한 소재임은 분명합니다."

이어 성진은 수로를 가리켰다.

"이곳에 흐르는 물의 양은 매우 방대합니다. 이곳에 흐르는 물은 루프 형식으로 무한 순환합니다. 외부에서 들어오는 소수의 수원과 이곳에 흐르는 다량의 수원이 계속 정화되어 흐르고 있죠. 이 거대한 공간 전체를 채울 정도로 말입니다. 우선 저는 저 피라미드 밑으로 흐르는 수로를 막을 생각입니다. 그러면 이 공간 내부에 물이 차 오를 것이고 바깥에서 작용하는 힘과 균형을 이루게 되지요. 물이 다 차면 도시 외부로 나가는 모든 수로의 격벽을 닫고 수로를 무너뜨릴 겁니다. 물이란 것은 압력을 받아도 부피가 그리 변하지 않습니다. 영들이 떠나가고 남은 공간을 지탱하기에는 매우 좋은 물질이지요. 이 도시의 통제실을 이용한다면 간단히 일을 해결할 수 있습니다."

물로 공간을 채우겠다니! 매우 기발한 발상이었다. 얼려 버리면 더욱 좋겠지만 방대한 양의 얼음덩어리를 유지시켜 줄 냉매도 없거니와 그렇게 영속적으로 물을 얼음으로 유지시켜 놓는다면 당장 자연에 이변을 가져와 깨져 버릴 것이었다. 흐르는 물을 이용한 발상이라니. 그 부드럽기 짝이 없는 물로 엄청난 무게를 감당할 수 있다는 것도 놀랍지만 그것을 생각해 내는 것도 놀라웠다.

"당신의 지식……. 웬만하면 퍼뜨리지 않는 게 좋겠군요. 위험합니다."

당연한 것이었다. 성진의 지식은 물리 법칙이 너무나도 잘 적용되는 세상에서 발전된 것. 즉 아주 기초적인 것부터 밟고 올라선 것이었다. 그런 지식이 마법이라는 놀라운 도구가 난무하는 세상에 퍼져 보라.

당장 비틀어지고 변형되어 보다 놀라운 형태를 보일 것이 분명하였다. 분명 그것은 세상의 균형을 깨뜨릴 것이다. 무엇보다도 더욱 중요한 것은 문명이 발전하는 또 하나의 형태를 뒤틀어 버린다는 것이다. 다원성을 없애 버리는 행위라고도 할 수 있었다. 그러나 어찌 하이단과 세르피아가 그러한 것을 알 수 있단 말인가? 그저 그들은 성진의 신기한 계획에 감탄할 뿐이었다.

일단 계획이 마련되었으니 실행하는 일밖에는 남지 않았다. 하이단으로서는 한시 바삐 이 도시를 나가고 싶었다. 고대이니 경이이니 뭐니 해도 죽은 자들과 같이 있는다는 것 자체가 기분 나쁜 법. 그들이 들었다면 참으로 기분 나빠하였을지 모를 생각이지만 그래도 싫은 것은 싫은 것이다. 밝은 지상으로 나가 그들을 기리는 것이 차라리 더 좋을 것이었다. 일단 성진의 말을 들으니 당장 이곳을 빠져나갈 수 있을 것만 같았다.

"이제 이곳을 빠져나갈 수 있게 되었군! 자네는 기쁘지 않나?"

하이단은 곁에 선 유노를 향해 물었다. 그러나 유노는 아무 말 없이 굳은 얼굴로 고개를 저었다. 고대인의 기억을 읽은 후부터 유노는 아무 말도 없었다. 아무런 말도 없이 골똘하게 무언가를 생각하고 있었다. 도대체 무엇을 보았는지 알 수는 없었으나 그것이 유노에게 좋지 않은 것은 분명하였다. 도대체 뭘까? 태고의 기억 중에서 무엇을 보았기에?

하이단은 고개를 젓고 말았다. 어찌 인간이 인간의 마음을 읽을 수 있을까. 하이단은 그런 지고한 능력이 없었다. 뭐라고 이야기해 보라고 재촉하고 싶은 마음도 있었지만 굳게 입을 다물고 있는 친우를 보자니 쉬이 이야기가 나올 것 같지도 않았다.

하이단은 미간을 찌푸리고는 답답한 마음을 털어버리려는 듯 조그마게 중얼거렸다.

"일단 나가고 보자."

하나 일은 그렇게 간단하게 돌아가지 않았다.

"에엣?! 이 도시를 조종하는 곳이 이곳에 없다고요?"

도시를 통제하는 것이 이 도시 안에 없다는 성진의 소리에 하이단이 아연질색하며 소리쳤다. 이 무슨 말인가?

보통 중요한 것은 집 안 깊숙한 곳에 모셔놓는다. 그 누구도 알 수 없는 은밀한 곳에 숨겨놓는다. 중요한 것은 남에게 숨기고 싶지만 제 손을 떠나보낼 수 없는 것이 인간의 습성. 그래서 도둑들은 이 습성을 노려 집 안의 중요한 재화를 강탈하고는 한다.

그러나 고대인들의 개념은 조금 달랐던 모양이다.

"그들은 중요한 것을 필요악(必要惡)으로 보았습니다. 무언가 아주 소중한 것과 중요한 것이라도 그것이 자신에게 해악을 끼칠 우려가 있는 것을 배제하였습니다. 개인의 재산 같은 것은 어쩔 수 없지만 공공의 목적을 위한 것은 모두의 손길이 닿지 않는 외딴 곳에 만들어놓은 것입니다. 이 도시의 통제실 같은 곳 말이지요."

"……."

성진의 말에 하이단은 입을 다물고 말았다. 도대체 무슨 소리인지 알 수가 있나. 하이단은 고대인의 사상을 이해할 수 없었다. 본디 중요한 것이라면 몸에서 떨어지면 불안한 법. 그것을 악(惡)으로 보고 멀리했다니. 달리 무슨 할 말이 있겠는가.

"그래도 그곳으로 가는 방법이 있지 않습니까? 오히려 더 좋을 수도 있겠네요. 그곳에서 도시를 수몰시키고 모든 격벽을 폐쇄하면 좀 더

수월하지 않겠습니까?"

샤이라의 말에 하이단은 고개를 끄덕였다. 성진도 호응해 줬으면 좋으련만 성진은 씁쓸한 미소를 배어 물고는 입을 열었다.

"그것이 매우 복잡하게 됐습니다. 이들의 기억에 의하면 그 통제실은 도시 위쪽 공간의 함정 한복판에 있습니다. 지금의 그곳은……."

잠시 말을 멈춘 성진은 머리 위를 보았다. 그리고 하이단의 얼굴을 본 다음 세르피아를 바라보았다. 마지막으로 샤이라를 보고 말을 이었다.

"어둠을 걷는 자들의 보금자리입니다."

*　　　*　　　*

WN.20호는 조금 난감해했다. 그가 난감해하는 이유는 그들의 아지트의 출입문 위치가 조금 바뀌었기 때문이다. 불과 얼마 전까지만 해도 출입구는 잘 보이지 않는 비밀스러운 곳에 그림자로 드리워져 은밀하게 숨겨져 있었는데 이번에는 천장의 빛이 내려오는 밝은 곳으로 옮겨졌다.

어차피 그들 아지트의 출입구야 종종 바뀌기 때문에 그리 이상할 것은 없지만 이렇게 밝은 곳으로 옮겨지기는 또 처음이었다.

얼마 전 오러 유저에게 재수없게 한 팔을 잃은 그는 더 이상 최전선의 임무를 할당받을 수 없기에 이렇게 아지트의 입구 경계를 부여받았다. 전에는 어둠 속에 숨어서 은밀히 관찰하면 됐지만 이렇게 밝아서야 몸 숨길 곳도 마땅치 않게 된 터였다.

쉐도우 워커라는 존재가 워낙 양성하기 힘든 존재이기 때문에

WN.20호의 자리를 메워줄 쉐도우 워커가 나타나지 않는 한 그는 계속 살아 숨 쉴 수 있었다. 그게 언제까지인지 알 수는 없지만 말이다. 어차피 그들은 죽음을 끼고 사는 존재. 죽음이 뭐 그리 대수일까.

여담은 접어두더라도 그는 임무에 최선을 다해야 했다. 그것이 그가 해야 할 최우선이었다. 만에 하나 있을지 모르는 침입자를 저지하기 위해 목숨까지 바쳐야만 했다. 잠시 주위를 살펴보다 작은 어둠을 발견하고 그 속으로 녹아갔다. 그것으로 WN.20호는 어둠이 되었다.

WN.20호는 임무에 최선을 다할 것이다. 하나 그의 시선이 미치지 않는 곳에서는 알게 모르게 이상한 일이 벌어지고 있었다. 그의 등 뒤 공간과 출입구 주위의 공간이 묘하게 일렁이고 있었다.

*   *   *

칼은 도무지 알 수가 없었다. 지금 걷고 있는 곳이 어디인지, 또 어떻게 된 것인지. 어느새인가 이곳의 길은 그의 기억을 벗어나 기가 막히게 뒤틀려 버렸다. 너무나 갑작스럽기에 칼은 잠시 당황하였지만 그쳐 죽일 드골 백작은 칼이 수작을 부리는 것으로 이해했는지 이번에는 타키안의 팔 근육을 끊어버리려고 하였다. 간신히 베르트가 저지할 수 있었지만 그 드골 백작이라는 녀석은 머리가 심히 좋지 않은 모양인지 몇 번이나 타키안을 보며 쩝쩝거렸다.

'죽일 놈!'

칼은 그의 주먹에 얻어맞은 왼쪽 어금니가 심하게 시큰거리는 것을 느꼈다. 아무래도 잘못 맞은 듯하였다. 하긴 입 안이 터질 정도니 이라고 멀쩡할까. 하나 지금은 이가 문제가 아니었다. 저 단순하고도 무식한 놈이 이제 단단히 열받았는지 얼굴이 시뻘겋게 변해 식식거리고 있었다.

"젠장! 이곳이 대체 어디야!"

길은 이제 외길로 컴컴한 공간에 '떠' 있었다. 도대체 이런 지하에 이런 곳이 있다는 것 자체가 납득되지 않았지만 있는 것을 어쩌랴? 밑도 끝도 보이지 않는 어둠 속을 가로지르는 다리. 기묘하게도 그 어둠 속에서 다리는 똑똑히 볼 수 있었다.

흡사 함정 속으로 유혹하려는 듯 기묘한 느낌을 주었지만 이제 와 돌아갈 곳은 사라져 버렸다. 기가 막히게도 그들이 밟고 지나온 계단이나 통로는 뒤를 돌아보면 기묘한 공백이 자리 잡고 있었다. 함정일 것을 뻔히 아는데도 걷는 심정이란 참담하기 그지없었다.

그렇기에 드골 백작은 이렇게 발작하는 것이었다. 마치 이곳을 만든 작자를 찢어 죽이고 싶다는 듯 미친 듯이 살기를 발했다. 칼은 내심 웃었다. 그도 같이 위험한 상황에 빠졌지만 저 찢어 죽일 드골 백작에게 엿 먹일 상황이 닥쳐왔다는 게 통쾌했기 때문이다. 그가 분노하고 고함을 지르는 것이 그토록 좋을 줄이야!

앞선 용병의 등에 업혀 있는, 아직까지 의식을 회복하지 못한 길리언이 보았다면 참으로 좋았을 것을. 칼은 순식간에 추락하는 감정을 느끼며 아픈 이를 질끈 깨물었다.

다행히 다리의 폭이 어른 세 사람은 족히 건널 수 있을 만큼 폭이 넓었다. 그 정도 넓었으니 망정이지 그렇지 않았다면 누군가 실족해도 진작 실족할 것이었다.

선두는 분노한 드골 백작이 자리 잡았고 일행은 여전히 길게 늘어져 길을 걷고 있었다. 다들 이 미지의 곳에서 기묘한 상황을 맞이하자 혼란스러워하는 듯하였다.

이만하면 불만이 터져도 진작 터져야 할 것이나 오러 유저라는 막강한 힘을 가진 드골 백작에 의해 사형장으로 향하는 것같이 질질 끌려가고 있었다. 아니, 체념한 듯하였다. 등 뒤를 찌르고서라도 도망갈 길은 사라져 버렸으니.

"빌어먹을! 계속 간다!"

드골 백작의 선언과 같은 외침에 용병들은 소리없는 신음을 삼켰다. 칼은 그를 비웃으며 살짝 손목을 뒤틀었다.

어느새 포승줄의 오라기는 절반쯤 끊어져 있었다. 감시하는 용병마저 이곳의 분위기에 압도되어 그에게서 시선을 떼어버린 지 오래. 분노를 통해서 칼은 오러를 근육으로 이끌어 엄청난 힘을 내는 방법을 조금씩 터득하고 있었다. 아직 피부에까지 보내는 방법을 알지 못해 손목의 피부가 상당히 벗겨져 쓰라렸지만 이것만 해도 어딘가?

기회를 엿보아 재빨리 용병의 칼을 빼앗아 드골 백작을 인질로 삼을 것이었다. 분노로 드골 백작의 판단이 잠시 흐려질 때를 노려야 했다.

'그때야말로……'

칼은 입 안에 배어드는 핏물을 삼켰다.

그리고 그 순간 저 멀리 다리 끝에서 이제껏 걸으며 보지 못했던 빛이 번지는 것을 볼 수 있었다.

*　　　*　　　*

"흠? 누군가 지하 통로를 통해 들어와 있군요. 벌써 상당히 안쪽까지 왔습니다. 수도 꽤 되는군요. 사십여 명 정도입니다."

쉐도우 워커의 기지로 쳐들어가기 위해 창생력의 흐름을 이용하여 공간의 함정을 더듬던 성진이 의아한 듯 말했다. 성진의 말에 샤이라와 하이단은 의아한 표정을 지었다.

일행을 제외하고는 현재 그 통로의 존재를 알고 있는 것은 쉐도우 워커들과 칼뿐. 아, 시프 길드의 그위 길드원도 있지만 함부로 발설했다가는 목이 달아날 염려가 있으므로 이들까지 포함시킬 수는 없는 노릇이었다.

쉐도우 워커들 대부분이 아지트에 있는 실정이고 몇몇은 대륙 곳곳에서 첩보 활동을 벌이고 있는 것을 고려하면 대상에서 쉐도우 워커도 제외. 그렇다면 남은 사람은 칼뿐이었다.

하나 칼이 들어올 일은 없었다. 성진의 기억을 받은 칼이 쉐도우 워커의 무서움을 모르지는 않을 것이었다. 무엇보다도 칼이 기다리라는 성진의 말을 어길 리가 없지 않는가?

만에 하나라도 칼이 들어온다라고 가정해 보더라도 들어오는 사람은 칼 혼자. 이렇듯 사십여 명의 인원이 들어온다는 것은 있을 수 없는 일이었다. 하이단은 뭔가 불길한 예감을 느꼈다.

성진은 감은 눈의 미간을 꿈틀거렸다. 그들 사십여 인의 행렬이 공간의 함정의 절정인 곳으로 가고 있었다. 공간이 찌부러지고 찢겨진 곳. 그곳으로 빠진다면 다시는 이 세계로 돌아올 수 없었다.

성진이라고 하이단이 했던 생각을 하지 못했을까? 인기척은 느낄 수 있지만 그 하나하나를 분간할 수는 없었다. 공간의 함정은 그래서 함정이었다. 통제자의 이목까지 현혹시키는 함정. 고대인들마저 만들어 놓고 질려 버린 함정.

그래서 성진은 잠시 갈등했다. 본래 의무라면 이대로 방관하여야만 했다. 그냥 보고 저들이 어떻게 되든 말든 상관하지 말아야 했다. 하나 그 속에 칼과 타키안, 길리언이 있다면?

잠시 고민하던 성진은 이제 막 함정에 빠지려던 그들의 진로를 쉐도우 워커들이 있는 컨트롤 룸으로 옮겨놓았다. 만약 그곳에 그들 일행이 섞여 있다면 이제 가서 구해주면 그만. 뜻밖의 손님들이 쉐도우 워커들을 방문한다면 전략적으로도 그들에게 틈이 만들어진다는 이점도 있었다.

"일단 그들 무리를 쉐도우 워커들의 아지트 쪽으로 옮겨놨습니다. 이제 우리도 가야겠군요."

재빨리 말을 한 성진은 한쪽을 향해 손을 뻗었다. 그러자 멀쩡한 배경이 일그러지며 시퍼런 빛과 함께 구멍이 뚫리는 것이 아닌가? 이것도 마법사들이 보았다면 거품을 물 장면이었지만 워낙 신기한 것을 많이 봐온 일행이기에 그냥 담담히 받아들였다.

아니, 정확히 표현하자면 아무렇지도 않게 받아들인 사람은 하이단 혼자뿐이었다.

"유노, 가세나?"

"아! 응……. 가야지."

축 늘어진 목소리에 혼이 빠진 듯한 시선으로 옛 도시를 바라본 유노는 어깨를 축 늘어뜨리고는 게이트를 향해 걸어갔다. 도대체 뭘 보았기에? 하이단은 얼이 빠져 버린 친우 덕분에 처음으로 한숨을 터뜨리고는 그 뒤를 따랐다.

세르피아라고 다를까? 그녀는 틈이 날 때마다 무언가를 생각하는 듯한 눈빛을 뿜고 있었다. 어떨 때는 얼굴이 창백해지고 홍조를 띠기도 하였다. 독기 어린 눈빛을 뿜기도 하였다. 고대인의 기억이 엘프의 정신에 상당한 혼란을 초래했다는 증거였다.

샤이라는 신경 쓰지 않는 듯하면서도 호기심 어린 표정으로 그런 세르피아를 틈틈이 훔쳐보았다. 보기 드문 경우이니 어찌 흥미가 당기지 않을까? 대놓고 마법을 걸지 않은 것만 해도 그녀로서는 잘 참은 셈이었다.

잠시 머뭇대던 세르피아마저 게이트로 사라지고 나자 성진도 게이트에 발을 들이밀었다. 잠시 게이트를 바라보던 성진은 이윽고 게이트 안으로 몸을 밀어 넣었고 일렁이는 푸른 빛과 함께 사라졌다.

살아 있는 자들이 떠나고 나자 도시는 늘 그렇듯 수천 년 동안 이어왔던 침묵 속으로 돌아갔다. 아득한 세월 동안 똑같은 모습으로. 그렇게 앞으로도 늘 똑같이. 아니, 분명히 달라진 것이 있었다.

보이지 않는 한편에서는 이곳에 묶여 버린 주민, 수천 년 동안 눈물로 세월을 삭여오며 방황했던 주민들이 이제야 맞이하는 해방을 기대하며 기쁨에 떨고 있다는 것을.

*　　　*　　　*

WN.20호는 크게 놀랐다. 주시하던 전방의 텅 빈 공간이 물처럼 출렁이더니 일단의 무리가 나타난 것이 아닌가? 그것도 한두 명이 아니라 수십 명이었다. WN.20호는 구수히 받던 훈련을 토대로 머리를 묶어 수를 파악했고 그것이 오십에 이른다는 것을 순식간에 알았다.

갑작스럽게 나타난 무리는 아무런 움직임도 취하지 않았다. 굳어버린 듯 그저 서 있을 뿐이었다. 갑작스러운 출현과 수상쩍은 반응에 WN.20호는 침입자에 대한 즉각적인 저지와 보고라는 자신의 임무를 순간 잊을 뻔하였다.

즉각적인 처리라 함은 침입자의 말살이다. 그러나 대상이 너무 많았다. 굳어버린 듯 아무런 행동도 하지 않는다지만 그것만 믿고 섣불리 몸을 움직일 수는 없는 노릇이었다. 이윽고 판단을 내린—그래 봤자 눈 몇 번 깜빡일 짧은 시간이었다—WN.20호는 입을 오므려 치아 틈으로 높고도 짧은 휘파람을 불었다.

삐익—

인간의 가청 영역을 훨씬 초월한 음파가 터져 나와 동굴 저 안쪽까지 퍼졌다. WN.20호는 즉각적인 회답을 기대하였지만 돌아온 것은 침묵. 반사적으로 고개를 돌리자 보이는 것은 장막이었다.

아지트로 향하는 입구는 하얀 빛이 일렁이는 장막으로 싸여 있었다. 장막에 접해 있는 부분의 입구는 점점 넓어지고 있었고 이윽고 동굴 중간을 가로막았던 벽 전체가 사라지기 시작하였다.

돌로 된 벽이 사라진다니. 그 괴사에 WN.20호는 그저 멍하니 바라볼 수밖에 없었다. 그가 알고 있는 것 중 이러한 상황에 대처할 만한 것이 하나도 없었기 때문이다.

이윽고 벽 전체를 없애 버린 장막은 천천히 WN.20호가 은신한 곳으로 흘렀다. 일반인이라면 보는 즉시 혼비백산하여 도망갈 것이나 WN.20호는 쉐도우 워커였다. 순간 이 당혹스런 상황에 임무와 그의 목숨을 지키는 원초적인 행동 수칙 사이에서 갈등하는 그 짧은 사이 장막은 WN.20호를 덮쳤다. 앗 하는 순간이었다.

빛의 장막은 WN.20호의 발부터 야금야금 먹어갔다. 그러나 WN.20호는 고통을 느낄 수 없었다. 단지 시원하다는 느낌만 받을 뿐. 느낌, 통각이라니! 그는 통각이 거세된 부류였기에 시원하다는 느낌은 순간 마약과도 같이 WN.20호를 덮쳤다.

빛의 장막이 맞닿은 부분은 파란 입자가 되어 흩어졌다. 발부터 발목, 정강이, 무릎에 이르기까지 빠르면서도 마약 같은 느낌으로 WN.20호를 사로잡았다. 거세된 통각을 통해 느껴지는 서늘함. 아주 오래전 맛본 느낌이기에 WN.20호는 순간 넋을 놓았다.

야금야금 WN.20호의 육신을 잠식하던 빛의 장막이 허리 부분에 이르렀을 무렵 온통 쾌락에 도취되어 환희의 비명을 질러대는 WN.20호의 뇌세포 한구석에서 임무를 뜻하는 전기 신호가 퍼졌다.

전기 신호는 WN.20호가 지니고 있는 원천적인 마법적 효과에 증폭되어 온 뇌로 퍼졌고 순간 WN.20호는 그의 상태를 자각하고 몸을 놀리려 하였다. 원래대로라면 WN.20호는 즉각 탈출했어야 했다.

그러나 쾌감에 저항하기 위하 부여된 마법적 효과는 그 효과를 너무 늦게 나타냈다. 본래 촌각을 다투는 짧은 순간에 그 효과가 나타났지만 지금은 그 촌각을 다투는 순간보다 더 늦었다. 빛의 장막은 순식간에 WN.20호의 가슴을 잠식하였고 목에 이르렀다. 지독할 정도의 사늘함. 그 감각에 WN.20호의 뇌는 다시 젖어들었다.

WN.20호는 그 서늘한 감각에 젖어들어 빛의 장막에 휩쓸렸다. 그 존재도 육체도 잃어버렸지만 그는 느낄 수 없었다. 단지 느껴지는 것은 통각! 시원하다는 느낌.

마침내 머리끝까지 입자가 되어 흩어져 버린 WN.20호라 이름 붙은 인간이 있던 자리에는 대신에 빛의 장막만이 일렁였다. 이윽고 빛의 장막도 작은 파문만을 남긴 채 사라졌다.

*   *   *

칼은 도무지 지금의 상황을 이해할 수 없었다. 도대체 여긴 어디인 가? 분명히 길을 걷고 있었는데? 수많은 의문이 머리 속에서 소용돌이 치고 있었지만 도무지 알 수 없었다. 그는 분명 드골 백작의 뒤를 보며 길을 걷고 있었으니까. 막말로 눈을 떠보니 다른 세상이었다는 말이 딱 들어맞는 순간이었다.

어두컴컴한 공간에서 끝을 알 수 없는 길을 걷고 있었던 것이 바로 전인데 지금 눈앞에 자리 잡은 것은 시커멓게 뚫린 동굴이었다. 사방 에서 원인 모를 빛이 새어들어 동굴을 밝히고 있었지만 암석을 깎아 만들었는지 거무튀튀한 돌들뿐이라 오히려 어두워 보이기까지 한 곳이 었다. 더군다나 그와 함께 길을 걸었던 수십 명의 사람들은 온데간데 없고 그 혼자 달랑 떨어져 있으니 어찌 당황하지 않을까?

전혀 낯선 이곳을 둘러보던 칼은 그가 착각했다는 것을 깨달았다. 그 혼자가 아니었다. 다만 인지하지 못했을 뿐. 그의 등 뒤로 호흡 소 리가 들렸다. 칼은 고개를 돌려 뒤를 보았다. 아니, 보려 하였다. 그러 나 목은 돌아가지 않았다. 그가 생각했으나 몸이 움직이지 않은 것이 다. 이제 보니 그가 주위를 둘러봤다고 느낀 것도 그저 멀뚱히 서서 눈 만 굴린 것이었다.

'뭐야?'

의문을 느낄 새도 없이 온몸이 간질거리더니 화끈한 기운이 머리를 강타하고는 조금씩 몸이 움직이기 시작하였다. 그리고 그것은 그뿐만 이 아닌지 다른 자들도 굳어진 상태에서 눈을 깜박이더니 순식간에 바 뀌어 버린 주위를 돌아보았다.

그러나 그 짧은 순간 칼은 그들과 자신 사이에 다른 점이 있다는 것을 깨달았다. 자신은 마비가 풀리자마자 몸을 돌아본 것에 비해 그들은 마비가 풀리자마자 상황이 인지되지 않는지 눈을 깜빡였던 것이다. 혹 일부는 계속 걸음을 옮겼던 모양인지 앞으로 나아가기도 하였다.

즉 이들은 생각까지 마비되었고 칼은 몸만 마비되었다는 것이다. 이에 대해 칼이 생각해 보기도 전에 용병들 사이에 소란이 일어났다.

"엇! 여긴 어디지?"

"뭐야! 여긴?"

저마다 의혹과 당혹스러운 감정이 섞인 말을 터뜨렸다. 동굴은 순식간에 사십여 인들이 내뱉은 수많은 단어가 뒤섞이더니 시끄럽게 변했다. 작은 소음에도 울리는 동굴이니, 더군다나 이곳이 어디인지 무슨 위험이 잠자고 있는지도 모르는 곳에서 소음이라니. 칼은 무언가 위험이 닥쳐올 것 같은 느낌에 주위를 경계하기 시작하였다.

"조용! 밀집 대형을 만들어라! 어서!"

그나마 상황을 제대로 인지한 베르트가 크게 외치자 용병들도 그제야 상황을 인식했는지 베르트를 중심으로 뭉치기 시작하였다. 아무래도 죽음과 가장 가까이 살고 있는 이들이다 보니 목숨에 관계된 일이라면 빠르게 대처했다. 일단 베르트가 닦달하자 용병들은 서로 무기를 꼬나 쥐고는 부리부리한 눈빛을 발하며 서로의 등을 맞댄 채 사십여 인으로 만들어진 둥근 원진을 형성하였다.

질식할 것만 같은 침묵이 흘렀다. 이마에 송골송골 진땀이 솟아나 콧날을 타고 하나가 떨어질 무렵 그 갑갑하고도 지루한 침묵에 참지 못했는지 무리 한쪽에서 어느 용병이 속삭이듯 낮게 읊조렸다.

"뭐냐, 뭐지?"

"씨바. 알게 뭐냐. 기분이 더러운데."

“빌어먹을 자식아, 아가리 닥쳐라. 네놈이 기분 더럽다고 하면 꼭 한 놈씩 죽어 나갔어.”

목을 죄어오는 침묵을 물리치고자 한두 마디씩 덧붙여졌고 어느덧 용병들 사이로 세 사람이 서로를 헐뜯는 나직한 소리가 옥신각신 흘러 퍼졌다. 무식한 놈들이 분위기 파악 못한다고 이 상황에서 저럴 것은 또 뭘까? 어느 한 용병이 듣다듣다 도저히 참지 못하겠는지 마찬가지로 나직한 목소리로 쏘아붙였다.

“이런 병신들. 네놈들은 주둥이로 오입하냐? 지껄일 기운 있으면 눈이라도 한번 부라려.”

“킥킥!”

“큭!”

여기저기서 바람 빠지는 소리가 울려 퍼지며 잔뜩 고조되었던 긴장감이 일시에 누그러들기 시작하였다. 일부는 그 썰물에 휩쓸리며 긴장감을 풀어버린 채 무기를 내려놓기도 하였다. 그러나 대다수는 아니었다. 몇몇은 기분 나쁜 느낌을 떨쳐 버리지 못했는지 잔뜩 긴장된 눈으로 사위를 경계하고 있었다.

잠시 주위를 살피던 드골 백작은 용병 몇 명을 차출하였다.

“너, 그리고 너, 너. 너희 셋. 저쪽으로 가서 살피고 와라.”

드골 백작은 시야가 미치지 않는 동굴의 어두운 안쪽을 가리키며 말했다. 드골 백작에게 지적당한 세 용병의 얼굴이 순간 일그러졌다. 그도 그럴 것이 이 기분 나쁜 곳에서 언제 무엇이 튀어나올지도 모르는 상황에 척 봐도 위험한 곳으로 걸어가라니 어찌 기분 좋은 인상을 지을 수 있을까? 그러나 그들 셋은 드골 백작의 미간이 꿈틀거리는 것을 본 순간 아무 말도 하지 못하고 무기를 빼 들고는 동굴 안쪽을 향해 걸음을 옮겼다.

동굴은 척 봐도 으스스하였다. 횃불로 밝히지 않아도 어디서 빛이 들어오는지 동굴은 은은한 빛이 흐르고 있었다. 하나 그게 밝은 빛이라면 좋겠지만 사람들 대부분의 뒷골을 은연중에 서늘하게 만드는 그런 기분 나쁜 빛이었다. 세 용병은 오만 가지 인상을 쓰면서 일행에서 벗어나 서서히 동굴 깊숙이 걷기 시작하였다.

"씨발. 똥 됐다."

"젠장할 고자새끼."

"……."

둘은 연신 입으로 욕지기를 내뱉고 있었지만 하나는 아무 말도 하지 못했다. 그도 그럴 것이 이들은 아까 옥신각신했던 세 사람이었기 때문이다. 드골 백작은 간사하게도 아까 지껄였던 세 사람을 골라내어 정찰을 내보낸 것이다. 때문에 이들 중 원인 제공자에 해당하는 사람은 그의 잘못을 알아채고 아무 말도 하지 못했다. 뭐라고 말했다가는 '너 때문이야!' 라는 소리를 들을 것만 같아서였다.

'개새끼, 속 좁은 새끼.'

사내는 드골 백작을 욕할 수밖에 없었다. 그러나 동굴 안쪽으로 다가갈수록 이들의 욕지기는 점차 줄어갔다. 동굴의 음침한 분위기에 압도당하여 말할 용기도 잃어버렸기 때문이다.

본디 용병들은 삭막하다. 전장에서 피와 죽음을 벗 삼아 살아가기 때문에 이들의 심성은 삭막하다. 그러나 드골 백작이라는 잔혹한 자와 지하 통로로 들어오면서 겪었던 이해하지 못할 현상에 질려 버린 터라 또 무엇이 나올까 하는 두려움에 눌려 버린 것이다.

분위기에 압도되어 입을 다물었지만 도리어 더욱 무서웠다. 욕지기라도 내뱉었던 방금 전까지는 그래도 그렇게 무섭지 않았는데 입을 다물고 천천히 동굴 안으로 집중하니 오감이 예민해지는 것이었다. 기이한 바람 소리와 무언가 이상한 소리가 들리는 것만 같았다. 어둠 속에서 금방이라도 무언가 튀어나와 그들의 몸을 베어버릴 것만 같았다.

그들은 계속 걸었다. 눈앞의 어둠도 두려웠지만 뒤에서 눈을 부라릴 드골 백작도 무서웠다. 눈앞의 어둠은 그들의 정신을 괴롭히겠지만 드골 백작은 정신을 유지할 그들의 목숨을 앗아갈 것이다. 그들에게는 빌어먹게도 선택의 여지가 없었다.

잠시 일행 쪽을 바라본 이들은 드골 백작의 시퍼런 눈빛에 이를 질끈 물고 마침내 새까만 어둠 속으로 발을 디밀었다. 한 치 앞도 보이지 않을 어둠이 온통 동굴을 덮고 있었다. 어디가 앞이고 어디가 옆인지, 동굴이 어느 정도의 크기인지까지 알 수 없는 어둠. 불과 몇 발자국 사이에 이런 어둠이 존재한다는 것이 믿어지지가 않았다. 용병 중 한 사람이 일행 쪽을 향해 손을 흔들자 뜻을 알아챈 한 명이 그들을 향해 횃불을 던져 주었다.

밝게 타오르는 횃불을 쥐자 용기가 생겼다. 빛이 용기를 불러일으킨 것이다. 잠시 서로를 마주 본 용병들은 횃불을 쥐어 들고 안쪽으로 걸음을 옮겼다.

주황색 빛이 깊고 어두운 동굴 안쪽으로 퍼져 나갔다.

화르르륵.

어디선가 바람이 불어오는 모양인지 불길이 바람에 스쳐 찢어지는 소리와 함께 붉은 혓바닥이 춤을 추었고 빛이 흔들렸다. 동굴 안쪽으로 퍼진 빛은 큰 음영이 되어 흔들렸다. 그들의 그림자와 바위의 명암이 어우러지자 그것은 광기에 찌들어 모닥불을 벗 삼아 춤추는 사막의

야베크 족 같은 형상을 자아냈다.

뚜벅뚜벅.

징 박은 부츠의 밑창이 동굴 바닥을 밟으며 만든 소음이 퍼졌다. 어둠은 미지의 상상을 자아내고 미지의 상상은 공포를 만든다. 전장에서 보았던 온갖 형태의 죽음과 상상력이 결합되자 끔찍한 공포가 되어 휘몰아쳤다. 상상력이 가중될수록 이들이 만든 소음도 미지의 것이 내는 소리로 들리기 시작하였다. 사람의 숨소리가 동굴을 타고 증폭되자 동굴 안쪽에서 무언가 큰 동물이 숨을 쉬는 것만 같이 들리는 것이다. 분명히 그 소리가 그들의 숨소리라는 것을 알지만 무서운 것은 무서운 것이었다.

"니미럴……."

결국 견디다 못한 한 명이 작게 중얼거렸다. 잔뜩 긴장한 이들은 계속 동굴 안쪽으로 걸어 들어갔다. 횃불이 춤을 추고 빛이 흔들리며 동굴의 음영이 이리저리 꿈틀대자 화들짝 놀란 이들은 횃불로 사방을 흔들며 비췄다. 무언가가 튀어나올 것만 같은 불안감에 질려 버린 것이다.

꺾인 부분을 돌아 몇 발자국 더 걷자 앞쪽에서 희미한 빛이 보였다. 일단 빛이 보이자 세 용병은 죽을힘을 다해 뛰었다. 빛까지는 몇십 야드에 불과했지만 얼마나 아득한지.

별로 뛰지도 않았음에도 용병들의 이마에는 송골송골 땀이 맺혀 있었다. 그러나 그들은 이마에 맺힌 땀을 닦을 생각도 못한 채 멍하니 전면을 바라보았다.

더 이상 동굴이 아니었다. 정확히 표현하자면 하얀 석회암 재질로 보이는 것으로 쌓아 올린 건물이 눈앞에 자리 잡고 있었다. 검은 암반을 뚫어놓은 동굴이 꽉 차게 만들어놓은 건물. 건물은 아무런 장식도 없었다. 그저 잘 깎인 석회암으로 쌓아 올린 듯 매끄럽기 그지없었고 건물 자체에 희미한 백색 광이 흘러나오고 있었다. 아니, 그것이 특이하였다! 석조 건물이 빛을 뿜어내다니. 거기다 자세히 바라보니 돌과 돌을 연결하는 틈조차 보이지 않는 것이 아닌가? 건물에서 발하는 빛과 기괴한 모습. 그것이 횃불에서 뿜어져 나오는 주황빛과 어울려 묘한 모습을 만들어냈다. 전혀 생각지도 못한 것이었기에 세 용병들은 잠시 멍하니 그것을 바라보았다.

"일단은 알려야겠지?"

비교적 일찍 정신을 수습한 한 용병이 동료의 허리를 왼쪽 팔꿈치로 찌르며 물었다.

그러나 돌아오는 것은 대답이 아닌 침묵. 용병은 의아한 생각이 들어 왼편에 선 동료의 얼굴을 쳐다보았다. 그는 멍한 표정으로 전면을 바라보고 있었다. 언뜻 보기에는 석조 건물에 정신이 팔려 보였지만 그것이 아니었다. 눈이 풀려 있었다. 죽어버린 눈빛, 눈에는 아무런 빛도 띠지 않고 있었다.

놀라 가만히 지켜보고 있는 사이 그 용병의 이마에서 검은 액체가 조금씩 흘러내리더니 코를 적시는 게 아닌가? 횃불의 빛을 받아 검은 색으로 보이는 액체. 그것은 분명 질리도록 보았던 피였다.

"어라?"

그는 멍하니 동료의 이마에 흐르는 액체를 보았다. 상황 판단이 되지 않았다. 도대체 왜 동료의 이마에서 액체가 떨어지는 것일까? 그러나 액체의 양이 많아지고 턱에 고여 바닥으로 떨어지며 풍기는 진한 혈향에 그는 경악하였다.

“히익! 죽었어!”

외마디 비명을 내뱉은 그는 뒤로 물러서며 오른편에 선 동료를 떠밀었다.

쿵.

둔탁하게 울리는 소리에 뒤를 돌아보자 이번엔 오른편에 선 동료의 머리가 그를 보고 있었다. 정확히 표현하자면 바닥을 구르는 머리의 눈이 그를 바라보고 있었다. 머리와 몸은 완전히 분리되어 피를 뿜어내고 있었고 그 피는 어느새 바닥을 적셨다. 그 기괴함에, 그 놀라움에 그는 비명을 지르려 하였지만 환상처럼 눈앞에 떠오르는 그림자에 그것마저 잊고 말았다.

검은 어둠 속에서 빛나는 하얀 눈. 극도의 공포가 엄습함과 동시에 그는 목에서 타는 듯한 불 기운을 느꼈다. 뒤늦게야 비명을 지르려 했지만 이물질이 목을 훑어 지나갔고 그는 무언가 뜨거운 것이 밖으로 빠져나가는 것 같은 느낌을 받았다.

“케흑!”

입 안으로 뜨거운 액체가 솟구쳐 올랐다. 목에서 일어나는 뜨거운 기운은 거대한 통증으로 변해 그를 후려쳤고 그는 그 아득함에 있는 힘껏 비명을 질렀다. 아니, 지르려 하였다.

“쿠에에⋯⋯.”

그러나 어찌 갈라지고 찢어져 버린 성대에서 비명이 튀어나올 수 있을까. 단말마도 못 되는 바람 새는 듯한 신음 소리만이 동굴에 조용히 흘렀다. 한 인간의 집념인지 고통에 대한 호소로 인한 기적인지 기도는 물론 한쪽 경동맥까지 잘린 마당에 당장 기절하지도 않고 연신 바람 샌 비명만 질러 버린 것이다.

덕분에 그의 목을 반쯤 베어버린 쉐도우 워커는 흠칫 놀랐다. 경동맥이 잘린 상황에서 정신을 유지하다니. 그는 기괴한 신음을 토해내는 상대의 멱을 향해 다시 한 번 검을 휘둘렀다.

스윽.

가벼운 소음과 함께 검은 어둠으로 물든 강철의 칼날이 여리고 부드러운 단백질을 가르더니 정교하게 만들어진, 그러나 반쯤 찢어져 버린 성대를 훑고 지나갔다. 차가운 야수의 이는 기도와 생명수가 박동하는 마지막 경동맥까지도 끊어버렸다.

또 한 차례 서늘한 것이 목을 훑고 가더니 이윽고 죽을 것만 같은 고통은 사라지고 차가운 안식이 그를 덮쳤다. 바닥으로 쓰러진 그의 몸에서는 뜨거운 선혈이 왈칵왈칵 쏟아졌다. 어두컴컴한 동굴도 이상한 건물도 사라졌다. 그의 눈앞에는 사람을 죽이는 용병질을 한다고 늘 타박하시던 그의 어머니가 웃고 있었다.

'어머니.'

어머니를 바라보는 그의 머리 위로 새카만 그림자가 스쳐 지나갔다.

*   *   *

침입한 용병 셋을 순식간에 참살해 버린 쉐도우 워커 셋은 잠시 고민에 빠졌다. 여기서 침입자 일행을 계속 기다리느냐, 아니면 직접 가서 저들을 모두 죽이느냐. 그들은 침입자 모두를 죽일 수 있는 능력을 충분히 지니고 있었다. 하나 매복지를 이탈하여 모조리 죽이라는 명령은 받지 못했다.

―가서 죽이자.

―명령받지 못했다.

―명령을 준수하자.

서로의 의견을 대조해 본 쉐도우 워커들은 다수의 의견에 따라 매복하기로 결정하였다. 서로의 수신호를 교환한 쉐도우 워커들은 다시 몸을 숨기기 위해 몸을 날리려는 순간 이상한 것을 보고는 재빨리 검을 빼 들었다.

그들 전면의 공간이 출렁이는 것이었다. 아무것도 없는 허공에서 마치 연못에 떨어진 돌이 파문을 일으키는 것처럼 배경을 굴절시키며 흔들리던 공간은 돌연 중심부가 좌우로 쫙 갈라지는 것처럼 보이더니 시퍼런 빛을 뿜어대기 시작하였다. 잠시 그것을 응시하던 쉐도우 워커들은 그 속에서 무언가가 나오는 것을 확인하자마자 대뜸 검을 날렸다.

공간의 길을 통과한 성진은 다침내 컨트롤 룸 앞에 도착하여 공간의 문을 열고는 발을 내디뎠다. 그가 한 발을 내딛는 것과 동시에 그를 반기는 것은 컨트롤 룸이 아닌 세 개의 검이었다. 그 속도가 어찌나 빠른지 성진은 황당해할 겨를도 없이 무의식적으로 반격을 가했다.

얼굴에 날아오는 검날을 고개를 돌려 종이 한 장 차이로 피해낸 성진은 경기공으로 몸을 감싸 그의 복부로 날아오는 검을 그대로 받아내며 어깨를 사선으로 베어오는 검날을 손바닥으로 잡아챘다.

“……!”

경악성을 토해내지는 않았지만 쉐도우 워커는 심장이 입 밖으로 튀어나올 정도로 놀랐다. 강철도 잘라낼 만큼 예리한 칼날을 맨손으로 잡고 배로 받아내다니! 당연히 경악하지 않을 것인가?

성진의 강력한 정신력으로 활성화된 경력은 그 힘을 두세 배 발휘하여 더욱 놀라운 효율을 보여주었다. 성진의 피부는 경력에 힘입어 그 강도가 강철과 맞먹게 될 정도로 향상되고 총탄도 관통할 수 없을 만큼 질겨져 버린 것이다.

하나 이것 또한 쉐도우 워커들이 성진과 싸움을 벌였을 때 대부분 보였던 반응이니 성진은 하나같이 똑같은 이들의 반응에 피식 웃고 말았다. 따지고 보면 누구라도 그런 반응을 보였을 테니 쉐도우 워커들만을 탓할 일은 아니었다. 그들은 단지 운이 없었을 뿐. 그뿐이었다(하나 그 불운으로 성진에게 죽어간 쉐도우 워커의 숫자를 상기해 본다면 그 운이라는 것도 꽤나 큰 영향력을 발휘한다).

성진의 손에 검이 잡힌 쉐도우 워커는 검을 놓고 몸을 회전하며 발을 날리려 하였지만 그 순간 성진의 몸에서 가속화된 경력은 성진의 의지에 따라 무지막지한 암경(暗經)으로 변했고 성진의 몸과 맞닿은 검을 타고 쉐도우 워커의 몸으로 흘러 들어갔다.

무형의 거센 파도는 강철을 타고 쉐도우 워커의 손에 들어가는 순간 쉐도우 워커가 가진 내부 저항력을 가볍게 뚫어 피부 밑의 손가락 뼈가 부서지기 시작하였다. 그야말로 둑으로 해일을 막아내는 꼴이었다. 중자결(重字結)로 변환된 무겁기 그지없는 경력에 어찌 뼈가 버틸쏘냐! 강철에 손바닥 자국도 내어버릴 만큼 강력한 경력이 고스란히 몸에 침입했으니 버틴다면 그자는 정녕 철골로 이루어진 존재라 할 수 있었다.

그러나 아쉽게도 쉐도우 워커는 철골을 가지고 있지 않았다.

꽈드드득!

골격이 부서지는 소리가 들려오면서 성진의 몸에 칼을 대고 있던 두 명의 쉐도우 워커가 성진의 몸에 흐르는 경력의 흐름에 못 이겨 '펑' 소리와 함께 튕겨져 나갔다. 팔이 제멋대로 흐느적거리는 것을 보니 뼈가 완전히 가루가 되어버린 모양인 듯하였다.

어이없이 당해 버린 동료에 기겁한 또 하나의 쉐도우 워커는 몸을 뒤로 날려 성진과 거리를 두려 하였지만 소용없는 일이었다. 쉐도우 워커가 몸을 날려 확보한 5야드라는 거리는 성진의 단 두 걸음에 0이 되고 만 것이다.

그야말로 절영(絶影)! 그림자가 부서져 나타난 것 같은 착각마저 들게 하였다. 단숨에 쉐도우 워커의 가슴으로 파고든 성진은 부릅뜬 쉐도우 워커의 눈을 감상하며 가볍게 어깨로 부딪쳤다. 성진의 다리에서 형성된 작은 돌개바람 같은 힘은 미묘한 근육의 흐름을 타고 회전하며 막대한 힘으로 변해갔다. 어깨에 도착한 순간 그 힘은 이미 돌풍이 되어 쉐도우 워커의 가슴에 보내진 것이다.

"케엑!"

비명이라도 지른 것이 전부였다. 소화액이 역류되어 나올 상황도 없었다. 무지막지한 회전력이 담긴 경력이 쉐도우 워커의 앞섶에 닿자마자 옷가지가 찢겨지더니 피부가 시계 반대 방향으로 심하게 뒤틀어지기 시작하였다. 이윽고 한계를 돗 이긴 피부가 찢겨지자 근육이 경력에 노출되었다. 근육이라고 별수있나? 사방으로 살점이 찢겨져 날아가기 시작하였다.

우득!

흉골이 통째로 부서지는 것은 순식간이었다. 뼈가 이렇게 부서져 나가는 마당에 폐와 심장이 어찌 원형을 보존하겠는가? 쉐도우 워커의 몸 안을 들여다본다면 내장근은 이미 심하게 으깨져 그 형체를 알아볼 수 없게 되어 어느 게 폐이고 심장인지 알 수 없게 되어버린 상황이었다.

흉골이 박살나도 생존할 수 있는 질긴 쉐도우 워커에게는 매우 행복

한 결말이라 할 수 있었다. 최소한 무지막지한 고통은 별로 느낄 수 없었을 테니 말이다.

최소의 동작으로 최대한의 살상력을 자아낸 것이니 매우 효율적이라 할 수 있었다. 효율적이면 효율적일수록 낭비되는 힘은 없어지니 위력은 비례해서 강해진다. 하나 아무리 강해도 이 정도까지는 아니었다. 불과 한 달 전에 비해 배나 강력해진 것이었다. 아니, 요 얼마 전에 비해서 확연히 강해져 버린 것이다. 뜻밖의 위력에 이 같은 일을 벌인 성진 그 자신마저도 놀랄 정도였다.

"지독하네요."

게이트를 나와 쉐도우 워커들의 시신을 본 샤이라의 첫마디가 이것이었으니 얼마나 지독했겠는가. 게이트 밖으로 빠져나온 하이단은 쉐도우 워커의 시신을 보고는 혀를 내둘렀다.

"무지막지하네. 어떻게 뼈가 이렇게 부서질 수가 있지?"

하이단은 성진의 경력에 의해 내부가 바스러져 버린 쉐도우 워커의 팔을 잡아 들어 올리며 말했다. 하이단의 손에 들어 올려진 쉐도우 워커의 팔은 마치 연체동물처럼 밑으로 축 늘어져 있었다. 얼마나 뼈가 부스러졌는지 손아귀에는 골격의 딱딱함 따위는 전혀 느껴지지 않았다.

"도대체 어떻게 한 거죠?"

샤이라는 체술에 대해 모른다. 때문에 성진이 어떤 동작으로 어떻게 적을 물리쳤는지 알 수 없었다. 그녀가 읽을 수 있는 것이라곤 쉐도우 워커가 받았을 충격이 얼마나 강력한 것인가 정도였다.

하나 그 충격이 얼마나 강력한지 언뜻 보기에 둔기류로 후려친 듯한 모습이기에 성진에게 물은 것이다.

성진은 잠시 생각에 잠기더니 이유를 알았다는 듯 말했다.

"아마도 영의 상흔을 극복하면서 저의 정신력이 더욱 강력해진 것 같군요. 영향력을 행사할 수 있는 모든 힘의 근원이 바로 정신력이니 말입니다."

그 말에 세르피아는 질려 버렸다는 듯이 중얼거렸다.

"대체 당신에게 더 강해질 정신력이 어디 있다고……."

성진의 무지막지한 정신력을 가장 가까이에서 느껴본 이의 말이니 어찌 흘려들을 수 있을까. 성진은 정신력 자체로도 물질의 상태를 변화시킬 수 있는 수준에 다가서고 있었다. 생각하고 집중하는 것으로 돌멩이를 움직이는 것이니 정신력으로 에너지를 증폭시켜 영향력을 행사하는 다른 이들과는 차원을 달리하는 수준이었다.

그런 성진의 능력을 잘 알고 있는 세르피아가 경악하지 않으면 누가 하랴! 세르피아가 알고 있는 성진의 능력을 만약 샤이라가 안다면 눈을 까뒤집고 성진에게 도전해 보려 했을 것이다. 그녀는 마도사. 지식에 미친 아티스트이니 말이다.

마지막으로 게이트를 통해 유노가 나오자 쉐도우 워커의 사체를 이리저리 굴려보던(!) 세르피아와 하이단은 그제야 손을 닦으며 일어섰다.

"이보게, 유노. 괜찮나?"

여전히 창백한 낯빛을 띤 유노를 향해 하이단은 걱정스레 물었다. 유노는 가볍게 미소 지으며 고개를 저었다.

"나는 괜찮다네. 몇 번째 물어보나?"

그러나 유노의 미소는 미소가 아니었다. 언뜻 보기에도 그것은 절망한 자의 일그러짐. 바로 그것이었다. 도대체 무엇을 보았기에 저리 처연한 미소를 짓는단 말인가. 하이단은 고집이 자신 못지않은 유노의 성질에 크게 안타까웠다. 고통을 나눈다면 반으로 준다는 말이 있다. 하나 이 경우는 유노의 기색으로 보아 통용될 것 같지가 않았다. 그렇기 때문에 하이단은 더욱 안타까웠다.

"그나저나 여기도 엉켰군요."

잠시 주위를 둘러보던 샤이라가 운을 떼었다. 공간의 함정이 이곳으로 밀집되어 있는지 공간을 인지할 수 있는 감각이 혼란스러워하고 있었다. 일반인이라면 그저 음침한 공간이라 생각할지 모르겠지만 마스터 정도 되는 능력을 가진 자라면 이곳의 공간은 온통 거미줄처럼 짜여 도무지 끝을 알 수 없는 실타래처럼 엉켜 있다는 것을 곧 눈치 챌 수 있었다. 너무 예민하기에 오히려 방해가 되어버린 격이었다.

"원래 엉킨 것이 아닙니다. '지금' 엉킨 것이지요."

성진의 말에는 분명 어폐가 있었다. 그것은 과거가 아닌 지금 시작되었다는 말이었다.

"무슨 뜻이지요?"

"공간의 함정은 일종의 자아(自我)를 가지고 있습니다. 워낙 복잡하고 방대하게 짜여지니 그 스스로 자아라는 것을 획득해 버린 거지요. 그 덕분에 고대인들의 통제에서 벗어나 버린 것입니다. 제가 강제적으로 지배하였다 하더라도 생존 본능에 따라 컨트롤 룸 근처를 심하게 왜곡한 것이지요. 원래 컨트롤 룸 중앙으로 게이트의 좌표를 설정했지만 왜곡 현상으로 인해 그곳에서 좀 더 떨어진 곳에 도착한 것입니다."

"자아라……."

곁에서 듣던 하이단이 신음 섞인 말을 토해냈다. 그도 그럴 것이 육신도 가지지 않고, 혼도 가지지 않았거늘 자아가 생기다니. 자아란 자기 자신을 인지하는 것이다. 나아가 그 자신을 아끼기 시작하는 이성이라는 것. 그런 자아가 무생(無生)의 존재에 생겨났다는 것이 불가해였다. 따지고 보면 이 같은 자아도 법칙과 혼돈 속에 태어난 사생아라고 할 수 있었다.

하나 이것이 궁금하다고 하여 너무 깊이 파고들다가는 일반인이 손대서는 안 되는 금단의 영역에까지 들어설 수 있었다.

"너무 많은 것을 알려 하지 마세요. 의외로 좋지 않을 수도 있거든요."

샤이라는 한쪽 눈으로 하이단에게 윙크를 하며 말했다. 그녀가 말한 뜻과 행동 덕분에 하이단은 당황하고 말았다. 말은 분명 경고조거늘 행동은 왜 그 모양인가? 당황한 나머지 하이단이 묘하게 얼굴을 일그러뜨리자 샤이라는 빙그레 웃었다. 잠시 하이단의 표정을 웃는 낯으로 보던 샤이라는 성진에게 고개를 돌렸다.

"그나저나 우리 일행이 잡혀 있는 것은 확실한데 어떻게 하시겠어요? 지금 구할까요?"

칼과 타키안, 길리언을 고려해 두고 한 말이었다. 어찌 외인이 이곳에 들어올 수 있단 말인가. 두 아이를 인질로 삼아 칼로 하여금 길을 안내하게 만든 것이 분명하였다. 분명 성진은 그 길을 만약에 대비하여 가르쳐 준 것이었으니 말이다. 더군다나 칼은 오러 유저이다. 상대가 마스터가 아닌 이상 그리 만만히 제압할 수 있는 상대가 아니었다.

"그렇다면 분명히 타키안과 길리언이 잡혀 있겠군요. 제길……."

하이단은 인상을 와락 구기며 상소리를 내뱉었다. 그토록 위험하기에 떨어뜨리고 왔거늘 전혀 생각지 못한 상황에 맞닥뜨리게 될 줄이야. 꼬여도 이렇게까지 꼬일 수는 없는 노릇이었다. 이건 꼭 누군가가 계획한 것 같은 느낌이었다.

'에이, 설마…….'

하이단은 애써 그런 생각을 억눌렀다. 누군가 계획한 것이라니. 얼토당토 않은 소리였다. 그 누가 예상할 수 있을 것인가. 인간의 행동양식을. 그것은 신이라 해도 불가능한 소리였다. 인간은 혼돈. 세상에서 가장 예측할 수 없는 존재이니 말이다.

하이단의 중얼거림에 성진은 잠시 고민하였다. 수많은 변수를 따져본 후 성진은 이윽고 결단을 내렸다.

"그냥 가죠. 일단 할 일을 한 다음 나중에 구합시다."

그것은 샤이라도 전혀 예상치 못한 결단이었다. 그녀가 예상하기에는 성진이 과연 어떻게 일행을 구할 것인가 하는 문제였다. 설마 그 이전인 구하느냐 마느냐로 고민하다니. 당연히 당장에 해결해야 할 문제를 제쳐 두는 것에 세르피아마저도 놀랐는지 눈을 동그랗게 떴다.

"아니, 세이진님! 나중에 구하다니요. 그 무슨 말씀이십니까?"

성진의 말에 놀랐는지 하이단도 잠시 침묵을 지키다가 대들 듯이 큰 소리로 물었다. 누군지 모르지만 두 아이를 인질로 하여 여기까지 왔다는 것 자체가 악독한 무리일 것이 틀림없었다. 칼의 입을 어찌 그리 쉬이 열 수 있을까? 두 아이를 죽이네 살리네 협박했을 것은 보지 않고도 알 수 있는 문제였다. 당장 구해내도 모자랄 판이거늘 나중에 구하자니. 더군다나 그중에는 성진이 가장 아끼는 제자도 끼어 있지 않은가?

그러나 성진은 냉정히 고개를 저었다.

"그렇기 때문에 나중에 구한다는 이야기입니다. 이곳의 공간은 시간이 가면 갈수록 더욱 엉키게 됩니다. 생존 본능에 따라 보호하기 위해 컨트롤 룸을 중심으로 공간이 더욱 꼬이게 되지요. 그렇게 되면 나중에 위상 공간과 심한 차이를 보이고 종내에는 공간이 무너지게 됩니다. 공간이 무너지게 되면서 발생하는 에너지 파동은 상당합니다. 그렇게 되기를 원하십니까? 요컨대 우리에게는 일 분 일 초가 급하다는 이야기입니다."

솔직히 성진도 구하고 싶었다. 하나 공간의 함정이라는 변수가 끼어들면서 일은 전혀 예측 불가능한 방향으로 흐르는 터였다. 이것이 자연스러운 상황이라면 성진은 방관할 것이었다. 하나 이것은 분명 부자연스러운 상황. 관조자로서의 의무를 다해야 할 때였다. 이 혼란스러운 상황을 타계하기 위해서는 가장 효과적인 길을 택해 빠르게 해결하는 것이었다.

그러나 하이단은 납득할 수 없었다. 말은 하지 않았지만 세르피아도 마찬가지였다. 어찌 칼들을 내버려 둘 수 있단 말인가. 어떤 흔한 꼴을 당할지도 모르는 상황이거늘. 그것은 그들의 양심상 도저히 참을 수 없는 것이었다.

"그래도……."

하이단은 이를 질끈 깨물었다. 인질이란 더할 나위 없이 비참한 존재였다. 정보를 뽑아낼 수 있을 때까지 뽑힌 후 버려지는 것이기 때문이다. 하이단은 너무나도 잘 알고 있었다. 과거의 그녀가 그런 식으로 크게 다쳤으니 말이다.

"하이단, 그게 최선입니다. 이곳까지 왔다는 것은 그들 중 하나라도 죽지 않았다는 말입니다. 죽지만 않으면 됩니다. 샤이라와 제가 있으니까요. 팔다리가 떨어져도 상관없습니다. 다시 만들어서 붙이면 되지요. 하나 그렇게 큰 고통을 당했다면 제가 과연 그냥 보내주겠습니까?

끔찍하게 만들어야지요. 살아 있는 게 고통이 될 정도로.”

말을 맺으며 성진은 웃었다. 그 웃음에 세르피아와 하이단은 입을 다물었다. 좀 더 자세히 표현하자면 온몸을 스쳐 가는 소름을 견디기 위해서였다. 성진의 웃음을 보며 하이단은 깨달았다. 누구보다도 그들을 구하고 싶은 것은 바로 성진이라는 것을. 쓰디쓴 진액을 묵묵히 삼키며 참아내고 있다는 것을. 하이단은 순간 저 마스터가 분노를 터뜨렸을 때 어떻게 될까라는 생각을 가졌다. 그런 하이단의 눈에 바닥을 뒹구는 세 구의 쉐도우 워커들의 시신이 들어왔다. 머리칼이 곤두서는 듯한 한기가 느껴졌다.

“가죠.”

성진이 짧게 말하며 몸을 돌렸다. 샤이라가 곧바로 성진의 곁에 붙었다. 잠시 성진의 뒷모습을 보던 세르피아는 작은 한숨을 내쉬며 그의 뒤를 따랐고 이어 유노와 하이단도 무겁게 발걸음을 떼었다. 걸음을 옮기던 하이단은 고개를 살짝 돌려 어두컴컴한 터널을 돌아보았다. 하이단은 이를 악물었다.

‘그 아이들에게 손가락 하나라도 까딱해 봐라. 찢어발겨 주마.’

＊　　　＊　　　＊

오싹.

사늘한 한기가 드골 백작을 스치고 지나갔다. 그 기분 나쁜 느낌에 드골 백작은 잔뜩 미간을 좁힌 채 사방을 쏘아보았다. 그렇지 않아도 좋지 않은 상황이었다. 정찰대는 아무리 기다려도 돌아오지 않았다. 그것은 곧 불길함으로 다가왔다. 숨 막힐 것만 같은 음산함이 사위를

누르는 마당에 정찰대마저 소식이 없으니 오죽하랴. 용병들은 몸을 훑
아오는 불길함에 떨어야만 했다.

'어떻게 해야 할까?'

드골 백작은 스스로 자문해 보았다. 그러나 그리고 뾰족한 수가 있
을까. 그냥 이대로 내빼기도 좋지 않은 상황이었다. 이미 그들이 들어
왔던 입구는 찾을 수 없는 지 오래. 여기서 머물자니 음산함 때문에 한
시라도 있고 싶지 않았다. 결국 그가 선택할 수 있는 것은 전진이었다.
그리고 그는 난생처음 주인을 조금 원망하였다.

"전진한다."

거대한 괴물의 입처럼 음산한 기운을 뿜어내는 검은 터널을 잠시 바
라보던 드골 백작이 말했다. 다들 숨도 제대로 쉬지 못하고 터널만 바
라보는 상황인지라 드골 백작의 말 한마디는 모두의 귀에 또렷하게 박
혔다.

'니미럴……!'

모두의 입에서 욕지기가 목구멍까지 올라왔지만 억지로 삼켰다. 그
만큼 드골 백작의 말은 절망적이었다. 도대체 왜 이러는 것인가! 아무
리 생사여탈권까지 쥐고 있다 하더라도 이래서는 안 되는 것이었다.

개죽음은 싫다!

이것이 지금처럼 절실히 다가온 적은 처음이었다. 베르트는 용병들
의 표정을 훔쳐본 후 드골 백작의 곁에 다가가 조용히 속삭였다.

"다시 한 번 재고하심이……."

그것은 부관으로서 당연히 해야 할 소임이었다. 분명 부하들의 사기
로 보나 상황으로 보나 들어간다는 것은 자살 행위였다. 드골 백작이
무슨 생각을 하는지는 알 수 없지만 그릇된 판단이 일행 전체를 죽음

으로 몰아갈 수 있는 상황이었다.

하나 그 한마디가 드골 백작의 자존심에 불을 지를 줄이야! 그것은 분명히 충고였지만 드골 백작에게는 다른 뜻으로 다가왔다. 그것은 바로 드골 백작이 가진 지도력의 부재. 단순히 충고로 받아들을 수 있음에도 드골 백작은 명백한 항명(抗命)으로 받아들인 것이다. 그렇지 않아도 묘한 불안감이 그의 마음을 좀먹는 차에 그런 소리를 들으니 더 이상 미적거리고 싶은 마음도 사라져 버렸다.

"닥쳐라! 본작이 간다면 가는 것이야!"

살기와 함께 이를 드러내며 으르렁거리는 드골 백작의 기세에 베르트는 기가 질려 물러섰다. 분노한 오러 유저의 살기는 무지막지하다고 표현할 정도로 단련된 상급 기사마저도 질려 버리게 할 정도로 소름 끼쳤다. 드골 백작이 뿜어낸 살기에 불만을 터뜨리려던 용병들은 새파랗게 질려 입을 다물었다.

드골 백작은 주황빛으로 일렁이는 횃불에 반사된 눈빛이라고는 믿기지 않는 시퍼런 빛을 뿜으며 주위를 둘러보았다. 그리고 그 차가운 눈빛을 모두는 외면하였다. 아무런 말도 꺼내지 않았지만 그것은 '내 의지에 반하는 자, 베어버리겠다' 라는 뜻을 확실히 담고 있었다.

주위를 한번 노려본 드골 백작은 이윽고 걸음을 옮겼다. 징 박힌 부츠가 딱딱한 바위에 닿으며 울려 퍼지는 차가운 금속성의 소리가 모두의 가슴을 무겁게 눌렀다.

잔뜩 가라앉은 눈빛으로 드골 백작의 뒷모습을 보던 용병들은 고개를 떨어뜨린 채 하나둘씩 그의 뒤를 좇았다. 죽음을 향해 걷는 듯한 행렬이 만들어졌다. 죽음과 늘 가까이, 혹은 그들 스스로 죽음을 만들어내던 용병의 무리들이 이제 죽음이 기다리는 곳을 제 발로 걸어가는 것이었다. 그 아득한 절망감에 그들은 얼굴을 일그러뜨렸다.

베르트 또한 이를 악물고 드골 백작의 등 뒤를 노려보았지만 이내 고개를 떨어뜨리고 말았다. 베르트는 칼을 이끌고 무거운 발걸음을 떼려던 그때 인질로 잡혀 있던 아이를 업은 용병이 쩔쩔매는 것을 보았다. 길리언이었다. 길리언은 용병의 등에 업힌 채 경련하고 있었다. 베르트의 시선이 그곳으로 돌아가자 칼도 따라갔다. 칼의 눈이 커졌다.

“무슨 일이지?!”

베르트가 미처 제지할 틈새도 없이 단숨에 용병의 곁에 다가선 칼이 다급히 물었다. 칼의 눈부신 움직임에 질려 버린 용병은 순간 말을 더듬었다.

“아, 아이가 이상합니다.”

아니나 다를까. 길리언은 확실히 이상했다. 두 눈이 감긴 얼굴은 핏기가 가신 채 식은땀이 송골송골 맺혀 있었고 몸은 추운 듯 쉴 새 없이 떨고 있었다. 입술마저 새파랗게 변색되어 있으니 분명 심상치 않아 보였다. 그 모습에 베르트는 급히 마법사를 불러왔고 한동안 길리언에게 마법을 펼치던 마법사는 이마에 맺힌 땀을 닦으며 고개를 저었다.

“알 수 없습니다. 아무래도 과다 출혈로 인한 2차 쇼크인 것 같습니다. 왜 이런지 자세히는 모르겠군요. 더군다나 전 마법사입니다. 신관이 아니라고요. 이런 쪽의 지식은 전무합니다.”

어린아이가 안됐다는 듯 혀를 끌끌 차는 모습에 칼은 욱하고 치밀어 올랐지만 마법사에게 무슨 잘못이 있을까. 모든 것은 다 빌어먹을 드골 때문이었다. 칼의 분노를 이기지 못한 오랏줄은 기어이 끊겨 나갔고 칼 그 자신도 그것을 미처 인식하지 못하고 길리언을 끌어안았다. 의식을 잃은 상태에서도 길리언은 본능적으로 따뜻한 칼의 품에 파고

들었다. 칼이 오랏줄을 끊어버린 것에 크게 놀랐던 베르트도 그 모습을 보고는 그만 아무 말도 하지 못하고 외면하고 말았다.

"미안하다, 젠장! 미안해."

칼은 그렇게 중얼거리며 길리언을 끌어안았다. 품 안의 길리언은 차가웠다. 체온이 떨어진 것이다. 그런데도 땀을 쉴 새 없이 흘러대고 있으니 어디가 잘못되어도 분명히 잘못된 것이었다.

'이럴 순 없어. 길리언! 힘내라!'

칼은 자기도 모르게 오러를 운용하였다. 길리언에 대한 염려와 걱정이 그의 힘을 움직였다. 그의 몸 깊숙한 곳에 흐르는 선율은 느린 아다지오를 그리기 시작하였다. 기이할 정도로, 칼조차 무얼 하는지 인식하지 못할 정도의 고요한 선율이 오러를 움직이며 칼의 심장을 통해 길리언의 몸으로 흘러들어 갔다.

오러는 기본적으로 한계를 극복한 자들이 만들어내는 극한의 생명에너지. 그것은 생명의 불꽃이 내뿜는 열기이며 노래였다. 그 정심한 힘이 칼의 의지에 이끌려 길리언의 불꽃을 지피기 시작하였다.

보이지 않는 미시적인 공간에서 표현할 수 없는 아름다운 불꽃이 폭죽같이 피어올라 꽃봉오리처럼 부풀어 오르기를 반복하였다. 수많은 불꽃이 세포 하나하나에서 춤추며 활기를 일으킨다. 이윽고 수렴한 한 줄기 뜨거운 힘은 길리언의 차가운 혈관을 타고 뻗어갔다. 칼의 의지를 담은 힘은 놀랍게도 치유의 성향을 지닌 채 길리언의 심장을 감쌌다. 차갑게 식어가며 미약하게 박동하던 심장은 뜨거운 힘에 힘을 얻어 힘차게 더운 피를 뿜어냈다. 가열된 피가 혈맥을 타고 온몸을 휘감자 체온이 조금씩 상승하였고 근육의 경련이 잦아들었다.

"하아……."

한줄기 탁한 숨을 내쉰 길리언이 편안한 표정을 짓자 칼은 한시름 놓았다는 표정을 지었다. 도대체 어떻게 된 영문인지는 알 수 없으나 한 고비를 넘긴 듯하였다. 칼은 신에게 감사드렸으며 베르트는 알 수 없는 기적에 내심 감탄해야만 했다. 마법사는 이 괴현상을 이해하기 위해 잔뜩 머리를 굴려야만 했다.

"베르트, 내가 업고 가도 되겠나?"

칼의 눈은 간절하였다. 그것이 베르트의 가슴을 아프게 찔렀다. 언제나 당당하고 자신감에 가득 찼던 칼. 그가 언제 저런 눈빛을 보인 적이 있단 말인가. 수련 기사 시절 어떠한 어려움이 있더라도 그의 눈빛은 빛나고 있었다.

베르트가 보기에 길리언은 칼에게 매우 소중해 보였다. 기실 이들이 만난 지 채 한 달도 지나지 않았다는 것을 알았다면 무척 놀랐을 것이다. 하나 사람과의 관계가 어찌 시간으로 따져볼 수 있단 말인가. 뜻이 맞고 영이 통한다면 하룻밤만으로도 목숨을 내놓을 수 있을 만큼 신뢰를 쌓을 수 있는 것이 바로 사람이었다.

'나에게도 이렇게 지켜야 할 존재가 있던가?'

베르트는 칼을 바라보며 어머니를 떠올렸다. 그때도 그랬었다. 그가 심하게 아팠을 때 그의 어머니는 지금의 칼처럼 그를 감싸 안고 있었다. 그 따스한 체온이 떠오르는 듯하였다. 저 아이도 그럴 것이다. 칼의 품 안에서 따스함을 느낄 것이었다. 그래서 저 가엾은 아이에게서 그 아득함을 차마 떨쳐 버릴 수 없었다.

베르트는 칼을 외면하며 고개를 끄덕였다. 칼은 기쁜 표정을 지으며 베르트에게 감사의 말을 건네려다 그가 왜 고개를 돌렸는지를 생각하고는 입을 다물었다. 베르트의 입장에서는 오러 유저를 구속하지 않고 오히려 인질 한 명을 맡긴다는 게 얼마나 위험하다는 것인지. 그 자신의 생명을 거는 것이다. 칼을 믿고 목숨을 건 것이다. 칼은 베르트의 배려에, 서로의 입장에 엇갈린 감정을 느끼며 이를 악물고는 길리언을 들쳐 업었다.

무릎을 펴고 길을 걸으려 할 때 귓가에 무언가 스치는 소리가 들렸다. 그것은 길리언이 내뱉는 것이었다. 혼수 상태에 빠져 중얼거리는 헛소리인지 알 수는 없으나 그것은 칼에게 간신히 들릴 정도로 나지막했다.

"…잊혀진 사람…… 도시… 차가움… 진동… 물… 붕괴……."

'붕괴' 라는 마지막 단어로 길리언은 다시 깊이 잠에 빠진 듯하였다. 도대체 무슨 말인지는 알 수 없었다. 전혀 연관성이 없었다. 연결 고리를 찾을 수 없으니 어찌 이해할 수 있을까. 하나 그 단어 하나하나에서 느껴지는 왠지 모를 기운에 칼은 가슴 깊숙한 곳에서 미세한 떨림을 느꼈다. 칼은 고개를 들고 앞서 가는 용병의 등 뒤를 좇아 발을 옮겼다. 왠지 모르지만 검은 동굴은 더욱 깊고 어두워 보였다.

사십여 인의 무리가 어두운 동굴 속으로 사라지고 마침내 주황빛으로 일렁이는 횃불의 빛마저도 사라지자 지하 깊숙한 곳의, 사십여 인이 머문 작은 공터에는 검은 어둠과 침묵만이 감돌았다. 영원토록 그와 같을 것이지만 주위 경물이 서서히 뒤틀리기 시작하였다. 정확히 표현하자면 뒤틀려 보이는 것이었다. 누군가가 구겨 버린 것처럼 일그러지기 시작하였다.

쿠콰콰콰콰카—

들을 수 없는, 그러나 위상 공간으로 따져 보면 놀랄 만큼 엄청난 파문이 퍼져 나가는 중인 것이다. 이윽고 그 모든 것이 사라졌을 때 다시 공터는 수천 년 동안 이어온 그 모습 그대로인 듯 보였다.

그러나 바뀌었다. 크게 바뀌었다. 공간은 뒤틀리고 있었다.

＊　　　＊　　　＊

혼돈과 암흑. 딱히 표현할 만한 단어가 없었다. 일행이 컨트롤 룸에 발을 들여놓자마자 맞이한 것은 새카만 것뿐이었으니. 얼마나 깊고 짙은지 제 손조차 보이지 않았다. 이건 숫제 빛이 없어서 생기는 어둠 같아 보이지는 않았다. 그야말로 빛의 완벽한 부재. 누군가가 새카만 먹물로 장난친 것처럼 소름 끼치기가 이를 데 없었다.

세르피아의 시선에도 아무것도 보이지 않았다. 어둠을 꿰뚫어 보는 엘프의 나이트 비전이 무용지물인 것이다. 역시나 누군가가 만들어낸 인위적인 공간 같았다.

하나 이대로 가만있을 수는 없었다. 그네들에게는 앞으로 나아갈 사명이 있었다. 세르피아는 앞서 걷는 성진의 인기척을 좇아 걸음을 옮겼다.

한 걸음을 옮겼다. 그러자 갑자기 머리가 어지러웠다. 어지러움이 얼마나 지속되었는지 몰라도 그녀가 문득 정신을 차렸을 때는 자신이 혼자가 되었다는 것을 깨달았다. 주위에는 아무도 없었다. 아무도. 숨소리도 온기도 느껴지지 않았다. 처음에는 당연하게 느껴졌다. 이상하게도. 그러다 왜 자신이 혼자인가라는 의문이 떠오른 순간 '그것' 이 찾아왔다.

―하아…….

낮은 한숨 같은 탄식이 들려왔다. 탄식은 깊고도 깊었다. 어찌나 깊게 들리던지 아득할 정도였다. 그리고 그것에서 전해져 오는 느낌에 세르피아는 온몸이 이완되는 것 같은 착각에 빠졌다. 그만큼 그 소리는 그녀에게 달콤했다.

—인간을 생각하라……

보이지 않는 부드러운 손이 그녀를 어루만지듯 스쳐 가자 어째서인지 고대인에게서 보았던 기억이 떠올랐다. 잊으려 외면하려 마음속 깊은 곳에 억지로 꼭꼭 처박아놓았던 것. 그리고 갑작스레 그 치열한 기억이 빗장이 풀려 버린 것마냥 봇물처럼 터져 나왔다. 그러자 속이 뒤집히는 것 같았다.

"우윽……!"

신물이 솟았다. 세르피아는 이를 악물고 참아냈다. 도대체 왜 이러는지 알 수 없었다. 참을 수 없는 혐오감이 치밀어 올랐다.

—인간이란 그런 것. 마약 같은 것.

독특한 울림을 띤 낮은 저음이 세르피아의 귓가에 맴돌았다. 달콤한 속삭임이 그녀의 머리를 감쌌다. 숨이 가빠왔다. 가슴이 아파왔다. 그런 그녀의 가슴과는 별개로 머리 속으로는 한 존재의 형상이 떠올랐다.

'인간.'

생각하자 맛보았던 감정이 떠올랐다. 목구멍에 맴돌던 뜨거운 것이 입 안에 조금 차 올랐다. 쓰다. 시다. 역겹다.

—인간이란 그런 것. 더러운 것.

인간이란 정말로 더러운 것인가? 속삭이는 목소리가 더럽다고 하자 정말 더러운 듯하였다. '절망' 이라는 감정이 그녀의 다리를 붙잡았다. '미움' 이라는 감정이 그녀의 팔을 감쌌다. '분노' 라는 감정이 그녀의 목을 죄어왔다. 이대로 침체되어 버릴 듯한 그 고통 속에서도 놀랍게도 세르피아의 이성은 회오리치는 감정의 바다를 뚫고 솟아났다.

왜 이런 것을 이곳에서 갑작스레 경험하는 것인가?

의문이 들자 모든 것이 의심스러워졌다. 왜 자신을 혼란스럽게 만드는 것인가. 간신히 다잡은 마음의 상해를 비집고 들어오는 이것은 무엇인가?

어둠 속에는 한 쌍의 불빛이 떠다니고 있었다. 깜박깜박거리는 녹색의 불빛. 짙은 에메랄드 빛은 눈동자를 닮아 있었다. 그리고 그것은 언젠가 본 적이 있는 눈빛이었다.

어디서 보았을까? 그 의문에 답을 미처 떠올리기도 전에 예의 달콤한 목소리가 이번에는 한 쌍의 녹빛 눈동자에게서 흘러나왔다.

─인간이란 그런 것. 괴로운 것

'……!'

어둠 속에서 들려오는 말은 그녀의 이성을 대번에 날려 버렸다. 거대한 망치로 후려친 것처럼 커다란 충격과 함께 간신히 수면 위로 떠올랐던 그녀의 이성은 격동하는 물길에 밀려 자취를 감추었다. 물길은 녹빛에 이끌려 미친 듯이 회오리친다. 그 물길은 그녀의 이성을 뒤덮고 감성을 찔러댔다. 참을 수 없는 혐오감과 질투, 분노와 절망이 그녀의 몸에 차 올랐다.

'아악!'

비명을 지르고 싶었다. 그러나 지를 수 없었다. 절망이라는 감정이 그녀의 목을 꽉 죄고 있었다. 숨을 쉴 수 없었다. 괴롭다!

─인간이란 그런 것. 사악한 것

들려오는 말은 끊임없이 그녀를 흔들었다. 순간 세르피아는 생각했다. 사악한 것이라면 배제해야 한다. 배제하려면?

'끊는다.'

끊을 수밖에 없다. 정을 끊고 생명을 끊는다. 그러면 자유로워질 수 있다는 생각이 들었다. 알고 있는 모든 인간을 죽인다. 죽이고 죽여 모두가 사라졌을 때 해방될 수 있다. 고통을 벗어날 수 있다. 문득 그녀의 감성에서 이러한 결론을 내놓는 순간 그녀의 이성이 절규하였다.

보라!

광명과 같은 단말마가 감성을 가로저었다. 흔들리는 감정의 파도가 일순 얼어붙고 그녀의 몸을 죄던 절망의 촉수가 굳었다.

'무엇을 보란 말인가? 무엇을 봐야만 하는가?'

세르피아는 등불을 찾는 사람처럼 그 한마디에 간절히 매달렸다. 무엇을 봐야 하는가? 의문에 의문이 꼬리를 물었다. 상상할 수도 없는 결론을 내려 버린 감성은 이성이 내놓은 단말마 같은 한마디에 간절히 매달렸다.

불안했다. 불안해서 흔들렸다. 끔찍한 결론을 내어버린 것에 감성마저 질려 버린 것이다. 그렇기에 감성은 '보라!' 라는 그 한마디에 온몸을 뒤틀었다.

'무엇을 봐야 한단 말인가?!'

네 마음을 보라. 네 육신을 보라. 네 뜻을 보라.
죽은 네 모습을 보라. 다시 살아난 네 모습을 보라.
그리하여 거룩한 널 보라.

기이한 음률로 무장한 말이, 뜻이 울려 퍼졌다. 그와 동시에 그것을 방해하려는 듯 어둠 속에서 들려오는 말은 두 쌍의 녹색 눈동자와 함께 그녀에게 계속 속삭였다.

—인간이란 마약과 같은 것. 인간이란 괴로운 것. 인간이란 사악한 것. 더러운 것.

"하악!"

목을 옥죄던 절망이 사라졌다. 세르피아는 뜨거운 숨을 내뱉었다. 머리 속에서 끊임없이 두 가지의 상반된 뜻이 첨예하게 대립하였다. 얼마나 시끄러운지, 얼마나 고통스러운지 머리가 터질 지경이었다. 상처의 딱지가 뜯겨지고 터졌다. 애써 묻어두었던 기억이, 아픔이 터져 올랐다.

인간이란 정말 나쁜 것인가?

아니다. 믿을 수 있는 존저, 엘프가 사랑할 수 있는 존재.

인간은 혼돈. 엘프의 적. 그렇지 않은가? 어머니를 죽인 종족!

아니다. 인간은 수많은 개체의 집합. 개체 하나로 평가할 수는 없지 않은가.

믿어야 할 것인가? 말아야 할 것인가. 끊어야 할 것인가. 잡아야 할 것인가.

불신과 믿음이 교차했다. 한 대상에 대한 두 가지의 감정은 혼란해하는 엘프의 정신을 사정없이 뒤흔들었다. 견고한 얼음과 같은 차갑고 단단한 엘프의 이성과 감성이 두 개로 쪼개져 무너져 내리고 있는 것이다. 엘프에게 있어서 이성과 감성은 하나. 둘로 나누어진다는 것 자체가 정체성에 문제가 생겼다는 뜻이었다.

세르피아는 몸이 둘로 나뉘는 충격을 느꼈다. 두 가지 감정이 몸을 양분하는 것을 느꼈다. 그 아득함에, 그 아픔에 세르피아는 무릎 꿇었다.

"그만! 아악!"

세르피아는 상상할 수도 없는 고음으로 절규하였다. 찢어지다 못해 듣지 못할 정도의 비명이 터져 나왔다.

어둠 속에서 묵묵히 걷던 성진은 세르피아의 절규를 들었다. 아니, 들었다기보다는 느꼈다는 것이 옳을 것이다. 가슴을 후비는 절절한 아픔을. 인간이 들을 수도 없는 아득히 높은 고음 속에는 그녀의 아픔이 고스란히 배어 있었다.

그저 단순히 공간의 뒤틀림으로 인한 암흑이라고 생각했었는데 그런 것이 아니었나 보다. 무엇이 그녀에게 고통을 주는 것인가? 원인을 알 수 없었다. 그러나 성진의 직관력은 분명 이 어둠이 그 원인일 것이라 경고하고 있었다.

성진은 세르피아에게 다가가려 하였지만 아무것도 볼 수 없었다. 성진은 급히 주위에 떠돌아다니는 모든 힘들을 배제해 버리기 위해 의지를 집중하여 외쳤다.

―파(破)!

창생력이 담기지 않은 순수한 성진의 의지가 모든 것을 허물어뜨리고 부셔 버린다는 '파'라는 의미를 머금고 퍼져 나갔다. 성진이 만든 날카로운 야수의 송곳니는 어둠의 장막을 발기발기 찢어버렸다.

촤아아아.

들리지 않는 소리가 온통 퍼지는 순간 눈앞이 하얗게 변하더니 잔잔해지며 샤이라의 코앞에 한 사내가 모습을 드러냈다. 세르피아의 비명에 잠시 정신을 빼앗겼었던 샤이라는 홀연히 그녀의 앞에 나타난 게일에 크게 놀라 외쳤다.

"게일!"

그 외침에 답하려는 듯 게일은 씨익 웃으며 오른손을 샤이라의 배에 박아 넣었다.

푸욱!

샤이라는 복부를 뚫고 들어오는 이질감에 깜짝 놀라 비명도 지르지 못하고 뒤로 물러섰다. 게일의 손이 빠지며 시큰한 아픔이 느껴졌다. 샤이라는 피가 쏟아지는 복부를 태연한 척 감싸 쥐며 빈정거렸다.

"그깟 생채기로는 절 어떻게 할 수 없습니다만?"

과연 손을 뗀 샤이라의 복부는 옷에 구멍만 뚫려 있을 뿐 피부는 매끈하였다. 옷에 핏물이 배어 있지 않았다면 과연 방금 전 주먹만한 구멍이 뚫렸었다는 사실이 믿기지 않을 정도였다.

샤이라의 빈정거림에 게일은 샤이라의 선혈로 번들거리는 손을 들어 보이며 웃었다.

"저도 생채기로 당신을 어떻게 해보려 하는 속셈은 없습니다. 다만 제가 준 선물에 만족했으면 하군요."

"무슨 선물을……?!"

게일의 난데없는 말에 의아하여 반문하려는 순간 샤이라는 뱃속에서 무언가가 꿈틀거리는 것을 느꼈다.

"이건? …으윽!"

그녀가 놀라 배를 움켜쥐려는 그때 강렬한 격통과 함께 마력이 요동 쳤다. 마력이 구속당하고 있었다. 무언가에 잡혀 버린 것처럼 일정한 패턴을 그리며 순환하던 마력의 고리가 비틀려 버린 것이다. 거기에 통증이라니! 뱃속에 흡사 쇳물을 집어넣는 듯한 뜨거운 격통과 마력이 강제로 구속당하는 느낌에 샤이라는 얇은 신음을 내뱉고 말았다.

"아, 조금 아플 겁니다. 당신의 뱃속에 마력 구속구를 넣었거든요. 물론 마력 구속구를 극독에 담가두는 서비스는 잊지 않았지요."

빈말이 아닌 듯 뱃속이 불타는 느낌은 극독으로 인한 통증 때문인 듯하였다. 극독도 그냥 극독이 아니었다. 트롤의 조직이라도 바로 괴사해 버릴 만한 극독이었다. 그렇게 지독한 것이거늘 샤이라는 격통만이 느꼈다. 역시나 재구성된 마스터의 육신은 매우 뛰어난 것이다. 하나 만능은 아닌 듯 극독에 그녀의 내장은 조금씩 녹아내리고 있었다.

그러나 그것은 소소(?)한 것에 불과한 것이었다. 정작 중요한 것은 바로 마력 구속구. 어떻게 된 것인지 마스터의 강대한 마력을 구속하는 것이다. 마력을 움직여 구속구를 몸 밖으로 이동시키려 해도 마력이 뜻대로 움직이지 않았다. 설상가상으로 구속구는 뱃속을 휘젓고 있었다.

"크윽! 어떻게 마스터의 마력을 구속할 수 있단 말인가?"

핏물을 토해낸 샤이라는 어이없다는 듯 중얼거렸다. 마법사가 만들어낸 마력 구속구가 마스터의 마력을 구속하다니. 개미가 코끼리에게 고삐를 매는 것과 같은 이치였다.

샤이라의 어이없어하는 중얼거림을 들었는지 게일은 웃으며 말했다.

"당연하지요. 그 구속구는 마스터가 만든 것이니까요. 빼내려고 시도는 하지 마십시오. 만약 다른 자가 관여하는 순간 구속구는 당신의 심장을 향해 달릴 테니까요. 이로써 마스터 샤이라는 아웃이군요."

다른 마스터라니! 게일의 선언에 샤이라는 눈을 질끈 감았다. 당했다. 아주 철저히 당했다. 어떻게 이렇게 당할 수가 있을까. 한순간의 방심의 대가치고는 매우 컸다. 그 대가가 너무나도 크다는 것을 잘 아는 샤이라는 어금니를 꼭 깨물었다. 그러나 그것도 잠시, 식도를 가득 메우는 피는 참으려 해도 솟구쳤다.

"쿨럭!"

핏물을 뱉어낸 자리를 보니 살점이 보였다. 잘려진 내장 부스러기. 구속구가 뱃속을 휘젓고 다니건 출혈과 장기 파열이 일어난 것이다.

'빌어먹을!'

욕지기를 내뱉으려 하였지만 말할 수도 없었다. 입을 열면 당장 한 바가지 피를 다시 토해낼 테니 말이다. 웃으며 자신의 모습을 즐기는 게일 눈앞에서 죽어도 그런 꼴을 보이기 싫었다.

게일의 선언은 옳았다. 마력 구속구가 뱃속에 들어온 이상 일정 시간 동안은 마력을 제어할 수 없었다. 허튼짓을 해서 구속구가 심장을 부숴 버린다면 그녀는 분명히 죽을 것이었다. 마력이 흐르는 상태라면 심장이 부서지든 가루가 되든 살 수는 있지만 마력의 흐름마저 묶여 버린 채 심장이 부서져 버리면 그야말로 개죽음이 되는 것이었다. 시간이 흐른 후 마력의 흐름이 재구성되어 감히 그녀의 체내를 휘젓고 다니는 구속구를 박살 내버리기 전까지는 그녀는 무력하기 짝이 없는 존재였다.

'아니, 극독이 먼저 온 내장을 녹여 버릴까나?'

여러모로 따져 봐도 비참한 결론이었다. 극독은 어떻게 해독한다 하더라도 구속구는 어쩔 수 없었다. 내장 파열로 인한 과다 출혈로 죽든 심장이 박살나서 죽든 죽는 것은 마찬가지이니 말이다.

샤이라가 검붉은 핏물을 게워내며 비틀거리자 하이단과 유노가 재빨리 다가와 그녀를 부축하였다. 샤이라가 하이단의 어깨에 몸을 기대자 게일은 의외라는 듯 말했다.

"당신이 남에게 부축받다니. 의외로군요. 그 드높은 자존심만큼이나."

"그 누구 앞에서 무릎 꿇느니 부축받는 게 더 나으니까요."

"……."

샤이라는 멋지게 받아쳐 게일의 입을 다물게 만들었다고 생각했지만 게일의 의미심장한 미소를 보자 배알이 꼴리는 것 같았다. 아니, 실지로 구속구에 의해 내장이 뒤집어지고 있는 판이니 꼴리는 것 같은 게 아니라 꼴리고 있었다. 샤이라는 치가 떨릴 정도의 치욕감에 몸을 떨었다.

샤이라를 부축한 하이단은 연신 식은땀을 흘리며 피를 토해내는 샤이라의 상태가 보통 심각한 것이 아닌 것을 알았다. 유노는 신성력을 잔뜩 모아 그녀의 몸에 시전했지만 마스터의 몸은 신성력을 거부하였다. 당연히 해독도 뭐도 되지 않았다. 그로서는 아무것도 할 일이 없는 것이다. 기껏 샤이라의 식은땀만 닦아줄 수 있을 뿐. 그러한 현실에 유노는 이를 질끈 깨물 수밖에 없었다.

"제기랄……."

피를 토해낸 샤이라의 입을 닦아낸 하이단이 어이없다는 듯 중얼거렸다.

"마스터가 둘이나 있었는데 어떻게 그렇게 숨을 수가 있었지?"

어찌 성진과 샤이라의 감각을 속였단 말인가? 하이단으로서는 그것이 너무나도 놀라운 것이었다. 쉐도우 워커의 기적마저 찾아내는 성진이 이렇게 무력하게 게일에게 자리를 선점당해 역공을 당했다는 것이 믿기지 않는 것이다.

하이단의 중얼거림을 들었는지 샤이라는 힘겹게 입을 열었다.

"쿠루시아 엘프 족의 특성은 침묵. 콜록, …고요와는 같지만 또 다른 것. 그들의 고향은 필멸의 숲, …어둠만이 가득한 곳. 어둠을 지배하는 것. 쿨럭! …게일의 능력이지요. 쿨럭."

떠듬떠듬 이어지는 그녀의 말에 게일은 빙그레 웃었다.

"해설입니까? 너무 괴로워 토이니 말을 삼가세요."

"별 …말씀을… 쿨럭."

입을 열자 또다시 피를 토해냈다. 뱃속이 완전히 녹아버린 듯 그녀는 계속 핏물을 토해댔다. 어찌나 많은 양을 토해냈는지 어느새 바닥이 새빨갛게 물들자 하이단은 그만 질려 버렸다.

샤이라가 그렇게 당해 버린 사이 성진은 발작하는 세르피아를 진정시키기 위해 갖은 노력을 기울이고 있었다. 전의법으로 그녀의 정신을 수없이 두들겼지만 도무지 그녀의 정신 깊숙한 곳까지 염파가 닿지 않는 것이다. 결국 성진은 주저앉아 도리질치는 세르피아의 어깨를 잡고 그녀를 불렀다.

"세르피아! 날 봐요! 내 눈을 봐요!"

성진의 말을 들었는지 그개를 숙이고 정신없이 도리질치던 세르피아가 고개를 들고 성진을 보았다. 세르피아의 눈과 성진의 눈이 교차한 순간 성진의 눈이 커졌다.

"……!"

세르피아의 동공은 사라지고 없었다. 정확히 표현하자면 그 자리에 남은 것은 공허한 회색 빛뿐. 찬란한 에메랄드 빛 눈동자는 자취를 감추고 없었다. 어떻게 된 영문인지 홍채에 에메랄드 빛을 내는 색소가 싹 사라져 버린 것이다. 단순히 색소 탓만은 아니었다. 그녀의 눈에서 느껴지는 불길함에 성진은 미간을 꿈틀거렸다.

"세르피아에게 무슨 짓을 한 거요?"

성진은 고개를 돌려 게일을 노려보았다. 게일은 방긋 웃었다.

"흠? 화가 나신 것입니까? 연인인 존재……."

순간 강렬한 살기가 퍼져 나갔다. 그리고 어떻게 된 영문인지 '퍽' 소리와 함께 말을 하던 게일의 턱이 천장을 향했다. 잠시 고개를 쳐들었던 게일은 천천히 고개를 내렸다. 게일은 천천히 손을 올려 코를 훔쳤다. 그런 그의 손에는 선혈이 묻어 있었다.

"……."

"묻는 말에만… 대답하시오."

성진의 잔뜩 억눌린 말에 게일의 얼굴은 잔뜩 굳었다. 샤이라는 게일의 표정에 파안대소하였다.

"크큭! 잘난 척하더니 꼴좋군요! 하하하! …쿨럭!"

웃다가 피를 토했음에도 뭐가 그리 좋은지 샤이라는 연신 피를 토하며 웃어댔다. 통쾌하기 짝이 없는 것이다. 그녀로서도 무엇으로 게일을 때렸는지 궁금하기 짝이 없지만 정작 얻어맞은 당사자는 얼마나 당혹스러울까? 하나 무엇보다도 더욱 만족스러운 것은 저 표정, 그야말로 엿 먹은 듯한 표정 때문이었다.

게일은 전신의 근육을 긴장시키며 천천히 힘을 끌어 모으기 시작하였다. 방심했다지만 도대체 무엇이기에 느낄 새도 없이 안면을 타격했단 말인가? 게일은 내심 마음 한구석이 서늘해지는 것을 느꼈다.

상황은 잠시 소강 상태로 빠졌다. 정확히 말하자면 서로 움직일 수 없는 탓에 연출된 상황이었다. 성진은 세르피아 때문에, 샤이라는 중상으로 인해, 그리고 게일은 어떻게 공격했는지 모를 성진의 견제 때문이었다. 귀신같이 엄습해 오는 충격은 게일의 몸을 은연중에 보호하는 오러를 무시하고 들이닥치니 어찌 경계하지 않을 것인가. 만약 그 타격을 더욱 크게 할 수 있다면 팔 하나 날아가는 것쯤은 예삿일일 수도 있었다.

성진도 내색하지 않았지만 현기증을 느끼고 있었다. 기실 그가 게일을 후려친 것은 그의 의지였다.

모든 힘(Force)를 조종하는 의지. 오러가 발동되고 마력이 순환하며 정령을 소환할 수 있는 염을 긁어모아 법력을 발동시키는 힘. 더욱 나아가 창생력을 발동시키는 근원. 자연계에서 응용할 수 있는 모든 힘이 발동하게 되는 가장 원초적인 것.

본래 의지로 남을 타격한다는 것은 불가능하다. 제아무리 마스터라도 순수한 의지로 용을 써봤자 돌멩이 하나조차 움직이기 불가능하다. 의지라는 것이 단지 자연계에 떠도는 에너지에 한해 적용되는 것이다. 마스터라 할지라도 세상을 구성하는 법칙을 뛰어넘을 수 없다.

하나 성진의 정신은 육체와 유리되어 억겁 속에서 단련된 경이적인 의지력을 가지고 있었다. 세상을 만드는 창생력을 움직이는 의지이니 그 정도는 당연하다고 할 수 있으나 이 세상의 신이라 할지라도 성진의 의지만큼 강하지 못하니 성진의 의지야말로 세상에서 가장 뛰어나다고 할 수 있었다.

의지란 본래 심(心)에서 생겨나는 무(無)의 힘. 허도(虛道)의 끝을 잡아 달리고 있는 성진이기에 물리적으로 전환하여 사용할 수 있는 것이다. 다시 말하면 성진의 강력한 의지는 세상을 구성하는 법칙을 잠시 속여 세상에 영향을 줄 수 있는 것이다. 그 위력이라는 것이 상대의 힘이며 공간을 무시하고 원하는 곳에 원하는 만큼 타격할 수 있으니 지고하다고 할 수 있었다.

그러나 만능이라고는 할 수 없었다. 마스터조차 돌멩이도 움직일 수 없는 의지를 물리력으로 전환하여 사용했으니 얼마나 큰 의지가 소모될 것인가. 게일을 타격한 의지로 창생력을 발동시켜 사용하면 에크라노 전체를 초토화시킬 에너지를 만들어낼 수 있을 만큼의 강한 것이었다.

성진이라 할지라도 그렇게 세 번을 펼치기 힘들었다. 당장 이렇게 현기증을 동반한 오한이 몸을 스치고 지나가지 않는가. 과도한 정신력 소모로 인한 후유증이었다.

그러나 게일을 상대하기에는 이만큼 효과적인 것이 없었다. 상대는 마스터. 에크라노를 초토화시킬 만큼의 힘은 게일도 만들 수 있었다. 할 수 있다면 막을 수도 있는 것. 상대에게 막힐 공격은 쓸모가 없다. 그렇지 않으면 게일이 반응할 수 없을 정도로 빠르게 타격하거나.

'빠르다?'

무언가가 머리를 스쳐 지나갔다. 워낙 애매하여 머리 속에 희미하게 떠돌았다. 무언가가 어른거렸다.

턱.

그때 세르피아의 손이 성진의 팔을 붙잡았다. 그 바람에 성진의 머리 속에서 떠돌던 무언가가 사라졌다. 하나 성진은 아쉬움을 느낄 새도 없이 세르피아를 보았다. 여전히 그녀의 눈은 공허한 회색 빛으로 채색되어 있었다. 하나 조금 달랐다. 그녀의 만면은 잔뜩 일그러져 있었고 이마에는 식은땀이 송골송골 맺혀 있었다.

"으으흑……!"

입에서 가느다란 신음이 흘러나왔다. 이제 보니 고통에 못 이겨 무의식적으로 무언가 잡을 것을 찾다가 성진의 팔을 잡은 것이다. 하나 성진은 그것으로 족했다. 몸이 반응했다 함은 다시 정신이 육체를 조금씩 지배한다는 뜻이다. 성진은 세르피아의 정신을 향해 강하게 외쳤다.

—세르피아! 정신 차려요!

그러나 세르피아는 여전히 얼굴만 찌푸리고 성진의 팔을 강하게 움켜잡을 뿐 그의 말에 반응할 줄을 몰랐다. 성진은 난색을 표했다. 도대체 어떻게 된 영문인지 알 수 없었다. 어둠을 만든 게일만이 알고 있을 뿐.

"게일, 당신은 왜 이런지 알고 있소?"

게일은 조용히 고개를 흔들었다. 게일도 세르피아가 왜 저런 것인지 알지 못했다. 다만 그가 했던 일은 예전 그녀를 만났을 때 심적으로 충격받아 흔들리는 세르피아의 정신에 새겨 넣은 암시를 활성화시켰을 뿐. 솔직히 강력한 정신 방어력을 갖춘 정령사에게 암시를 불어넣기란 쉽지 않은 일이다. 일반인이라면 당장에 꼭두각시로 만들 수 있는 중 암시를 두 번이나 시전하지 않았었나. 그것도 정신적으로 흔들린 상태가 아니라면 불가능한 일이다. 각본대로라면 그녀의 정신은 팽배해진 인간의 불신감으로 당장 그의 곁에 왔어야 정상이었다. 하나 정신을 잃고 쓰러지다니. 게일도 이것을 이해할 수 없었다.

"나도 모르오."

"……."

　성진은 입을 닫았다. 게일이 모른다고 했지만 그가 세르피아에게 무슨 수작을 부렸을 것임이 분명하였다. 다만 그의 의도대로 되지 않아 모른다고 했을 뿐. 성진은 끓어오르는 마음을 억눌렀다.

　그렇다면 왜 세르피아가 쓰러진 것인가. 그것은 바로 세르피아의 정신이 엄청나게 신장되었기 때문이다. 마스터로서의 각성을 앞둔 것이다. 본디 그녀 스스로 각성하려면 근 수백 년을 홀로 수련해야 할 것이나 성진과 같이 여행하며 그녀는 수많은 것들을 보고 들었다. 성진에게 많은 것을 배웠으며 세상을 바라보는 눈을 키웠다. 마스터로서의 각성을 위한 기초가 거의 완성된 셈이다. 남은 것은 깨달음뿐.

　어느 날 문득 그녀 스스로 모든 것에 의구심을 갖기 시작하고 그간 쌓았던 경험을 토대로 마인드 스키핑을 일으켜 인과율을 끊고 마스터가 될 수 있을 것이다. 문제는 그것이 언제이냐 하는 것. 그녀가 깨닫지 못한다면 평생 마스터의 문턱을 밟을 수 없을 것이요, 깨닫는다면 내일이라도 당장 마스터가 될 수 있는 상황이었다.

　그런 그것이 게일의 강력한 중압시를 연거푸 두 번 받아 이성과 감성의 괴리를 초래하였고 폭주하려던 감성을 조율하기 위해 그녀의 이성이 일찍 껍질을 깨고 마스터로 각성할 수 있는 화두를 던진 것이다.

　대단히 위험천만한 상황이었다. 잘된다면 그녀는 인간의 불신감을 털어버리고 마스터로서 각성할 수 있지만 자칫 잘못하면 끝내 마음속에 갇혀 이대로 죽어버리는 것이다. 최악의 경우 인간의 불신감을 토대로 강한 절망과 증오라는 감정과 가장 가까운 차원인 네거티브 플레인 쪽으로 마인드 스키핑 현상이 일어날 수 있었다.

　…또 하나의 데스 마스터가 탄생하는 것이다.

　실로 절묘한 타이밍이 아닐 수 없었다. 마스터로서의 각성이 게일의 중압시에 의해 촉진되다니 말이다. 그 결과가 좋든 나쁘든 이것은 전무후무한 상황이었다.

이런 세르피아의 사정을 알 리 없는 성진과 게일은 왜 그녀가 깨어나지 않는가에 대해 심각하게 고민해야만 했다.

그렇게 섣불리 움직일 수 없는 상황이 계속되었다. 성진은 계속 세르피아의 맥박을 재며 게일을 견제하고 있었고 게일은 그런 성진으로 인해 움직일 수가 없었다. 문제는 샤이라였다.

복부를 휘젓는 마력 구속구는 그렇다 치더라고 극독이 문제였다. 극독이 마력 구속구에 훼손된 장기를 녹이고 있는 것이다. 거기다 혈액독인지 신체가 가진 자체 해독 능력을 뛰어넘어 계속 번지고 있었다.

성진이 나서서 해독해 주었으면 좋겠지만 그가 움직였다가는 당장 게일이 습격해 올 것이었다. 이래저래 최악의 상황인 것이다.

"쿨럭!"

이제는 얼굴에 핏기라고는 하나도 없는, 파랗게 질려 버린 얼굴로 샤이라는 연신 피를 토했다. 바닥은 온통 샤이라의 각혈로 시뻘겋게 변하여 피비린내가 진동하는 상황이었다. 막말로 피란 피는 몽땅 쏟아 버릴 것 같은 양을 트해냈는데도 그녀는 어디서 피가 나오는지 연신 토해내고 있었다.

그러나 그것도 이제 한계어 달했는지 각혈하는 양이 현저하게 줄어들고 있었다. 그에 따라 그녀의 맥박의 세기도 약해졌다. 더 이상 토해낼 피도 없다는 뜻이었다.

"오랜만에… 추위를 느껴보네요……."

탈진하여 하이단의 무릎을 베개 삼아 누워 있던 샤이라가 입을 열었다. 그녀의 말에 하이단과 유노의 안색이 흐려졌다. 한서(寒暑)를 모르는 마스터가 추위를 느낀다니. 그것은 곧 죽음에 가까워졌다는 이야기이다. 일반인이라면 진작 과다 출혈로 인해 쇼크사할 만한 피를 토하고도 살아 있을 수 있었던 그녀지만 심장이 박동할 수 있는 최소한의 혈액조차 부족해진 지금 그 끝을 향해 달려가는 것이다. 죽음이라는 끝으로.

샤이라가 토해놓은 피는 어느덧 조그마한 흐름을 이루며 흘렀다. 그 흐름은 성진의 곁을 지나고 있었다. 마스터가 토해놓은 피가 대지를 적시고 있는 것이다. 성진은 그런 핏물을 찍어 손가락으로 문질렀다. 성진은 게일에게 말했다.

"아쉽겠구려. 당신의 부하들이 어디로 갔는지 알 수는 없지만 지금 이 자리에 있다면 이런 상황 따위는 만들어지지 않았을 텐데."

게일의 계획을 꿰뚫어 본 것이다. 게일은 담담히 말했다.

"그러게나 말입니다. 다른 일을 위해 그들을 다른 곳으로 보내 버린 것이 후회되는군요. 세르피아를 얻고 당신을 단숨에 배제할 수 있는 기회를 놓쳐 버렸군요."

게일의 말에 하이단의 안색이 발갛게 달아올랐다. 뭐? 얻어? 배제?

"지랄……!"

하이단이 욕지기를 내뱉으려 할 때 샤이라는 놀랍게도 한 손을 들어 하이단을 제재했다. 샤이라는 천천히 고개를 저었다.

"그는… 마스터입니다……. 비록 다른 편에 섰다고 하지만… 경배해야 할 대상… 이지요."

놀랍게도 그녀는 처음보다 또렷하게 말했다. 이제 보니 얼굴에 혈색도 돌고 있었다. 언뜻 보기에는 좋은 현상인 듯하였지만 유노는 그것이 무엇인지 잘 알고 있었다. 생명의 불꽃이 마지막 힘을 다하는 것.

죽음이 임박했다는 징조였다.

샤이라의 눈은 이제 더 이상 사물을 바라보고 있지 않았다. 그녀는 마치 마약에 취한 듯한 몽롱한 감각에 사로잡혔다. 언제 이런 기이한 감각을 느낀 적이 있던가?

샤이라는 그 달콤하고도 색다른 감각을 느끼며 애써 기억을 더듬어 보았다. 있었다. 단 한 번. 그녀가 깨달음을 얻었을 때. 마인드 스키핑을 겪었을 때.

마스터는 일생 중 그러한 감각을 두 번 겪는다고 한다. 하나는 깨달음을 얻었을 때. 하나는 스스로 사라지려 할 때.

스스로 사라진 것은 다른 의미의 죽음이니 실지로 죽음을 맞는 샤이라도 비슷한 경험을 하는 것이다. 다만 전자는 좀 더 큰 흐름에 편입되는 것이고 후자는 영구한 소멸이었다. 혼조차 구제되지 못하는 소멸. 위대한 경지에 접어든 대가는 스스로 원한 죽음이 아닐 시 소멸이었다.

샤이라는 점점 자신의 존재가 희미해져 가는 것을 느꼈다. 더 이상 다른 마스터의 존재도 느낄 수 없었다. 곁에 있는 성진도, 게일도. 대륙 곳곳에 살아가는 마스터들도 희미해져 가는 그녀의 존재감에 의아해할 것이다. 죽음. 죽어가는 것이다. 다른 의미로 풀이하자면 세상을 관조하는 하나의 축이 무너지고 있는 것이다.

샤이라는 고개를 옆으로 돌려 게일을 바라보았다.

"당신이 최초로 마스터를 죽인 마스터가 되는군요. 제가 비록 방심했다고 하지만 같은 레벨의 관조자를 죽이는 것은 쉽지 않지요. 영광이라고 해야 할까요? 축하드립니다."

죽음을 목전에 남긴 상황에서도 그녀는 놀랍게도 축하의 말을 건넸다. 하이단과 유노의 표정은 딱딱하게 굳었다. 어떻게 자신을 해친 자에게 경하할 수 있단 말인가. 그러나 마스터의 생각을 어찌 일반인이 이해할 수 있으랴.

그녀의 말을 들은 게일은 놀랍게도 기쁘지 않다는 표정을 지었다.

"…그렇겠군요. 제가 최초의 마스터 슬레이어(Master Slayer)가 되는 겁니까? 확실히… 명예 아닌 명예군요."

"명예 아닌 명예라……. 그렇군요. 그렇게 되는 것… 이지요."

게일의 표정을 본 하이단과 유노는 도무지 이해할 수 없었다. 적이 거늘, 제거해야 마땅하거늘. 어찌 전혀 기쁘지 않다는 표정을 짓는단 말인가. 그토록 서로를 죽이려 하지 않았었나?

명예 아닌 명예라 했다. 그것은 도대체 무슨 뜻인가. 하이단이 도무지 이해할 수 없는 이 말에 곰곰이 생각해 보려 할 찰나 돌연 눈앞이 일렁거렸다. 허공에서 물결이 치는 것이다.

무어라 소리치기도 전에 눈앞이 아찔할 만큼의 섬광과 함께 광풍이 몰아쳤다. 공간이 일그러지면서 생긴 에너지가 방사되어 대기가 뒤흔들린 것이다. 하이단과 유노는 자기도 모르게 손을 들어 눈앞을 가로막았지만 성진과 게일에게는 그것이 기회였다.

성진은 좀 전에 샤이라의 피를 만지며 분석했던 극독의 해독 분자식을 창생력으로 순식간에 조합하여 바늘 형태로 만들어 그녀에게 튕겼다. 투명한 액체가 허공에서 바늘 형태로 꼬이더니 빛살 같은 속도로 샤이라의 목덜미에 박혀 들어갔다.

허공을 잠식하던 섬광이 사라지기도 전에 성진의 귓가에 바람이 찢어지는 소리가 들려왔다. 그리고 그 순간 게일이 광풍을 뚫고 면전에 들이닥쳤다. 게일은 어디서 꺼내 들었는지 창을 꼬나 쥐었고 창날 끝에는 시퍼런 오러가 일렁이고 있었다. 게일의 몸이 역동적으로 움직이더니 달리던 탄력을 받아 그대로 허공을 찔렀다.

콰아—

시퍼런 오러가 창끝을 타고 튀어나왔다. 허공을 가르고 광풍을 갈랐다. 미친 듯이 휘몰아치던 바람이 게일의 오러에 깨끗하게 쪼개져 버린 것이다. 미처 오러가 도달하지도 않았지만 얼굴이 따가울 정도로 맹렬한 기세를 머금고 있었다. 피해야 마땅하지만 성진은 피할 수가 없었다. 세르피아를, 그녀를 두고 물러설 수 없었다. 자세도 불안정하여 경력도 크게 끌어올릴 수가 없었다. 창생력을 사용하기에도 너무 늦었다. 성진은 이를 악물고 두 손을 펼쳤다.

성진의 몸속을 미친 듯이 질주하던 경력이 흐름을 타고 둥근 타원 형태로 성진의 손을 휘감고 방사되었다. 성진의 손이 우윳빛 광채로 물들었다.

성진은 손을 펼쳐 게일의 오러를 감쌌다. 아니, 감싸기보다는 쓸어 냈다. 그러자 푸른 빛과 우윳빛 빛이 허공에서 잠시 섞이는가 싶더니 섬광과 함께 파란 빛 오러의 궤도가 꺾이며 성진의 옆을 스쳐 지나갔다.

섬광은 소음조차 내지 않고 성진의 등 뒤 벽을 관통했다. 도저히 그 깊이를 알 수 없을 정도의 구멍이 만들어졌.

네 푼의 힘으로 천 근의 힘을 다스린다. 사량발천근(四樑撥千斤)의 무리가 재현된 것이다.

게일은 자신의 오러가 빗나가자 눈을 살짝 크게 떴다. 500mm 강철판도 관통할 수 있는 힘이었다. 얼핏 느끼기에도 방금 전의 성진의 일수는 미약하기 짝이 없었다. 그런 작은 힘으로 그 큰 힘을 휘게 하다니. 미처 감탄할 새도 없이 게일은 두 번째 공격을 가했다.

순간적으로 경력을 끌어올려 막기는 했지만 성진의 손바닥도 온전하지는 못했다. 게일의 오러가 성진의 손바닥을 할퀴고 지나가는 바람에 성진의 손바닥은 온통 피로 물들었다.

성진은 그런 손바닥을 들어 다시 손을 떨쳤다. 성진의 어깨가 떨리며 팔꿈치가 미묘한 곡선을 그렸다.

파앙!

무언가 터지는 소리가 울려 퍼졌다. 환자결이 운용되면서 허공에 일순 혈벽(血壁)이 만들어졌다. 성진의 손에서 뿜어져 나온 혈액이 미처 땅에 떨어지기도 전에 손바닥으로 쳐올리고 경력으로 휘저으니 손바닥으로 된 벽 바로 앞에 엷은 혈막이 형성된 것이다.

그리고 그 혈막에 게일의 창격(槍擊)이 꽂혔다.

콰쾅—

도저히 창과 손이 부딪친 소리라고는 믿겨지지 않는 폭음이 터져 나왔다. 혈막은 고속으로 회전하고 있었는지 창격의 진행 방향을 미묘하게 틀어버렸다. 하나 창에 담긴 무지막지한 힘을 어찌 회전력으로 막을 수 있단 말인가? 더군다나 집중된 힘, 점으로 면을 강타했으니 면이 뚫리는 것은 당연한 이치였다.

성진은 자신의 심장을 찔러오는 창격을 보았다. 이를 악물고 환자결을 변환시켜 수비벽을 뚫고 들어오는 창대를 잡았다. 허공에 수놓아진 혈벽이 조리개처럼 좁혀지며 창을 감쌌다.

콰드드드득—

무언가 크게 갈리는 소리가 터져 나왔다. 후끈한 열기가 사방으로 퍼지는 통에 섬광을 피하기 위해 손을 올렸던 하이단과 유노는 이번에는 얼굴을 감싸야만 했다.

성진은 무지막지한 회전력을 더금고 있는 창을 왼쪽 어깨 밑으로 흘려보냈다. 손바닥이 완전히 찢겨졌는지 쓰라려 왔지만 아랑곳하지 않았다. 도리어 눈을 빛냈다.

성진은 오른손을 몸 쪽으로 끌어당겼다. 성진의 몸속에서 질주하던 경력이 오른팔을 타고 손바닥에 모였다. 성진이 구상한 임의의 한 점을 타고 실타래처럼 얽히더니 순식간에 조그마한 구슬이 만들어졌다.

게일이 요동 치는 성진의 경력을 느꼈는지 당혹스러운 눈빛을 띠었다. 그도 그럴 것이 이 일격을 성공시키기 위해 온 힘을 다한 탓이었다. 마스터가 온 힘을 다했으니 얼마나 막강한 일격일까. 막말로 산을 가르는 힘이었다. 그런데 설마 하니 그 같은 힘을 흘려보낼 줄이야! 순간 창을 회수하려 하였지만 성진의 손이 놔주질 않았다. 반격하려 해도 온 힘을 쥐어짠 일격에 근육이 굳어 딜레이가 생겼다. 그 틈에 성진의 권격이 작열했다!

성진이 왼손을 끌어당겼다. 그러자 잠시 몸이 굳어버린 게일이 딸려 왔고 성진의 오른 주먹이 거친 굴살을 거슬러 올라가는 물고기마냥 치솟았다. 그리고 그 주먹 한가운데는 우윳빛의 고고한 광채를 뿜는 구슬이 노닐고 있었다.

"탄(彈)!"

성진은 크게 일갈하며 주먹을 떨쳤다. 성진의 의지가, 경력이 강력한 힘을 머금고 상승 작용을 일으켰다. 잔뜩 얽혀 있던 경기 가닥이 무서운 기세로 풀리면서 엄청난 힘을 만들어냈다. 그 힘은 황급히 가슴을 감싸는 게일의 왼팔 위를 때렸다.

쾅!

폭음과 섬광이 울려 퍼지며 게일의 몸이 튕겨져 나갔다. 어찌나 거세게 튕겨졌는지 돌격했을 때의 속도와 비등해 보일 정도였다. 몸을 비틀어 바닥에 착지한 게일의 얼굴은 일그러져 있었다. 그의 왼팔은 선혈로 물들어 있었다.

"으음……."

성진은 신음성을 흘렸다. 어떻게 된 영문인지 그의 손목은 퉁퉁 부어 있었다. 하이단은 어떻게 된 영문인지 알 수 없었다. 분명 타격했거늘! 성진이 타격했거늘! 게일의 팔이 으스러져도 모자랄 것이 없을 위력이었다. 그런데 어찌하여 성진이 다친단 말인가. 분명 탄자결이 만들어낸 가공할 만한 경력은 정확히 게일의 팔 위를 때렸다. 그러나 정작 손해를 본 것은 성진이었다.

탕! 타당—

은빛의 조그마한 막대기가 바닥에 튕겨져 허공에 솟았다가 다시 바닥을 굴렀다. 은빛의 금속성 물체가 만든 소음이 모두의 귀를 때렸다. 그것을 본 하이단은 그제야 왜 성진이 손해를 보았는지 알 수 있었다. 설마 하니 소매 속에 '저것'을 숨겨놨을 줄이야.

"청공의… 활!"

유노가 말을 씹듯이 내뱉었다. 게일은 자신의 팔을 살펴보았다. 흘러나오는 선혈 아래로 시뻘건 근육이 몸을 드러내고 있었다. 신기를 타격하여 성진의 힘을 고스란히 되돌려 팔은 무사했지만 피부가 완전히 터져 나가 버린 것이다. 만약 타격점이 조금만 벗어났다면 팔은 무사하지 못했을 것이다. 물론 그 여력이 복부를 휘저을 것은 보지 않아도 뻔한 일이었다.

그로서는 큰 고비를 넘긴 것이다. 생사의 갈림길에서 빗겨 나간 셈이지만 그 여운은 자극이 되어 게일을 흥분시켰다.

"조금 아까웠습니다."

게일이 말하자 성진은 고개를 흔들었다.

"운이라는 것도 실력의 일부. 인과율의 그물은 보이지 않게 모두를 지배합니다."

성진은 조금 어긋나 버린 오른 손목을 비틀었다. 우드득 소리와 함께 손목 관절이 제자리를 찾았다. 눈물이 찔끔 날 정도의 고통을 느껴야 정상이거늘 성진의 얼굴은 변함없었다.

"인과율의 그물이라니. 마스터는 인과율을 벗어난 존재. 하나 방금 일은……."

성진의 말에 게일은 혼란스럽다는 표정을 지었다. 분명히 마스터는 인과율을 벗어난 존재이다. 운이라는 것이 적용되지 않으며 그 행위 그대로 그 대가를 치른다. 세상을 관조하는 고리가 인과율을 대신하여 조금씩 끊기는 것이다.

하나 방금 전의 생사결은 분명 '운' 이라고밖에 표현될 수 없는 것이 연출되었다. 마스터인 성진이 실수할 리는 없었다. 단지 손가락 한 마디, 아니, 반 마디 차이였다. 그 차이로 게일의 생사가 갈렸다.

게일은 본질에 대한 강한 호기심을 느꼈다. 분명 저 이계의 마스터는 그가 알지 못하는 것을 알고 있었다. 하나 지금 이 상황에서 물어볼 수는 없었다. 게일은 의문을 마음 한구석 저편으로 접어두었다.

게일은 눈치 채지 못했지만 성진은 몹시 초조하였다. 지금 눈앞에 보이는 공간의 파문은 분명 위상 공간이 무너지려는 전조였다. 예상보다 빨랐다. 눈에 보일 정도로 일그러진 것이니 분명 붕괴가 멀지 않았음이리라.

하나 아직 지하 도시에 물조차 채우지 못했다. 물을 채우고 위상 공간을 바로잡아 영들을 해방시켜야 했다. 아니, 최소한 창생력으로 공간을 점유하여 바로잡아야 하지만 게일 때문에 움직일 수 없었다. 하다못해 영을 해방시키려면 도시에 물이라도 채워야 했다. 컨트롤 룸이 바로 여기이지만 역시나 게일 때문에 움직이지 못한다. 일단은 둘 중 할 수 있는 일을 먼저 해야만 했다. 성진은 하이단을 불렀다.

─하이단. 아무래도 당신이 해야겠습니다.

그와 동시에 일련의 정보가 하이단의 머리 속에 해일처럼 밀려들어갔다. 하이단이 오러 유저라지만 정신적으로는 완전히 성숙하지 않았다. 그런 하이단에게 준비할 시간도 없이 정보를 밀어 넣는다는 것은 분명 무리수였지만 어쩔 수 없었다. 상황은 그만큼 다급했다.

하이단은 눈앞이 아찔했다. 미처 준비할 새도 없이 정보가 밀어닥치니 어찌 충격을 받지 않을 것인가. 그러나 성진의 마지막 말에 하이단은 이를 질끈 깨물고 고통을 이겨냈다.

─하이단, 부탁합니다.

부탁이라 했다. 믿는다는 말이다. 그가 필요하단 말이다. 그것이 강한 힘이 되어 하이단을 움직였다. 하이단은 유노의 손을 붙잡고 불타는 눈으로 말했다.

"유노, 샤이라님을……!"

말을 마친 하이단은 바닥을 박차고 성진이 넘겨준 정보대로 달렸다. 별안간 하이단이 어디론가 뛰어가자 게일이 그를 저지하기 위해 창을 휘둘렀다. 이미 세르피아를 몸에서 떨어뜨린 성진이 게일의 일격을 흘리고 반격하였다.

하이단은 등 뒤에서 울리는 폭음을 뒤로하고 수인(手印)을 맺었다. 눈앞에 아른거리는 수인을 몇 가지 짚어내자 태고에 각인된 명령에 따라 통제실의 기능이 부활하였다. 실로 수천 년 만이었다.

기이한 진동과 함께 하이단의 눈앞에 환상처럼 여러 개의 부호가 나타났다. 하이단의 눈에만 보이는 푸른색과 주황색으로 채색된 부호. 전혀 알 수 없는 고대어였지간 하이단은 그것이 의미하는 바를 알 수 있었다.

하이단은 재빨리 다른 수인을 짚었다. 그러자 가장 왼쪽의 고대어가 빙그르 회전하더니 하이단의 눈앞에서 커졌다. 그와 동시에 하이단은 도시 전체를 보았다.

'......!'

눈앞에 고대의 도시가 펼쳐져 있었다. 당황할 새도 없이 도시는 조그맣게 작아지더니 이윽고 한눈에 전부 볼 수 있는 크기가 되었다. 더욱 기가 막힌 것은 그 모든 것이 느껴진다는 것이다. 손으로 단져질 듯이 말이다.

보고자 하는 곳이 보이고 움직이고자 하는 곳을 움직일 수 있을 것만 같았다. 그 밖에도 많은 기능이 있었지만 하이단은 터질 듯한 가슴을 부여잡고 손을 움직였다. 성진이 부탁한 일을 완수하여야 했다. 그리고 도시의 가장 밑에 배치된 배수 순환로가 하이단의 손길과 일치된 거대한 격벽과 함께 폐쇄되기 시작하였다.

아닌 게 아니라 그의 발 밑 수천 피트 밑의 지하 도시에서는 하이단이 보는 바와 같이 진행되고 있었다. 하이단과 도시가 실시간으로 링크된 것이다.

배수로가 완전히 폐쇄된 것을 확인하자 하이단은 도시 전체를 감싸고 있는 급수 순환로를 전부 개방하였다. 도시 전체를 감싸는 반구형 격벽에서 통로들이 속속들이 열리더니 삽시간에 수만, 수십만 갤런의 물들이 배수로를 채우기 시작하였다.

물이 빠져나가는 곳이 막힌 배수로는 순식간에 범람하였다. 수십만 갤런의 물들이 쏟아지니 그저 물이 흐르는 길인 배수로가 범람하지 않을 수가 없었다. 물들은 순식간에 건물을 감싸고 점점 도시를 채워갔다.

하이단은 그 광경에 알 수 없는 슬픔을 느껴야 했다.

수백 년 동안 어두컴컴한 지하에서 살아온 사람들이 아무도 모르게 죽었다. 그 영은 수천 년 동안 유폐당하여 이제 그들의 도시를 수장시키고 해방된다. 어찌 통탄하지 않을까. 특히나 그들의 기억을 엿보았던 하이단으로서는 가슴 깊은 곳에서 꿈틀대는 슬픔을 참을 수가 없었다. 하이단은 그 슬픔을 깊은 한숨으로 토해냈다.

"하아……."

맑고 투명한 물은 회색 빛 건물들의 하단부를 잠식하더니 순식간에 꼭대기를 채워갔다. 도시 주변부를 모조리 침수시킨 물은 이번에는 도시 중앙부의 거대 피라미드를 채워갔다.

그러나 흘러드는 물의 양에 비해 도시는 거대했다. 물은 더디게 도시를 채웠다. 보아하니 꽤나 시간이 걸려야 완전히 도시가 수장될 것 같았다. 성진의 계획에 의하면 빈 공간이 없어야 했다. 그야말로 반구형 격벽 안은 완전히 물로 채워져야 했다.

도시에 갖춰진 급수 시설은 충분히 그렇게 할 역량이 있으니 그것을 통제하는 하이단의 손에 일의 성사 여부가 달린 것이다. 그것을 확연히 느낀 하이단은 막중한 책임감에 마른침을 삼켰다.

성진은 그의 얼굴을 부숴 버리기 위해 날아오는 창격을 고개를 꺾어 살짝 피했다. 귓불이 에일 것 같은 바람이 스쳤다. 다시 눈앞을 빼곡히 찔러오는 창격이 보인다. 아무래도 성진이 좀 전에 보여준 환자결의 묘리를 조금 훔쳐 배운 모양인지 그의 창끝에는 강맹함과 함께 이제껏 보지 못한 미묘한 변화를 띠고 있었다.

하나 그것이 중요한 것이 아니었다. 정작 중요한 것은 따로 있었다. 바로 공간의 균열. 도대체 어떻게 될지 알 수 없기에 성진의 신경이 분산된 것이다. 그래서 공격의 기회가 있음에도 때를 놓쳐 수세를 면치 못하였다.

―집중하지 못하는군요.

게일의 뜻이 성진의 마음속으로 흘러 들어왔다. 게일도 눈치 채고 있었다. 둘 다 마스터이니 집중하지 못한 자가 한순간에 무너질 수도 있었다. 바로 좀 전에 게일이 겪었지 않은가. 성진이 할 수 있다면 게일도 할 수 있다. 단 한순간 특으로 상대의 목숨을 취할 수도 있었다.

그러나 그렇게 하지 않은 까닭은 호기심 때문이었다. 그의 입으로 그 말에 대한 해답을 듣고 싶기 때문이었다. 바로 조금 전 성진이 한 말. 수수께끼 같은 그 말.

인과율의 그물.

도무지 알 수 없었다. 마스터란 존재는 세상을 관조하는 자. 그저 지 켜보고 필요할 시 조율하는 존재이다. 그런 존재에게 필멸자들을 아우 르는 인과율이 적용될 리가 없었다. 아니, 그렇게 믿고 싶었다. 만약 그렇지 않다면 그가 하는 일이, 그의 종족이 어찌 될지는 예측할 수 없 게 되므로. 모든 것이 어긋날 수도 있었다.

각자의 생각이 교차하는 가운데 권과 창이 불꽃을 뿜어댔다. 오러와 경력이 부딪치며 파생된 강력한 진동 에너지는 바위를 고운 모래로 분쇄해 버릴 만큼 강력한 것이었다.

　진동이란 파장. 파장이 중첩되면 공진하여 더욱 거대한 에너지로 증폭된다. 사이클과 사이클이 절묘하게 연동된다면 그 위력은 점차 배가된다. 그 같은 강력한 힘이 점차 쌓여가니 이윽고 공간에 영향을 주었고 위상 공간의 곡률도가 더욱 커져 갔다.

　이윽고 한 부분이 크게 비틀리며 붕괴되었다. 바로 성진과 게일 중앙에서.

　"아앗!"

　갑작스런 사태에 게일은 창을 휘두르며 몸을 뒤로 뺐다.

　쿠르르룽—

　강력한 에너지가 균열된 공간에서 방사되었다. 수천 럭스를 가뿐히 뛰어넘을 섬광이 방 안에서 터져 나오더니 빛에서 전환된 열에너지가 대기를 달궜다. 그러자 대기는 순식간에 수천 도로 가열되었고 강력한 후폭풍이 되어 게일과 성진을 휩쓸었다.

　"……!"

　막아야 했다. 그의 뒤에 선 일행들이 이 폭풍을 여과없이 맞았다가는 그대로 재가 되어버릴 것이다. 성진은 재빨리 팔을 교차시켜 풍차처럼 휘둘렀다. 그의 몸에서 터져 나온 경력이 팔을 타고 허공에 맺히면서 거대한 벽을 만들었다.

　강력한 후폭풍이 해머로 변하여 성진이 만든 벽을 후려쳤다. 상상할 수도 없는 거력은 압력이 되어 성진을 덮쳤다. 대부분을 흘려 버릴 수 있다고 하지만 전부는 아니다. 압력이 훑고 간 장기의 일부에서 출혈이 났는지 복부가 시큰거렸다.

　'흐음…….'

성진은 속으로 한숨을 쉬었다. 단 몇 초면 됐다. 단 몇 초라면, 아니, 1초라도 틈이 있다면 창생력을 움직여 이 폭풍을 잠재울 수 있었다. 하나 실전에서 1초란 여삼추 같은 것, 너무나도 길었다. 그렇기에 강대한 힘을 가지고도 번번이 사용할 수 없었다. 그 같은 현실을 통렬히 깨달은 성진은 이를 악물었다.

몸속을 주유하던 경력은 끊임없이 성진의 팔을 통해 빠져나가며 열폭풍을 막아냈다. 열폭풍이 장안을 휩쓸고 지나가자 대기의 온도가 급격히 올라 흡사 찜통처럼 변했다. 바닥을 흐르던 샤이라의 피도 수분이 증발하여 진득하게 말라붙었그 짙은 혈향이 무취의 대기를 대신하였다.

모두들 이 갑작스러운 재해에 어리둥절한 사이 성진의 감각에 무엇인가가 느껴졌다. 무언가가 저 곧간 너머에서 오고 있었다. 성진이 그것을 느낀 순간 균열이 간 공간이 쩍 벌어지더니 수십 명의 사람들이 동시에 몸을 드러냈다. 그들도 갑작스러웠는지 눈만 끔뻑거리다가 주위를 둘러보았다. 그들 중 가장 먼저 신지를 회복한 사람은 콧수염을 멋들어지게 기른 중년인이었다. 그 중년인은 성진을 발견하더니 즉시 검을 뽑아 들고 방어 자세를 취했다.

"뭐냐! 네놈은!"

"……."

물론 성진이 그의 물음에 친절히 대답해 줄 리가 만무하였다. 이들이 모습을 드러냈을 때부터 성진은 이들의 정체를 직감하였다. 저 멀리 크라인 왕국에서부터 그들을 쫓아온 무리, 칼들을 앞세워 이 아득한 지하까지 따라온 무리, 추적대였다.

"세이진님!"

그때 무리 뒤편에서 성진을 부르는 소리가 들렸다. 성진은 눈을 돌려 그곳을 보았다. 초췌한 모습의 칼이 보였다. 그리고 칼의 등에는 작은 인영이 업혀 있었다. 성진은 그 인영이 길리언이라는 알 수 있었다. 하나 아무런 의식이 없는 듯 축 늘어져 있었다. 성진은 청력을 높였다. 길리언에게서 들려오는 호흡은… 정상이 아니었다. 그러나 지금 당장 칼에게 달려갈 수는 없었다. 게일을 견제해야만 했다.

칼은 목이 말라왔다. 분명 성진의 시선을 느꼈다. 비록 조금 떨어져 있더라도 그의 능력은 그런 거리쯤은 지척이나 마찬가지였다. 그렇다면 분명 길리언의 상태도 알았을 것이다. 그러나 성진은 움직이지 않았다. 한시 바삐 조치를 취해야 했다.

성진은 견제가 먼저다라고 마음을 굳혔지만 가슴 한구석에서 길리언을 걱정하는 마음이 꿈틀대는 것은 어쩔 수 없었다. 그 바람에 성진의 신경이 잠시 분산되었고 게일은 그 틈을 놓치지 않았다.

게일이 땅을 박찼다. 강한 각력에 땅이 폭발하듯 사라졌고 성진은 게일의 신형을 잠시 놓쳤다. 그러나 눈으로 놓쳤다고 해서 감각이 놓친 것은 아니었다.

성진은 재빨리 상반신을 젖혔다. 그의 머리 위로 어린아이 머리통만 한 오러 다발이 스쳐 지나갔다. 그 맹렬함을 음미할 새도 없이 성진은 왼발을 축으로 신형을 반 바퀴 회전시키더니 오른손에 잔뜩 경력을 모아 원심력을 이용해 게일에게 날렸다.

콰아—

성진의 장심에서 우윳빛 탄환이 불쑥 튀어나오더니 게일을 향해 날아갔다. 대기를 가르고 울리니 그 위세가 어찌 녹녹할 것인가! 멋모르고 성진을 향해 검을 빼 들었던 중년인, 드골 백작은 혼비백산하여 뒤로 물러섰다.

오러를 유형화시켜 날렸다. 그렇다면……?

"마, 마스터!"

게일은 몸을 앞으로 날리며 날아오는 유윳빛 탄환을 창으로 후려쳤다. 오러로 잔뜩 감쌌는데도 강렬한 반탄력에 손아귀가 저려왔다. 바위를 꿰뚫는 탄환을 바위를 쪼개는 힘으로 후려쳤으니 당장 방향을 바꿔 새로 나타난 무리에게로 날아갔다.

"피, 피해!"

눈앞에 섬광이 번쩍거리는 것을 멍하니 쳐다보던 용병들은 그들을 향해 날아오는 탄환을 피해 몸을 날렸다. 마스터의 단 일 수에 목숨이 날아갈 판이니 혼돈스럽던 정신이 말끔하게 깨어났다. 그들의 머리 속에는 온통 생존 본능만이 비명을 지르고 있었다.

기적적으로 몸을 날린 한 용병이 서 있던 자리에 탄환이 꽂혔다.

콰과광!

바위처럼 딱딱한 바닥이 과자처럼 부서져 나가더니 파편이 사방으로 튀어 나갔다. 미친 듯이 대기가 요동 치고 흙먼지가 모두의 눈앞을 가렸다. 호흡이 막혀왔다.

"콜록! 콜록!"

가까스로 몸을 숙여 파편을 피한 칼은 흙먼지에 기침을 토했다. 그리고 한편으로는 경탄했다. 역시 마스터는 강하다. 장난처럼 뿜어내는 오러덩어리는 오러 유저가 본능적으로 몸을 사리게 될 정도로 강력했다.

흙먼지가 장내를 뒤덮자 칼은 그 틈을 타 몸을 피하려 하였다. 타키 안이야 어쩔 수 없지만 지금 위독한 길리언은 어디론가 피신시켜야 했

다. 이 혼란 중에 눈먼 오러에 맞았다가는 멀쩡한 오러 유저라도 대번
에 나가 뒈질 수도 있었다.

칼은 숨을 죽이고 천천히 발을 옮겼다. 눈앞에 한 용병이 허리를 숙
이고 기침을 토해내고 있었다. 몸을 움직이는 데 거치적거렸다. 칼은
손날로 그 용병의 목덜미를 끊어 쳤다.

"케엑……."

작은 비명과 함께 용병의 몸이 무너져 내렸다. 기침하기 바쁜 상황
이니 옆에 누가 쓰러져도 알 수 없는 판이었다. 칼은 그 용병의 몸을
뛰어넘어 재빨리 걸음을 옮기려 하였다.

그 순간 누군가 흙먼지의 장막을 뚫고 불쑥 나타났다. 그가 누군지
를 확인한 칼의 눈이 한껏 부릅떠졌다. 심장이 터져 나갈 것처럼 박동
했다.

"……!"

은은한 미소를 띠고 있는 게일이 칼을 향해 다가오고 있었다. 자욱
한 먼지로 시야가 가려진 틈을 타 기척을 숨기고 덮친 것이다.

게일과 칼의 시선이 교차했다. 칼은 정신이 아찔하리만치 강렬한 압
박감을 받았다. 오러 유저로 거듭나면서 잔뜩 긴장한 그의 감각이 최
고조로 이른 탓에 게일의 존재감을 느낀 것이다.

감당할 수 없는 존재감, 순수한 무력으로 따진다면 세상에 존재하는
마스터들 중 세 손가락 안에 꼽을 수 있는 게일의 존재감은 가공했다.
그 압박감에, 존재감에 칼은 뱀 앞의 개구리마냥 몸이 굳었다.

'하악!'

가쁜 숨조차 토해낼 수 없을 정도로 숨이 막혀왔다. 한데 그의 눈에
잡힌 게일은 왜 그리도 느리게 움직이는지. 차라리 정신을 잃어버리면

저 미칠 것 같은 느낌을 느끼지 않으련만. 칼의 정신력은 게일의 존재
감을 느끼고 의식을 유지할 수 있는 수준까지 강해진 것이다.

칼의 눈에 비친 게일은 천천히 창을 오른쪽 위에서 왼쪽 아래로 그
었다. 게일의 손놀림에 따라 먼지들이 깨끗이 베어졌다. 눈에 보이지
않는 위험이 그를 향해 날아오고 있었다.

'……!'

그 순간 머리에 무엇인가가 벼락같이 꽂히는 느낌과 함께 칼의 신형
이 비틀렸다. 모든 것이 느리게 움직여 보이던 것도 사라졌다. 대신 그
자리를 채운 것은 날카로운 감각. 그 순간 칼의 감각은 놀라울 정도로
확장되어 공기 중의 미세한 먼지즈차 느낄 수 있을 정도였다.

콰가가가가!

상반신을 기이하게 비틀어 무언가를 피하는 순간 귓가에 벼락이 떨
어진 듯한 괴성이 들렸다. 바로 귓가를 스친 듯 칼의 귓불에서 생채기
와 함께 피가 터졌고 오른쪽 어깨가 화끈해졌다. 무언가를 피한 방향
에서 터져 나온 강한 힘에 떠밀려 칼은 왼편으로 쓰러졌다.

"으윽!"

저도 모르게 어깨를 보자 오른쪽 어깨가 온통 피로 물들어 있었다.
자세히 보니 어깨 근육이 뭉텅 잘려 나간 듯 어깨의 곡선이 온데간데
없이 평평하였다.

"흠? 피하다니."

게일이 신기한 듯 조그맣게 중얼거렸지만 칼은 어깨에서 느껴지는
타는 듯한 고통 중에서도 게일의 말을 들을 수 있었다. 칼이 생각하기
에는 그것은 당연히 맞아 죽어야 하는데 죽지 않으니 신기하다는 의미
로밖에 해석되지 않았다. 화가 울컥 치밀어 올랐지만 어쩌랴. 상대는

마스터였다. 칼은 길리언의 엉덩이를 받치고 있는 왼손에 단단히 힘을
주었다.

'여차하면 굴러야지!'

그러나 그것은 어디까지나 칼의 생각일 뿐, 그의 몸은 결코 게일의
공격 속도를 쫓아갈 수 없었다. 피한 것도 어디까지나 요행. 그것을 잘
알고 있는 칼은 이를 악물었다.

확실히 끝내 버리겠다는 듯 게일이 몸을 박차고 화살처럼 칼에게 다
가왔다. 그 순간 칼의 오른편에서 먼지구름을 뚫고 누군가의 주먹이
게일을 후려쳐 갔다.

칼은 저도 모르게 소리쳤다.

"세이진님!"

성진의 신형이 워낙 빨라 희뿌옇게 보일 정도였지만 기이하게도 칼
은 성진의 얼굴을 똑똑히 볼 수 있었다. 그의 얼굴에 맺혀 있는 미소까
지도 말이다. 칼은 삶의 기회를 마련해 준 신에게 감사드리며 재빨리
그곳을 빠져나갔다.

성진의 권격을 상체를 비틀어 피한 게일이 창을 내질렀다. 그러나
성진이 그것을 용납할까. 창이란 일정 거리가 있어야 가장 극대화된
위력을 발휘할 수 있는 무기. 불과 50cm의 지척에서는 오히려 거추장
스러운 무기였다. 그리고 그 같은 근접전은 갖은 박투술 및 격투기를
수련한 성진에게 최적의 거리였다.

단 한 걸음에 상대와의 거리를 제로로 만들어 버린 성진은 주먹을
가볍게 쥐고 번자권 형태로 주먹을 날렸다. 근육과 경력이 조화되면서
강력한 탄경(彈徑)이 뿜어져 나왔다. 주먹이 우윳빛 광채로 빛날 정도
니 맞으면 게일도 필히 성치 못할 위력이었다.

"크윽!"

게일이 경악성을 내뱉으며 창을 돌리자 푸른 빛이 감돌더니 온통 게일의 몸을 감쌌다. 하나 성진의 권격은 빨랐다. 처음 뻗어 나간 주먹의 잔상이 두 번째 주먹의 잔상과 겹치고 다시 세 번째 잔상과 겹쳤다. 이렇게 되자 거대한 주먹의 파도가 한 번에 몰아치는 듯한 환상이 만들어졌다.

투다다다닥!

강철을 후려치는 소리가 울려 퍼지며 게일이 만든 초록빛 방어막 위에 성진의 권력이 꽂혔다. 하얀 유성, 수십, 수백 발이 폭발하듯 성진의 몸에서 튀어나와 빗살처럼 게일의 몸에 꽂혀갔다. 게일이 피워 올린 초록 빛 반구가 우윳빛으로 잠식당하더니 온통 하얀 빛으로 도배를 하였다.

"허억……!"

그 모습에 오십여 인의 무리들은 하나같이 입을 딱 벌릴 수밖에 없었다. 오러 유저의 오러 따위는 이런 광경에 비하면 일 푼의 가치도 없는 순간이었다.

귀가 따가울 정도의 폭음과 함께 미친 듯이 대기가 요동 쳤다. 사방이 막힌 실내에서 공기가 요동 치니 이곳에 폭풍이 강림한 듯 무시무시한 바람이 쉴 새 없이 몰아쳤다.

가뜩이나 조금 전에 열폭풍이 몰아쳐 실내 온도가 잔뜩 올라간 판에 이렇게 다시 대기가 요동 치니 호흡이 곤란해졌다. 숨이 탁탁 막혀왔다. 이제 막 성진의 해독제로 인해 의식을 찾아가던 샤이라는 미간을 찌푸렸다. 좋지 않았다. 이렇게 대기가 요동 치게 하려면 근접전에서 직접 몸을 부딪치는 수밖에 없었다. 그 점이 샤이라에게 걸렸다.

'너무 근접해도 좋지 않아요. 게일에게는 아직 수가 남아 있습니다.'

전해주지 못한 것이 못내 걸렸다. 그러나 어쩌랴. 그녀는 지금 움직일 수도 입을 열어 말을 할 처지도 못 되었다. 해독제로 인해 겨우 목숨을 건진 셈이니 이대로 마력을 회복할 때까지 기다리는 수밖에 없었다. 그녀는 다시 눈을 감았다.

마력의 흐름이 되살아나기를 기다리며.

성진은 휘몰아치는 권력을 조절하여 한 점으로 모았다. 전체적인 압박보다 역시 힘의 집적이 효율적인 것이다. 그러자 성진의 몸에서 뿜어져 나가는 하얀 유성이 점차 하나로 모이더니 마치 은하수처럼 변하여 게일의 방어막을 후려치는 것이 아닌가?

하나가 둘이 되고 둘이 셋이 되더니 이윽고 여섯이 되었다. 합해지고 또 합쳐져 이윽고 곱해지더니 제곱으로 불어나는 권력의 압력에 게일은 그야말로 미칠 지경이었다. 역시나 한순간이었다. 한순간의 틈으로 인해 수세와 공세가 위치를 바꾸는 것이다. 목숨이 위험할 정도로.

거대한 물결을 어찌 둑으로 막을쏜가. 성진이 뿜어내는 권력의 물결이 연신 게일의 방어막을 두들겼다. 지면을 밟은 게일의 두 발이 권력의 압력에 밀리며 밭고랑을 만들었다. 바위처럼 딱딱한 지면을 그렇게 부수니 그 권력을 정면으로 받아내는 게일이 느끼는 압력은 얼마나 클 것인가. 게일은 피가 역류하는 듯한 고통을 느꼈다.

우지직!

이윽고 성진의 권력을 견디다 못한 창이 조금씩 부서져 나갔다. 중첩되는 성진의 권력이 게일의 오러를 뚫고 창에 영향을 미친 것이다. 한번 부서지기 시작하니 마치 모래성처럼 와르르 무너져 갔다. 게일은 황급히 몸을 뺐지만 성진의 주먹이 약간 빨랐다.

'퍼억' 소리와 함께 게일의 상체가 들썩이더니 뒤로 튕겨져 나갔다. 허공에서 몸을 비튼 게일이 땅에 착지했다. 게일의 입에서는 가느다란 선혈이 흘렀고 그의 가슴에는 주먹 자국이 찍혀 있었다.

흉골이 내려앉지는 않았지만 금이 간 듯 상당한 고통이 밀려왔다. 게일은 그런 가슴을 왼손으로 살짝 훑더니 온몸에 힘을 주었다. 초록 빛 오러가 불꽃처럼 피어오르며 연신 뚜두둑거리는 소리가 울려 퍼졌다. 오른손을 흔들자 겨우 형체를 유지하고 있던 창이 부스러져 나갔다. 재질은 알 수 없지만 분명 금속으로 만든 것이거늘 먼지로 변하는 것이다.

성진은 눈을 빛냈다. 무엇을 준비하는지는 알 수 없지만 틈이 생긴 것이다. 성진은 창생력을 운용하기 위해 의지를 모았다. 그런데… 창생력이 발동되지 않았다. 어이없게도 이 공간에 존재하는 창생력이라고는 조금도 없었다. 조금 전 샤이라의 해독제를 만들며 모조리 끌어써버린 것을 제하고라도 좀 더 거대한 영역에 대해 영향력을 행사했거늘 창생력이 한 톨도 모여들지 않는 것이다.

자신이 아우르는 영역에 창생력이 없다 하더라도 창생력에는 물과 같은 성질이 있다. 높은 곳에서 낮은 곳으로, 밀도가 큰 곳에서 작은 곳으로. 창생력이 없는 공간이라도 그 같은 이치에 따라 창생력이 다시 흘러 들어와야 정상이었다.

'이런 낭패가!'

성진의 생각이 공간의 균열에 미쳤다. 아무래도 공간의 균열이 이미 이곳 전체에 퍼진 것 같았다. 공간의 균열이 창생력의 유입을 가로막은 것이다. 그렇기에 성진이 포괄하는 영역에 창생력이 조금도 남아 있지 않은 것이다.

게일이 성진에게 몸을 날리며 오른손을 크게 떨치자 손 부근에서 기이한 진동이 일어났다. 그와 함께 날아가던 금속 먼지들과 땅에서 돌 조각이 함께 치솟았다. 그와 동시에 손바닥에서 핏물이 터져 나오더니 한데 뭉치기 시작하였다.

상이한 세 가지 재료가 허공에서 이리저리 뭉치더니 기다란 창 형태로 변하였다. 이윽고 은은한 적갈색 빛을 뿌리던 창이 가슴이 울릴 정도의 낮은 저주파와 함께 그 형태를 완벽하게 드러냈다.

흙과 쇳가루와 피가 어우러져 만들어졌다고는 믿기지 않았다. 그도 그럴 것이 창대는 은은한 적갈색의 금속성 광택의 띠고 있었으며 그 표면에는 알 수 없는 기이한 선들이 새겨져 기이한 문양을 만들고 있었다. 창날 부근에는 두 개의 고리가 달려 있었는데 가슴을 울리는 낮은 저주파가 그곳에서 발생되는 것인지 미세하게 떨려 보였다.

유노는 그게 무엇인지 알고 있었다. 정확히 표현하자면 그것을 묘사해 놓은 것을 읽었었다. 그렇기에 적갈색 잔광을 뿌리며 낮은 진동음을 토해내는 저 창에 절망하고 말았다. 설마… 저 신기가 이곳에서 현신할 줄이야.

"대지의… 창(Spear Of Earth)!"

태초 그랑디아 여신이 그녀의 자식들에게 베푼 두 가지 무기. 세계수의 수꽃을 상징하는 쿠르시아 엘프 족에게는 대지의 창을, 세계수의 암꽃을 상징하는 라디아 엘프 족에게는 청공의 활을 주었다고 하였다. 몇 번이나 등장해 그 강력함을 여실히 증명한 청공의 활과는 달리 이제껏 단 한 번도 역사 속에 등장하지 않아 그저 허구라고 칭했던 무기. 그저 전설, 혹은 성경 속에서만 그 위력이 절절히 표현되었다. 하늘을 가르고 땅을 쪼갠다는 위용. 시전자가 두 발로 땅을 딛는 한 무한한 힘을 안겨준다는 무기였다.

신기란 사용자에 따라 그 위력이 판이하게 달라지는 법. 마스터가 사용한다면 그야말로 절망이었다. 그 강대한 정신으로 얼마만한 에너지를 이끌어낼지는 게일이 사용한 바가 있는 청공의 활에서도 충분히 입증되었다.

"신이여… 보우하소서……."

참담하게 얼굴을 일그러뜨린 유노는 결국 고개를 떨어뜨리거 중얼거렸다. 성진이 제아무리 강하다고 하지만… 신기까지 빼 든 마스터에게는 당할 수가 없을 것이다. 결코.

유노의 말과 감정을 느낀 샤이라는 뭔가 괴이함을 느꼈다.

마스터란 그 자체가 자유. 모든 고리를 끊고 세상을 바라볼 수 있는 눈을 갖춘 존재. 그런데… 마스터가 어떻게 신기를 사용할 수 있을까. 그저 엘프라는 이유 하나만으로?

그녀는 부조리하다는 것을 느꼈다. 뭔가 맞지 않는다. 그녀가 알고 있는 마스터의 정의와 달랐다. 신성력은 유한자에 한해서 발휘되는 힘이 아니었던가? 같은 신성력이거늘 어찌하여 마스터에게 신성법에 의한 치유는 통하지 않고 마스터가 신기에서 이끌어낸 신성법에 의한 파괴는 가능하단 말인가.

샤이라는 입을 열어 묻고 싶었지만 그녀는 움직일 수 없었다. 극독이 거의 해독되자 그녀의 의식이 신체와 강제로 괴리되어 자가 치유를 시작한 것이다.

게일이 성진에게 창을 크게 휘두르려 하자 성진은 미간을 좁혔다. 성진은 검을 상상했다. 그가 강력하게 염원하자 보이지 않는 검이 성진의 머리 속에서 만들어지며 게일을 겨눴다. 하나 성진의 상상이라 할지라도 그것은 진짜였다. 그의 초월적인 의지가 법칙에 선행하였으니 검은 실존하며 또한 벨 수 있는 것이었다.

게일은 크게 놀라 몸을 뒤집어 뒤로 물러섰다. 보이지 않는 무언가가 그를 겨누고 있었다. 피부가 베일 것 같은 예기와 섬뜩함을 느꼈다.

"뭐지요?"

"당신을 일격에 죽일 수 있는 것."

성진의 말은 과언이 아니었다. 그가 베리라고 생각한다면 정녕 검은 벨 것이다. 조금 전 보이지 않는 무언가가 게일의 코피를 터뜨렸듯이. 아니, 이번에는 단순히 생채기로 끝나지 않을 것이다. 지금 이 순간 만들어낸 의지의 검은 세상의 그 무엇도 벨 수 있었다.

성진은 이 상황을 단숨에 끝내려고 마음먹었다. 이미 마지막 카드를 빼 들었으니 거칠 것이 없었다. 그의 일수(一手)면 게일은 이 등분 될 터였다.

하나 성진은 검으로 그를 벨 수 없었다. 잠시 게일과 시선을 교환하던 성진은 이윽고 한숨을 토해내고는 마음속에서 검을 지웠다.

"뭔가 하고 싶은 말이라도 있는 겁니까?"

그와의 일전은 진실한 싸움이 아니었다. 힘을 절제하여 싸웠다. 그렇기에 이 통제실이 멀쩡했고 그의 동료들과 갑작스레 난입한 이방인이 살아 있을 수 있었다. 하늘을 가르고 땅을 부수는 마스터 간의 격돌의 여력은 대륙 전체에 퍼져 있는 모든 오러 유저를 모으더라도 견딜 수 있는 수준을 넘어선 것이었다. 강철이라도 당장 가루가 될 정도이거늘 고기와 뼈로 이루어진 인간이 어찌 버틸 수 있을까.

진실로 게일이 성진을 죽이고자 마음먹었다면 이런 시시한(?) 위력의 공격 따위는 애초에 시작즈차 하지 않았을 것이다.

게일은 피에 젖은 왼손을 들어 보였다. 팔목 위부터 팔꿈치까지 피부가 완전히 벗겨져 버린 게일의 근육이 꿈틀거렸다.

"몬스터의 기원을 아십니까?"

게일은 왼팔에 오러를 집중하였다. 푸른 오러가 넘실대더니 출혈이 멎었다. 이윽고 얇은 피막 같은 것이 치솟더니 찢겨져 버린 피부를 감쌌다. 깊은 적갈색. 오히려 핏빛이라 부를 만한 피부가 꿈틀거리는 근육을 가렸다. 게일이 스스로 치료하는 모습을 유심히 본 성진은 차분히 게일의 뒷말을 기다렸다.

"세상이 태어난 태고, 그리고 제1기. 그 당시에는 몬스터란 존재가 없었지요. 오크도 없었고 트롤도 없었습니다. 오거도 없었지요."

모두의 표정에 의혹이 가득했다. 도대체 무슨 의도로 저런 말을 하는 것인지 알 수 없었다. 하나 게일은 개의치 않고 말을 이었다.

"숨겨진 진실. 감춰진 비사. 세상의 이면은 추악합니다. 마스터란 자들은 단지 밝은 면을 보고 까달은 존재. 당신이 당신으로 존재하기 위해, 내가 나로 있기 위해, 우리가 우리로 살기 위해 그런 진실은 가려지는 것이 좋지요. 하나 아무것도 모르다가는……."

게일은 순간 말을 끊었다. 그의 표정에는 어둠이 서려 있었다. 게일은 고개를 저었다.

"아직 시간이 되지 않았으니……."

작게 중얼거린 게일은 완전히 입을 다물었다. 치켜뜬 그의 눈이 점차 초록빛을 띠기 시작하였다. 게일의 몸에서 숨 막힐 듯한 존재감이 피어올랐다. 신기라는 대지의 창이 있으니 더욱 증폭된 듯하다.

기세가 공간을 격하고 모두에게 퍼져 갔다. 용병들은 본능적으로 떨기 시작하였으며 오러 유저인 칼과 드골 백작은 등으로 식은땀을 흘리기 시작하였다.

게일이 뿜어내는 기운을 느꼈는지 샤이라가 눈을 떴다. 샤이라가 눈을 뜨자 그녀가 회복 중인지를 알 턱이 없는 유노가 눈을 동그랗게 뜨고는 그녀의 얼굴을 보았다. 샤이라는 눈을 두 번 깜빡이더니 질끈 감았다. 샤이라의 돌연한 행동에 유노가 똑같이 눈을 질끈 감는 그 순간 게일의 눈에서 밝은 안광이 플래시처럼 터졌다. 때마침 대부분 사람들의 시선이 게일에게 몰려 있었던 터라 그 빛을 모두 볼 수 있었다.

기이한 안광은 사람들의 정신을 난도질했다. 성진조차 순간 정신이 아찔할 정도였으니 오죽할 것인가. 용병들 중 정신이 나약한 자는 그대로 자아가 분쇄되어 버렸고 그나마 나은 자는 의식을 잃었다. 칼은 무언가 머리를 후려치는 충격에 눈앞이 까맣게 변하며 그 자리에서 쓰러졌다.

베르트 또한 그 빛을 보았다. 그러나 그는 운이 좋지 않았다. 터져 나온 섬광은 그의 정신을 후려쳐서 깨끗이 부숴 버렸다. 그는 절명하였다.

의식을 잃지 않은 자는 등을 돌린 채 통제에 열중하였던 하이단과 뒤로 돌아앉아 있었던 타키안, 기적적으로 샤이라에 의해 구함받은 유노뿐이었다.

"쓸 만한 자는 한 명뿐이군."

게일의 중얼거림에 성진은 온전히 서 있는 한 명을 보았다. 가장 처음 그에게 검을 빼 들었던 중년인. 드골 백작이었다. 흰자위만 드러낸 채 부들부들 떨던 드골 백작의 안광이 초록빛으로 변하며 그의 검게 탄 피부가 검붉게 물들었다.

우드득거리는 소리와 함께 몸에 걸친 옷이 한순간 터질 듯이 부풀어 올랐다. 전신의 근육이 부풀어 오른 드골 백작의 모습은 기이할 정도로 언밸런스하였다. 게일은 낮게 중얼거렸다. 그 누구도 들을 수 없을 정도로.

하나 성진은 게일의 입술을 읽었다. 그리고 알았다. 순간 전율이 스쳐 지나갔다. 언젠가 엿보았던 오크의 본능 속에 간직되었던 태초의 각인이 생각났다. 그 당시 의아했던 것이 풀렸다. 모든 것이 톱니바퀴처럼 맞물렸다.

게일이 했던 말, 표정. 그리고 그의 행동. 모든 것이 이해되지 않았지만 무엇인가 존재했다. 그것이 분명 자신이 알아낸 진실과 연관되어 있는 것 같았다. 그러나 확신할 수 없었다. 머리 속이 헝클어졌다. 무언가 그가 모르는 거대한 것이 돌아가는 듯했다. 그 돌아가는 거대한 것에 분명히 그의 자리 또한 있을 것이다.

'이것이… 내가 이곳으로 오게 된 이유인가? 운명의 끈이란 것이 이 톱니바퀴를 맞추기 위해 존재한 것인가?

순간 이 세계로 오게 된 동기가 떠올랐다. 어쩌면 그와 이어져 있다는 부부지연 같은 것은 애초에 존재하지 않았을지도 모른다. 차가운 것이 가슴 한구석에 스멀거렸다. 성진은 애써 그러한 생각을 지워 나갔다.

'누군가 죽을지도…….'

문득 그러한 생각이 떠올랐다. 이유는 알 수 없었다. 그것이 예지인지 그의 단순한 느낌인지 알 수 없었다. 그저 떠올랐을 뿐이었다. 어쩌면 그 자신이 될 수도 있다. 죽음의 손길은 누구에게나 공평한 법이다. 심지어 마스터까지도.

*　　　*　　　*

　세르피아는 암흑을 기었다. 암흑을 걸었다. 암흑을 달렸다. 암흑을
날았다. 과연 그녀가 움직이는지 세상이 움직이는지 알 수 없다. 아니,
움직이는 것은 중요하지 않았다. 그저 보라는 말을 따를 뿐.
　그러나 이 어두컴컴한 공간에서는 아무것도 볼 수도, 만질 수도 없
었다. 하나 알 수 있었다. 회오리치는 저 공간 너머 무엇인가가 존재하
였다. 끊임없이 소리가 들려왔다. 아니, 그것이 과연 안에서인지 밖에
서 들려오는 것인지 분간할 수 없다. 단지 그것을 좇을 뿐.

　보라. 보라. 보라.

　육신이 진동하고 절규한다. 화산처럼 터져 오르는 분노와 증오와 슬
픔이 저 멀리 있는 무언가에 호응받아 커져 간다. 머리 한쪽이 뜨거워
지고 한쪽은 차가워진다. 왼손이 타오르고 오른손이 얼어붙는다.
　둘이 되었다. 머리가 갈라지며 서로 각기 다른 두 개의 입이 생겨났
다. 뜨거운 것은 증오. 분노. 그리하여 뜨거운 입이 소리친다.

　네가 보는 것이 과연 진실인가. 그러한가. 그렇다면 보라.

　피에젖은엘프의몸위에서인간이몸부림을치다. 복부를가른엘프의배
에머리를박은인간이웃으며간을씹어먹다. 우는아이를겁간하여손발을잘
라씹어먹는다. 그뿐만인가. 어미가자식을먹고아비가어미를죽인다. 유아

를강간하고노인을간살한다.

그게 바로 인간이다.

그러자 차가운 입은 부정한다. 차가운 입은 이성. 사랑. 차가운 입이 노래한다.

그렇지 않다.

네가힘이들어쉬려했을때웃으며다가서는존재. 남을위해기꺼이자신의생명을던질줄아는존재. 그의자식이아니면서도자신의살을먹여키우는존재. 희생할줄아는존재.

그것이 바로 인간이다.

차갑고도 따뜻한 입이 생겨났다. 그것은 중도. 절제. 새롭게 태어난 차갑고도 뜨거운 입은 말한다.

그것도 아니다. 그 모든 것이 인간이다.

두 가지의 목소리가 서로 말하자 하나가 태어나 조절한다. 셋이 하나고 하나가 셋이라. 이윽고 가슴이 갈라지며, 배가 갈라지며 세르피아가, 내가, 그녀가 생겨났다.

세르피아는눈을돌렸다. 나는눈을돌렸다. 그녀가눈을돌렸다. 시선이맞물려,시선이맞물려,모두가합쳐져하나로돌아간다. 세르피아가손을뻗어맞잡는다. 내가손을뻗어맞잡는다. 그녀가손을뻗어맞잡는다. 세르피아의손을,내손을,그녀의손을만진다. 네가나이고그녀가나이고세르피아가나이다. 하나가셋이고셋이하나이니. 세르피아가누구이며내가누구이며그녀가누구인가.

우리는 모두 하나인가? 아니면 하나가 셋인가. 우리는 누구인가. 세르피아가 누구인가. 내가 누구인가. 그녀가 누구인가.

서로가서로를본다. 서로의얼굴을만지며서로의입술을부비며서로의가슴을쓰다듬는다.

우리는 같다. 그렇다면 우리 셋은 하나인가?

뜨거운 나는 말한다.

나는 인간을 증오한다.

차가운 그녀가 말한다.

나는 인간을 사랑한다.

중도의 세르피아가 말한다.

나는 인간을 증오하며 사랑한다.

세르피아의, 나의, 그녀의 시선이 얽힌다. 서로의 말이 다르다. 그렇다면 과연 우리는 하나인가. 셋인가.

의문을 제기하자 의식이 확장된다. 눈앞의 암흑이 가늘고 긴 하얀 빛으로 양분된다. 이윽고 가느다란 빛이 커지더니 가장 위쪽의 암흑은 붉은빛으로 가운데는 하얀빛으로 밑은 푸른색으로 채색된다.

세르피아가, 내가, 그녀가 그것을 본다. 이제 보니 그 빛은 세르피아의, 나의, 그녀의 빛이다. 그렇다면 우리는 저 빛에 속한 것인가, 아니면 저 빛이 우리에게 속한 것인가. 처음이 암흑이었고 다시 셋으로 나뉘었다. 그렇다면 다시 하나로 돌아갈 수 있는 것인가 우리는 인간을 사랑하고 증오할 수 있는 것인가.

중도의 세르피아가 말한다.

그것은 알 수 없다.

그러자 세상이 일그러지기 시작한다. 중도가 부정한다. 알 수 없다 한다. 그렇다면 무엇을 믿을 것인가.

내가, 그녀가 말한다.

우리는 무엇을 믿을 것인가.
우리는 무엇을 따라야 하나.

일그러지는 세상이 붉은 빛으로 잠식당하더니 온 천지가 붉은 어둠으로 휩싸였다. 그 한 귀퉁이에서 노란 빛이 일기 시작하더니 붉은 어둠과 섞여 희미한 잔광(殘光)이 만들어진다. 작게 깜박이던 잔광이 이윽고 세르피아에게, 나에게, 그녀에게 말한다.

나를 믿으라. 나를 따르라.

세르피아가, 내가, 그녀가 서로를 본다. 믿을 것인가. 따를 것인가. 뜨거운 내가 고개를 끄덕인다. 차가운 그녀도 고개를 끄덕인다. 세르피아는 고개를 젓고 싶다. 하나 셋은 하나. 중도의 세르피아도 고개를 끄덕인다.

볼 것을 찾지 못하였으니 홀로 설 수 없다. 그렇다면 의지해야 한다. 셋은 하나. 하나는 셋. 셋이 일치하니 잔광을 따른다.

세르피아가 잔광을 잡는다. 내가 잔광을 잡는다. 그녀가 잔광을 잡는다.

그 순간 붉은 어둠이 폭발하며 노란빛으로 채색되었다.

*   *   *

숨 막힐 것만 같은 긴장감이 흐르는 가운데 벽 한구석에 흙먼지를 얹은 채 처박혀 있던 그것은 그렇게 조용히 움직였다.

키리릭— 키릭—

금속 물체가 바닥을 구르며 내는 미약한 소음이 울려 퍼졌지단 누구도 신경 쓰지 못했다. 하이단은 통제에 열중하느라, 유노는 게일의 압박감에 짓눌러 숨조차 제대로 쉴 수 없는 상황이었다. 그런 마당에 어찌 그런 작은 소음을 들을 수 있을까.

제대로 들은 사람은 성진뿐이었다. 그러나 성진도 고개를 돌려서 확인할 수 없었다. 무엇인지 알 수는 없지만 작은 물체가 구르고 있다는 것을 감각으로 느낄 수 있었다. 구르는 그것은 점점 가속화되더니 경사도가 높은 곳을 굴러 넘기도, 돌을 피해가기도 하였다.

금속이 구르는 소음을 압탁감에 짓눌러 정신없던 유노마저 들을 수 있을 만큼 커질 무렵 그것은 어느덧 쓰러져 있던 세르피아의 근처까지 도달했다. 유노는 자기도 모르게 중얼거렸다.

"엇? 청공의 활이 어째서……?"

유노의 중얼거림을 듣기라도 했을까? 잠시 멈칫하던 그것은 활짝 펼쳐져 있던 세르피아의 오른손 위로 재빨리 올라갔다.

'음?'

성진은 순간 흠칫 놀랐다. 이제껏 죽은 듯 거의 느껴지지 않았던 세르피아의 기가 폭발하듯 커져 가기 시작한 것이다. 처음에는 조금씩 커지더니 어느새 눈덩이처럼 불어나 예전의 세르피아조차 만들어내지 못할 만큼 엄청난 기를 뿜어내기 시작하였다.

그 기세가 어찌나 큰지 게일조차 순간 성진에게서 시선을 떼고 그녀를 돌아보았다.

투웅—

대기가 떨리는 공명음이 세르피아의 몸에서 터져 나왔다. 피부가 얼얼할 정도였다. 도대체 무슨 일이 벌어진 것인가.

성진마저 시선을 뒤로 돌리던 그때 세르피아가 서서히 몸을 일으켰다. 고개를 한껏 뒤로 젖힌 채 몸만 천천히 일으키는 모습이 자못 음산하기까지 하였다.

—샤아아.

낮고 어둡고 음울한 한숨 같은 의념이 퍼졌다. 그 속에서 느껴지는 차가움에 유노는 자기도 모르게 몸서리쳤다. 아니, 몸서리를 친 것은 한기(寒氣) 때문이었다. 열폭풍이 휩쓸고 지나간 이곳에 한기라니. 그러나 피부로 느껴지는 이것은 분명히 한기였다.

유노는 세르피아를 보았다. 믿을 수 없겠지만 그가 느끼기에 한기의 발원지는 분명 세르피아였다. 아니, 그것은 감각의 혼재였다. 주위는 분명 후텁지근하였다. 목덜미로 흐르는 땀이 그것이다. 하나 온몸이 몸서리쳐질 정도로 느껴지는 이 냉기는 무엇이란 말인가.

성진은 불길함을 느꼈다. 도대체 무엇 때문인지 알 수는 없지만 세르피아 주위로 마이너스 에너지가 급격하게 증가하고 있었다. 어찌나 거세게 증가하는지 그의 감각으로는 마치 폭발하듯 느껴졌다. 유노가 느낀 한기의 정체는 바로 마이너스 에너지였던 것이다.

그 순간 세르피아의 고개가 내려지며 초록 머리칼이 천천히 허공에 치솟았다. 두 눈을 꼭 감은 세르피아의 머리칼 하나하나에 검고 음침한 기운이 맺히기 시작하였다.

그와 동시에 세르피아의 손에 들린 청공의 활이 울기 시작하였다. 흐느끼듯 낮고 어두운 진동음에 성진의 불길함을 커져만 갔다.

"이런……! 막아야 해!"

성진의 등 뒤에서 게일이 다급하다는 듯 외쳤다. 외침과 동시에 게일이 창을 들더니 허공을 강하게 찔렀다.

콰아아—

신기의 힘과 게일의 오러가 한데 어울린 가공할 만한 힘이 창에서 튀어나왔다. 기이한 소음을 내며 허공에서 나선형으로 꼬인 에너지 다발은 맹렬한 기세로 대기를 가르며 세르피아를 향해 날아갔다.

그 순간 세르피아의 오른손이 움직였다. 세르피아의 오른손에서 피어오른 검은 기류는 그녀를 향해 날아오는 강력한 에너지를 후감더니 놀랍게도 튕겨냈다.

"……!"

허공에서 그대로 반전된 에너지덩어리는 성진을 향해 날아갔다. 미처 몸을 날릴 타이밍을 놓친 성진은 황급히 손을 휘저어 옆으로 흘려보냈다.

콰드득!

강력한 에너지덩어리는 폭발하지도 않고 벽에 아주 깊은 구멍을 만들고는 사라졌다. 그 뒤를 이어 변이한 드골 백작이 달려들었다. 이미 이성을 잃어버린 그는 본능에 따라 검을 뽑아 들고 적이라 생각되는 세르피아에게 검을 휘두른 것이다. 실로 무모하다고밖에 표현할 수 없는 상황이었으나 본능만이 지배하고 있는 자에게 그 같은 상황 판단이 가능할 턱이 없었다.

변이된 근육을 바탕으로 뽑어져 나온 근력과 오러는 꽤나 강력하다고 평할 수 있겠으나 그것은 어디까지나 오러 유저 수준에서 볼 때였다. 드골 백작은 채 세르피아에게 접근하기도 전에 검은 기류에 휩싸이더니 거품을 물고는 멀리 튕겨져 나갔다.

성진의 손바닥에서 멎었던 출혈이 다시 터져 올랐다. 솟구친 선혈이 손가락을 타고 바닥에 떨어졌다.

또옥— 똑—

핏방울이 바닥에 떨어지는 소리가 유난히 크게 울린다. 성진은 두 손을 강하게 움켜쥐었다. 아릿한 아픔이 타고 올랐다. 그 순간 세르피아의 감은 두 눈이 떠졌다. 성진의 두 눈이 커졌다.

활짝 떠진 그녀의 눈은 깊고 어두운 …검은색으로 물들어 있었다.

*   *   *

연기 같은 어둠이 사방으로 휘몰아치고 이윽고 진흙이 되어 콧속으로 파고들었다. 비릿하면서 역겹고, 그러면서도 매우 끈적거리는 것이 온몸을 감쌌다. 숨을 쉴 수가 없었다. 답답했다. 그러나 움직일 수 없다. 손가락 하나조차. 그저 그 끔찍한 고통을 도리없이 느껴야 했다.

구멍이란 구멍을 죄다 이용하여 들어오는지 그 끈적끈적하고 기분 나쁜 것은 눈과 코, 입, 귀, 심지어 항문까지 파고들었다. 눈이 아프고 뱃속이 요동 쳤다.

이윽고 그 연기 같은 어둠이 다 파고들었는지 온몸을 찢어발길 듯 꿈틀댔다. 사지가 터져 나갈 듯한 고통이 들었다. 하나 그 같은 고통을 언제 느꼈냐는 듯 시원해졌다.

'그런데 어떻게 된 거지?'

정신이 나가 버릴 것 같은 쾌감 속에서 한 가닥 의문이 떠올랐다. 지금 느끼고 있는 이 감각이 언젠가 느껴본 적이 있다는 것. 아니, 지금 느끼는 것인지 예전에 느껴봤던 것인지 그것을 알 수 없었다. 그렇기에 답답했다. 이게 진짜인지 그저 상상인지. 자신이 죽었는지 살았는지 알 수 없었다. 그저 날아갈 것 같은 쾌감, 정신이 하얗게 될 정도의 쾌감만이 그를 지배할 뿐.

그러나 그 와중에서도 그가 의문을 가지고 끊임없이 묻고 생각할 수 있었던 것은 너무나도 현실감이 없기 때문이었다.

어둠. 더없이 포근하고 따듯했다. 그가 늘 느꼈던 차갑고 잔혹한 어둠이 아니었다. 이제는 너무 나른해져 그 기분 나쁜 감각도 사라지고 없었다.

생명이 생명으로 살아가려면 과연 …가 필요한 것인가…….

'뭐, 뭐라고……?

무슨 말을 들은 것 같은데 무슨 뜻인지 모르겠다. 그래, 도르겠다. 그 뒤로 뭐라고 웅얼거리는 듯하였지만 그는 귀 기울이지 않았다. 그저 포근한 요람 같은 이 어둠에 파묻혀 있고 싶을 뿐. 하나 그것도 오래가지 않았다.

어디선가 초록빛 섬광이 작열하더니 어둠을 갈기갈기 찢어발겼다. 무섭도록 소름 끼쳤다. 언젠가 본 적이 있는 맹수의 눈보다 더욱 잔혹했다. 그 잔혹한 섬광이 그의 몸을 찢기 위해 달려들었다.

"하악!"

칼은 거친 숨을 뱉으며 눈을 떴다. 눈앞이 어지럽더니 이윽고 안정된다. 몸이 으슬으슬 떨렸다. 이제 보니 온몸이 식은땀으로 축축하게 젖어 있고 피부에는 온통 소름이 돋아 있다. 한데 도통 상황이 이해가 되지 않았다. 왜 이렇게 젖어 있는 건가? 왜 소름이 돋아 있는 건가?

칼은 눈꺼풀 안으로 스며드는 땀을 훔치기 위해 손을 들려 하다가 뭔가 묵직한 것이 들려 있다는 것을 깨달았다. 멍하니 고개를 내려다보니 길리언이다. 한데 왜 눈을 감고 있지? 아!

'드골 놈한테 당했지……'

엉망진창으로 헝클어졌었던 머리가 조금씩 정리되기 시작하였다. 이제까지의 상황이 조금씩 조금씩 떠오르기 시작하였다. 자신이 어째서 이곳에 있는지, 길리언을 왜 안고 있는지를.

한데 어째서 이런 구석에 쓰러져 있는지는 도대체 생각나질 않았다. 도대체 생각하면 할수록 안개 속을 헤매는 듯 가물가물하였다. 머리를 감싸 쥐고 기억해 내려고 쥐어짜서야 정신을 잃기 바로 직전 무언가를 보았다는 것을 알았다. 한데 더 환장할 것은 무얼 보았다는 것인지 기억나지 않았다. 거기에 방금 무슨 꿈같은 것을 꾼 듯한데 그것 또한 생각나지 않았다. 미치고 환장할 노릇이었다.

'뭔가 중요한 것 같았는데.'

그때 그런 칼의 상념을 날려 버리는 거대한 폭음이 울려 퍼졌다.

콰광! 우르릉—

거대한 힘에 밀린 대기가 순간 요동 치면서 기압이 변했는지 칼은 고막이 찢어지는 듯한 통증을 느꼈다. 칼은 귀를 감싸 쥐며 폭음이 터진 곳을 보았다. 그리고 칼은 눈을 부릅떴다.

검은 구름이 일렁이고 있었다. 소름 끼치기 짝이 없는 기류가 세르피아를 감싸고 있었다. 마치 숨을 쉬듯, 심장이 뛰듯 그렇게 일렁였다.

어둠은 공포이자 증오였다. 숨 막힐 듯한 격한 감정이 공기를 타고 느껴졌다. 비린내와 썩은 냄새. 분명 어디선가 맡아본 냄새였지만, 익숙한 냄새였지만 칼은 기억할 수 없었다. 소름 끼치는 공포가 그의 기억력을 좀먹고 있었다.

숨을 쉬듯 일렁이는 공포가 커지면 커질수록 칼의 얼굴은 하얗게 질려갔다. 주위에 운 좋게 죽지 않고 정신만 잃고 쓰러져 있던 용병들도 본능적인 공포를 느꼈는지 몸을 움츠렸다.

무서웠다. 두려웠다. 미칠 것 같았다. 그래서 비명 지르고 싶었다. 절규하고 싶었다. 평소 용의 심장을 삶아 먹었다는 우스갯소리마저 들었던 그가 본능적으로 몸을 떨었다.

왜? 왜냐고? 알 수 없다. 그저 무서울 따름이었다. 두려움이 구토가 되어 터져 나올 것 같았다. 잦아들었던 식은땀이 다시 용솟음친다. 숨이 가쁘고 가슴이 아팠다. 심장이 아팠다. 두려움 때문에 죄어드는 듯.

그때 칼은 무엇인가를 보았다. 극심한 공포 속에서 놀랍게도 그는 그것이 무엇인지 알 수 있었다. 베르트였다. 그런데… 얼굴 반쪽이 보이지 않았다. 그의 왼쪽 얼굴은 무엇인가에 짓이겨졌는지 사라졌고 희멀건 뇌수와 허연 두개골이 사라진 부분을 통해 드러나고 있었다.

지인(知人)이다. 한때 기사단에서 눈물과 땀을 함께했던 친구였다. 한데 죽었다. 어떻게 죽었는지조차 알 수 없을 정도로 처참하게 죽었다. 허연 뇌수가 붉은 핏물 위에 떠다녔다.

공포가 배가되었다. 눈앞이 검게 변했다. 칼은 결국 고개를 돌려 토하고 말았다.

하이단은 등 뒤에서 무시무시한 기세를 느꼈다. 눈으로, 정신으로 지하 도시를 보고 있었으나 몸은 통제실에 있었다. 육체가 놀라 반응할 정도니 뭔가 사단이 난 것이 틀림없었다.

하나 손을 뗄 수가 없었다. 성진이 부탁한 일이다. 마스터가 부탁한 일이다. 부탁이라 함은 믿음을 바탕으로 하는 것. 함부로 주지 않는 마스터의 믿음을 저버릴 수 없었다. 그렇다고는 해도 이건 너무나 소름 끼쳤다. 정신이 아찔해질 정도로.

이를 악물고 참아보려 하였지만 그것도 잠시, 공포가 육신을 뛰어넘어 정신으로 침입했는지 눈앞이 흐릿해졌다. 집중이 무너지자 통제 시스템과 하이단과의 싱크로률이 떨어지는지 눈앞이 흐릿해지기 시작했다. 고대어가 일그러지기 시작하고 눈앞에 그려진 도시가 뒤틀렸다. 노이즈가 끼기 시작한 것이다.

이윽고 하이단은 구토기를 느꼈다. 무언가 참을 수 없는 것이 터져 나오려는 듯 몸은 끊임없이 울어댔다. 그렇지 않으면 폭발해 버린다는 듯.

눈앞에 실낱같은 어둠이 회오리쳤다. 고대어가 어두워지고 이윽고 사라졌다. 눈앞에 그려진 물에 잠긴 도시도 일그러져 간다.

'아직 삼 분지 일이나 남았거늘!'

포기할 수 없었다. 아직도 수십, 수백만 갤런의 물이 더 도시로 유입되어야 했다. 여기서 하이단이 손을 떼어버린다면 계획은 미완성. 어떻게든 물을 채워놔야 했다.

하나 그런 의지도 머리끝까지 미치는 원초적인 공포를 당해내기 힘들었다. 뱀 앞에 개구리가 기를 못 펴듯 소름 끼치는 감각이 전신을 엄습하였다. 죽을 것 같았다. 무언가가 그의 몸을 난도질하여 씹어 먹어버릴 것 같은 느낌이 등골을 타고 올랐다.

그는 개미였다. 그리고 공포는 거대한 코끼리였다. 거대한 코끼리는 그 큰 발을 들어 개미를 짓눌러 갔다. 머리 위로 그늘이 지고 숨 막힐 것 같은 압박감과 공포가 흘러넘쳤다.

사색이 된 하이단은 저도 모르게 손을 움직여 어느 고대어를 눌렀다. 그러자 격벽이 움직여서 수문을 통해 유입되던 물을 차단하였다. 흘러드는 물줄기가 끊기자 도시 가득 피어오르던 물보라가 서서히 사그라졌다. 그와 동시에 하이단의 정신은 도시의 통제권을 잃고 내동댕이쳐졌다.

손에 잡힐 듯이 커졌건 도시가 어느덧 작아지더니 깨알만해지며 낭떠러지 아래로 떨어지는 듯한 낙하감이 하이단을 엄습했다.

그러나 그런 상실감 자위는 하이단에게는 아무런 영향도 되지 않았다. 그저 이 미칠 것만 같은 고통에서 벗어날 수 있다면 무슨 짓이든 다 하겠다고 생각할 정도였다.

하얗게 질린 하이단은 허리를 숙이더니 격렬하게 토했다. 눈앞이 흐려지더니 눈물이 고였다. 눈물로 흐려진 시야로 그는 그가 토해낸 토사물을 보았다. 그의 공포로 채색된 듯 토사물은 검고 붉었다.

하이단은 그것이 공포라고 생각했다.

*　　　　*　　　　*

그것은 피어(Fear)였다. 눈에 보이지 않는 공포가 실체화되어 살아 있는 모든 것을 위협하였다. 끝도 보이지 않을 엄청난 양의 음차원(陰次元) 에너지가 그녀의 몸에서 피어오르고 있었다. 도대체 어디서.

완벽하게 에너지 보존 법칙을 위배하는 것이었다. 그것은 질서의 파괴. 맑고 잔잔한 오러를 피의 올리던 그녀는 사라지고 그 자리에는 끝도 보이지 않을 어둠이 꿈틀거렸다.

게일은 깊은 탄식을 터뜨렸다.

"어떻게 저럴 수가… 변이(變異)가 일어나다니. 그녀가 왜……?"

최악의 사태가 발생했다. 전혀 생각하지도 못한 일이 닥친 것이다. 어떻게 된 영문인지 알 수 없었다. 이루기 매우 힘든 여러 가지 조건이 부합되어야지만 변이가 발생한다. 도대체 어떻게? 하나 통탄한들 어쩌랴. 이제 와 막을 수도 없었다. 그러기에는 이미 너무 늦어버렸다.

차가운 공기가 흘렀다. 입에서는 김이 피어오르기 시작하였다. 기온이 뚝뚝 떨어지더니 어느새 영하권에 접어들었다. 그리고 그 차가운 공기가 성진의 폐부 깊숙이 스며들며 혼란스러운 그의 정신을 일깨웠다.

―무슨 일입니까.

세르피아의 음울하고 어두운 눈에서 시선을 떼지 못한 성진이 전의 법으로 물었다. 그녀의 눈빛은 매우 차가웠고 뜨거웠다. 증오와 절망, 그리고 살심이 꿈틀거리고 있었다. 아직 겉으로 표출되지 않지만 언제 터질지 모르는 둑처럼 아슬아슬하였다.

성진의 물음에 게일이 무기를 고쳐 잡으며 천천히 투기를 일으켰다. 투기는 성진이 아닌, '그것'을 향했다. 상황이 변했다. 성진도 게일도 그것을 분명히 알 수 있었다. 바보라 할지라도 알 수 있었다. 뭐라 구체적으로 언급하지는 않았지만 게일과 성진은 적에서 협력자로 변해 있었다.

―그녀를 죽여야 합니다. 그렇지 않으면 …전부 죽습니다.

게일의 뜻에 성진의 부동심이 흔들렸다. 그랬다. 성진의 이성도 저것을 멸절시켜야 한다고 말했다. 지금도 그랬다. '저것'은 부조화의 극치, 불합리의 정화. 법칙을 위배하는 것.

그러나…

'내가 과연 그녀를 죽일 수 있을까?

그것이 성진의 마음을 흔들었다. 하나 죽여야만 했다. 뭔지 모르지만… 알 수 없지만 '저것'은 사라져야 했다. '저것'은 더 이상 세르피아가 아니었다. 그녀의 껍질을 쓴 다른 존재였다. 실지로 게일도 변이라고 말하지 않았는가?

한편으로는 과연 그녀를 죽일 수 있을까라는 의문도 떠올랐다. 그와 동시에 왜 자신이 망설이는지에 대한 의문도 잇달았다. 그전에는 달랐다. 그의 이성이 결정하면 움직였다. 가장 효율적이면서도 신속하게 상대를 멸살하고 제압했다. 후회나 갈등도 없었다. 자신이 결정한 것이야말로 가장 올바른 길이라고 자부했었다.

이성과 감성의 부조화.

성진은 처음으로 흔들렸다. 그가 창생력을 얻은 후 단련되었던 정신이 흔들린 것이다. 그가 그토록 되찾으려 했던 감정으로 인해.

성진이 갈등하는 그 짧은 순간 게일이 자리를 박차고 몸을 날렸다. 성진도 반사적으로 몸을 날렸다. 마스터로서의 그가, 관조자로서의 그가, 냉철하고 분석적인 그의 이성이 '그것'의 멸절을 결정한 것이다. 성진은 쓸쓸한 미소를 지었다.

두 마스터가 몸을 날리는 그 순간 강렬한 파동이, 살의가 세르피아에게서 터져 나왔다.

이름없는 자들.

소름 끼치는 뜻이 울려 퍼졌다. 그리고 그 뜻 그득히 담고 있는 살기가 성진의 가슴을 차갑게 식혔다. 망설임은 사라졌다. '저것'은 더 이상 그녀가 아니었다. 달콤하고 향기롭던, 숲의 길을 걸으며 생명체를 편애없는 눈으로 바라보던 그녀가 아니었다. 엘프가 아니었다. '저것'은… 괴물이었다. 성진의 이성은 '저것'을 적으로 규정하였다.

하나 놀랍게도… 미련이 남았다. 때문에 이어지는 게일의 뜻에 마음을 빼앗겼다.

─저것이 무엇인지 아십니까? 저것은… 후훗.

창끝에 서려 있던 초록빛 섬광이 강렬한 일격과 함께 장대처럼 솟아나 검은 기류를 후려쳤다. 호쾌하고 강대하기 이를 데 없는 일격이었다. 대기가 그의 기세에 밀려 요동 치고 서릿발 같은 기세가 사방으로 흘러넘치니 곁에서 같이 공격을 가하던 성진의 피부가 쩌릿쩌릿해질 정도였다.

하나 행동과는 달리 그의 뜻은 쓸쓸하기 이를 데 없었다. 마지막으로 들리는 웃음은, 그것은 고소였다.

게일이 가한 강대한 일격은 허무하게도 검은 기류에 의해 그대로 튕겨 나갔다. 게일이 떨쳐 낸 힘이 쪼개지며 사방으로 산란되었다. 그리고 빛살처럼 사방으로 튕겨 나가는 섬광 틈으로 검은 기류가 회오리치더니 둘을 엄습하였다.

성진과 게일은 몸을 흔들어 회피하였다.

─정확히 말하자면 변이가 아닙니다. 저것은, 저 괴물은… 엘프의 기원(起源)입니다.

"……!"

게일의 뜻에 성진의 신형이 살짝 흔들렸다. 그 바람에 검은 기류가 성진의 옆구리를 스치고 지나갔다. 내려다보니 피부가 시커멓게 죽어 있었다. 이들이 항마력(降魔力)이라 부르는 외부의 힘에 대한 저항력을 무시하고 침입한 것이다. 마스터의 항마력을 무시하고 육체에 손상을 가한 것도 놀랍지만 게일의 말은 너무나 뜻밖이었다. 그렇기에 육체를 통제하던 마음이 흔들려 상처를 입고 말았지 않은가.

'엘프의 기원이라니……'

도대체 뭐가 뭔지 알 수 없었다. 기원이라니. 기원이라 함은 시작. 처음 생겨나 근본이 되는 것. 그렇다면 그들의 선조가 아니던가? 세르피아가 엘프의 선조일 리는 없었다. 게일의 뜻은 그녀의 변이된 모습, 저것이 엘프의 기원이라는 뜻일 것이다. 하나 그가 보았던 라디아 엘프 족은 그렇지 않았다. 그들의 유전자에서도 이상한 것을 발견하지 않았다. 세대를 건너뛰어 발현된다는 격세 유전이 이런 곳에서, 그것도 세르피아에게 발현될 리는 없지 않은가?

도무지 알 수 없었다.

성진의 마음은 '저것'을 적으로 규정하고 있었지만 다른 한구석에서는 '저것'의 원모습인 세르피아를 기억하였다. 그렇기에 성진의 마음은 일치되지 않고 분산되었다. 몸은 공격을 부르짖고 있으나 마음 한구석이 그것을 제지한다. 몸과 마음이 일치하지 않으니 진실한 위력이 나올 리가 없었다. 자연 성진의 공격력은 약해질 수밖에 없었다.

그것을 눈치 챈 게일은 탄식을 터뜨렸다. 지금이 기회거늘, 성진이 주저하고 있었다. 그 홀로 '저것'을 제압할 수 없었다. 변이가 진행 중인 상황임에도 그가 심혈을 기울인 일격을 튕겨냈다. 마스터 둘이 전력을 다해도 제압할 수 있을지 의문이거늘 가장 강력한 적이자 가장 믿음직한 협력자인 성진이 움직이지 않으니 어찌할 도리가 없었다.

'이것이 운명인가……'

이 얼마나 아이러니컬한 상황인가. 운명을 벗어던지고 오히려 다른 자들의 운명을 바라보는 마스터가 우습게도 운명을 찾는다. 상황을 자신의 뜻대로 할 수 없으니 혼돈만이 가득한 미래를 그저 운명이라는 이름 아래 순탄하게 흘러가길 바랄 수밖에 없는 보통 사람들같이 말이다.

게일은 짧은 순간 눈을 감았다. 수많은 기억과 진실이 스쳐 지나갔다. 이윽고 눈을 떴다. 가늘게 떠는 대지의 창을 쥔 손에 힘이 가득 들어갔다.

마스터는 운명을 벗는다. 지배한다. 부순다. 그리하여 새로 엮어 나간다. 그도 그런 마스터이다. 선배들이 일구었던 위업을 그라고 못할쏜가.

게일의 그 같은 결심은 큰 힘을 북돋았다. 성진과의 격전에서 지친 육신이 긴장하면서 깊숙한 곳에 숨어 있던 힘들이 깨어나 다시 타오르기 시작하였다. 덩달아 그의 손에 들린 대지의 창에서 막대한 신성력이 흘러나오기 시작하였다.

마스터가 신성력을 이용한다는 것이 웃기기는 하지만 게일의 본질은 엘프. 어머니가 자식에게 내려준 힘을 그가 이용하지 못할 리가 없었다. 우습게도 그것을 또 다른 형태의 자식에게 사용한다는 것이 문제지만 힘에는 눈이 없다. 힘은 사용하는 자의 의지에 따른 것. 아니, 최소한 그렇게 믿어야지 승산이 있을 듯하다. 그가 내린 최악의 상황이 일어나지 않기만을 바랄 뿐.

게일이 내뿜는 투기가 기하급수적으로 커지자 연신 꿈틀거리던 검은 기류가 이윽고 안정되더니 희미하게 보이던 세르피아의 신형이 확연하게 드러났다.

"후읍……!"

이제껏 숨을 죽이고 지켜보던 타키안이 헛바람을 들이켰다. 정말 그녀인지 되묻고 싶을 정도로 바뀌어 있었다. 아니, 저게 정말 엘프인지조차 의문스러웠다.

검은 피막이 온통 몸을 감싸고 있었다. 가늘고 긴 팔다리는 부풀어 오른 근육과 혈관으로 흉측하기 변해 있었다. 여성체를 나타내는 성징(性徵) 같은 것은 눈을 씻고 찾아봐도 찾을 수가 없었다. 같은 것이라고는 팔다리, 그리고 머리를 갖추었다 뿐 세르피아임을 나타내는 증거는 없었다. 아무것도.

흑발의 긴 머리칼이 아무런 흐름도 보이지 않는 대기 속에서 휘날렸다. 눈동자에는 흰자위 같은 것은 찾아볼 수 없었으며 붉고 촉촉했던 입술도 사라졌다. 이목구비조차 칠흑같이 짙은 검은 피부에 알아볼 수 없었다.

이름없는 자들. 죽어라.

예의 그 살의가 퍼져 나갔다. 이번에는 보다 구체적이었다. 파문을 그리듯 퍼져 가는 살의에 의식이 있든 없든 모두가 본능적으로 두려워했다. 그 압도적인 카리스마에 성진은 자기도 모르게 중얼거렸다.

"대기를 흔드는 살의와 칠흑 같은 어둠. 다크… 엘프인가?"

하나 이것은 실수였다. 말을 한 성진조차 그것을 내뱉고 나서 흠칫 놀랐다. 그러나 그 사소한 것이 치명적으로 작용했다. '저것'과 일전을 준비하던 게일도, 눈을 감을 채 전심으로 회복을 기울이고 있었던 샤이라도 눈을 부릅떴다.

"이런……!"

마스터의 말은 그 자체가 힘이다. 세상을 아우르고 관조하는 마스터의 말 한마디는 때로는 일만의 군사보다 강력했다. 그런 마스터에게, 더군다나 일반적인 마스터보다 월등한 의지를 갖추고 있는 성진의 말은 어떨 때는 그 자체가 언령(言令)이 될 수 있었다.

이름이라는 것은 존재에 대한 정의. 존재에 대한 정의라 함은 그 본질을 인정한다는 것이었다. '그것' 혹은 '저것' 으로 불리던 것에 '다크 엘프' 라는 이름이 정해지자 세상에 미치는 영향력이 급속도로 확장되었다. 음차원 에너지를 끌어와 본질을 유지하던 다크 엘프는 그 영향력을 바탕으로 세상에 재정립되기 시작하였다.

'아! 내가 큰 실수를 저질렀구나!'

그것은 성진이 모르는 이 세상에 감춰진 또 하나의 법칙. 그것을 모르고 있었던 성진에게 무슨 말을 할까. 그저 이 같은 상황에 그 같은 법칙이 적용된 '우연' 을 탓할 뿐. 그러나 우연이라고만 치부하기에는 상황은 너무나도 최악으로 흐르고 있었다.

우우우웅—

터질 듯이 흘러나오던 음차원 에너지는 재정립된 그녀의 몸을 통해 거세게 터져 나왔다. 이제는 폭풍이 되어 통제실을 휩쓸기 시작하였고 그 압도적인 힘에 놀란 공간이 뒤틀리더니 통제실 전체가 일그러지기 시작하였다. 이윽고 통제실을 감싸던 벽들이 뒤로 쭉쭉 물러서더니 종내에는 벽이 있었는지 의문스러울 정도로 넓어졌다. 어느 순간 머리 위를 짓누르던 천장은 사라지고 허허로울 정도로 시린 하늘이 놓여 있었다. 무너지려던 위상 공간의 자아가 다크 엘프가 토해놓은 강대한 힘에 놀라 그 스스로 왜곡하여 무한의 공간을 만들어 버린 것이다.

모두가 이 같은 현상에 당혹하였을 때 다크 엘프는 청공의 활을 쥐고 흔들었다. 그러자 손에 들린 금속 물체에서 활 형상이 아닌 거대한 낫이 뻗어 나왔다. 영롱한 노란 빛이 뿜어져 나오던 낫은 검은 기류에 휩싸이더니 짙고 깊은 검은 낫으로 다시 태어났다.

쾅!

누가 신호할 것도 없이 성진과 게일이 땅을 박차고 뛰어나갔다. 그들 발 밑의 지면이 움푹 꺼지며 굉음이 울려 퍼졌다. 순식간에 성진과 게일, 그리고 다크 엘프 사이의 거리가 0이 되었다. 하나 다크 엘프는 그 0이라는 거리를 베어버리기라도 하려는 것처럼 낫을 휘둘렀다.

"……!"

베어버리기라도 하려는 것이 아니라 정말 베었다! 낫에서 이끌려 나온 거대한 물결이 해일이 되어 성진들을 덮친 것이다. 순식간에 눈앞이 시커멓게 변했다. 얼마나 막대한 힘인지 질량마저 느껴졌다. 성진과 게일은 왔던 속도만큼 도로 몸을 날리며 그 검은 물결을 향해 힘을 쏟아냈다.

콰과과가—

성진이 떨쳐 낸 쾌자결과 탄자결을 가득 담은 권력이 하얀 유성이 되어 검은 해일에 부딪쳤고 그 위로 게일이 일으킨 초록빛 오러가 거대한 봉이 되어 떨어졌다. 두 마스터의 힘이 하나로 집중되자 거대한 해일이 반으로 갈라졌다.

그 강대한 공격을 막아냈다는 것이 대단했지만 막상 그것을 이룬 게일과 성진의 낯빛은 딱딱하게 굳어 있었다. 준비도 없이 그 짧은 시간에 이런 힘을 끌어올려 방출할 수 있다는 것 자체가 마스터를 뛰어넘은 것이다.

순간의 집중이 얼마나 중요한 것인지를 잘 아는 두 마스터로서는 그
들이 얼마나 불리한 상황에 놓였는지를 피부로 깨달았다.

―당신이 이름을 부여한 저 다크 엘프는 음차원과 연결되어 있습니
다.

'으음…….'

성진은 터져 나오려는 신음을 삼켰다. 음차원과 연결되어 있다니.
그렇다면 무한한 힘을 쓸 수 있다는 뜻이 아닌가?

―일격.

성진이 짧게 뜻을 건네자 게일은 침중한 표정으로 고개를 끄덕였다.
단 한순간의 공격으로 제압해야 했다. 그렇지 않으면 방금과 같은 거
대한 힘에 쓸려 버릴 것이다. 그리고는…

'죽겠지.'

정확히 표현하자면 소멸이다. 짧은 시간이었지만 성진은 그 검은 해
일 속에서 아득한 사기(邪氣)와 죽음을 느꼈다. 절망을 보았고 증오를
맛봤다. 다시 말해 부정적인 사념과 생각이 어떤 에너지와 연동하여
음차원 에너지로 다시 태어난 것이다. 그것은 또한 음차원, 네거티브
플레인의 또 다른 진실이었다.

세르피아가 완전히 변이해 버린 것도 이해가 갔다. 아무리 뜯어봐도
저 다크 엘프 속에서 그녀의 정신은 도통 발견할 수 없었다. 그렇게 크
고 부정적인 사념을 어찌 그녀가 견뎌낼 수 있을까. 마스터조차 죽음
을 느끼거늘.

콰르르르―

생각은 이어졌지만 기실 성진과 게일은 눈에 보이지 않을 정도로 날
아오는 낫을 피하기에 여념이 없었다. 공간을 점유하고 베어오는 탓에

거리감도 느낄 수 없었다. 그저 본능에 따라 위험을 느끼고 회피할 뿐. 의외로 낫에 서린 부정적인 사념이 너무나 커다란 탓에 그 같은 회피법이 효과적이기까지 하였다.

다크 엘프는 강했다. 두 마스터의 합공을 당하고도 도리어 압박하기 시작한 것이다. 효과적으로 회피한다고 하더라도 사방을 점유하는 검은 기류에 의해 체력이 조금씩 감소하기 시작하였다. 때문에 언제까지 피하고 있을 수만은 없는 노릇이었다.

―틈을!

게일의 뜻이 성진에게 전허지자 성진은 의식을 확장시켰다. 순식간에 그의 정신이 육체를 완벽히 지배하고 세상을 지배하는 법칙을 뚫고 홀로 섰다. 그 가운데 성진은 한 걸음 내디뎠다. 그러자 그의 앞의 공간은 사라지고 다크 엘프가 놓여 있었다.

화산처럼 들끓는 성진의 경력이 근육과 의념에 의해 소용돌이치면서 증폭되었다. 성진은 그 다크 엘프 바로 앞에서 발을 굴렀다.

콰악!

진각(震脚)을 통해 뿜어져 나은 강력한 경력이 다크 엘프가 딛고 있는 지면의 사방 몇 야드 정도를 가루로 만들어 버렸다.

미처 반응할 시간도 없었다. 시간을 쪼개고 쪼개 찰나에 이르는 순간에 움직이고 취한 행동이니 어찌 반응할 것인가. 물리 법칙을 완전히 뛰어넘는 움직임이었으니 그야말로 속수무책이었다.

지면이 완전히 무너져 내리자 순간 다크 엘프의 균형이 무너졌다. 자연 들고 있던 낫의 방향이 어긋나며 게일을 스쳤다. 허공을 밟고 다크 엘프 위로 올라선 게일은 세포 깊숙이 잠자고 있던 오러까지 긁어모아 신성력과 합쳐 창을 휘둘렀다.

콰자자자자!

순간 눈이 멀어버릴 것 같은 초록빛 오러가 대지의 창에 맺히면서 몇 야드나 뻗어 나왔다. 대기가 요동 치며 무시무시한 기세로 대지의 창을 향해 빨려 들어갔다. 덩달아 대기 속에 포함된 전자들이 게일이 뿜어낸 오러에 서로 격렬하게 부딪치며 시퍼런 뇌전을 만들었다.

빠지지직!

대기 속의 전자들이 모조리 진저리를 치는 듯 강력한 뇌전이 방전되면서 삽시간에 시퍼런 번개가 대지의 창에서 뿜어져 나와 사방으로 몰아쳤다. 흡사 천신(天神)이 강림한 것 같은 장대한 광경이었다.

"하압!!"

커다란 기합성과 함께 게일은 뇌전과 오러가 어우러진 그 창을 세상을 쪼개 버릴 것처럼 내려쳤다. 순간 강렬한 빛의 홍수가 터져 나왔다.

폭음조차 없었다. 어찌나 강력한 일격인지 그들 몸 주위로 몇 야드의 공간이 순간 일그러지며 파문이 형성되었다. 격돌한 힘의 반발력이 공간을 울린 것이다. 그렇다고 그 거대한 에너지가 어디로 사라져 버린 것은 아니었다.

공간의 출렁임이 멈추기도 전에 대기가 요동 쳤다. 게일과 다크 엘프가 격돌한 중심부는 당장 진공 상태가 되어버렸다. 수십, 수백 기압에 상당하는 힘이 방사 형태로 대기를 밀어붙였으니 엄청난 폭풍이 터져 나온 것은 당연지사였다.

콰르릉—

흡사 뇌성 같은 울림이 터지며 눈을 뜰 수도 없는 바람이 몰아쳤다. 바닥에 깔려 있던 재질을 알 수 없는 돌들도 그 강력한 힘들을 이겨낼 수 없는지 뜯겨져 나갔다. 파편은 비수가 되어 사방으로 몰아쳤고 폭

심지에 가까웠던 일부 재수없는 용병들은 깨어나지도 못한 채 파편에 맞아 죽었다. 그리고 시체가 다진 고기 꼴로 변한 것은 두말할 것도 없었다.

"흐억!"

유노는 경혹성을 내며 수인을 괬었다. 그러자 그의 몸에서 노란빛이 터져 나오더니 반구 형태로 그와 샤이라를 감쌌다. 채 반구가 그들의 몸을 감싸기도 전에 유노는 재차 수인을 맺더니 칼과 하이단, 타키안을 가리켰다. 그들의 몸 주위에서도 투명하고도 노란 빛의 막이 생겨났다.

티디딩!

다행히도 방어막은 파편을 막아냈다. 하나 방어막 주위에 수북이 떨어진 날카로운 돌 조각을 보자니 간담이 서늘해지는 것은 어쩔 수 없었다.

이윽고 사방을 휘몰아치던 먼지구름이 가라앉자 두 사람이 격돌한 중심부의 땅은 움푹 패어 있었다. 마치 유성이 떨어진 것처럼 거대한 크레이터가 형성된 것이다. 하긴 그처럼 땅이 파였으니 그토록 많은 파편이 날아온 것도 납득할 만하였다.

게일의 창은 다크 엘프를 짓누르고 있었고… 놀랍게도 다크 엘프는 낫으로 막아내고 있었다. 성진의 진각으로 인해 완벽하게 자세가 무너졌을 텐데 저렇게 막아낼 수 있다는 것 자체가 놀라웠다. 실로 경악스러울 정도의 순발력이었다.

하나 그 어마어마한 거력(巨力)을 제대로 막아낼 수 없었는지 다크 엘프의 다리는 무릎 밑으로 형편없이 변하였다. 검은 피부는 내부에서 몰아치는 압력을 버틸 수 없는 모양인지 다 뜯겨져 나가 붉은 근육을 그대로 드러내었고 그런 근육을 끊어진 경골과 비골이 뚫고 나와 허연 모습을 고스란히 보여주고 있었다.

그 밑으로 새카만 피가 콸콸 쏟아지고 있었다. 하나 그것도 잠시, 흐르던 피는 역류하여 다시 몸으로 흡수되기 시작하였다. 뼈가 기이한 소리를 내며 다리 속으로 밀려들어 가더니 근육이 천천히 제자리를 찾아갔다. 이윽고 피부가 복구되면서 말끔하게 변했다.

터무니없을 정도의 재생력이기는 하였지만 정작 성진을 놀라게 만든 것은 다른 것에 있었다.

낫이 게일을 흡수하고 있었다. 낫에서 뻗어 나온 기류가 대지의 창을 감싸고 있었다. 대지의 창이 뿜어내는 은은한 적갈색은 점차 짙어지며 그에 따라 게일의 기가 급격하게 약해지고 있었다.

"크윽!"

게일의 입에서 신음이 터져 나왔다. 창에서 손이 떨어지지 않았다. 더군다나 엄청난 흡입력이 그의 몸에 있는 힘을 몽땅 뽑아가고 있었다. 이렇게 가다가는 모든 힘의 근원인 원정(原情)마저 빨릴 게 틀림없었다.

성진은 오른 주먹을 허리춤으로 모으더니 천천히 떨쳐 냈다. 떨쳐 낸 주먹에서 '우르릉' 하는 괴성이 터져 나왔다. 강력한 경력이 점으로 응집되면서 공기가 요동 치는 것이다.

천천히 주먹을 뻗던 성진은 마지막 순간 빠르게 내지르며 왼쪽으로 비틀었다.

콰아—

성진의 주먹 끝에서 작은 빛살이 튀어나오더니 쏜살같이 게일을 향해 날아갔다. 작디작은 구슬 형태라고는 하지만 그 속에 담긴 진경은 그리 녹록한 것이 아니었다. 게일의 특기인 500㎜ 두께의 강철판을 관통하는 찌르기에 상응하는 힘을 지니고 있을뿐더러 강력한 회전력마저 머금고 있었다. 더군다나 대인 공격을 위해 집적되어 있으니 국소적인 범위에서는 상상을 초월하는 위력을 지니고 있었다.

뻗어 나간 권경은 정확히 게일이 대지의 창을 쥐고 있는 부분을 강타했다. 권경을 감싸는 경력이 풀리면서 막대한 에너지가 창을 통해 유입되었다. 에너지는 진동으로 변해 몰아쳤고 순간 인간이 인지할 수 있는 주파수를 뛰어넘는 굉음이 만들어졌다.

콰지지지징—

그 강력한 진동은 다크 엘프가 사용하는 강력한 흡입력을 일순간 끊어버렸다. 이제껏 그 흡입력에 저항하고 있었던 게일은 끌어당기는 힘이 사라지자마자 팅겨 나가듯 떨어졌다. 강력한 진동 덕분에 창을 붙잡고 있었던 게일의 양손이 거의 으깨지다시피 변했지만 목숨을 잃는 것에 비하면 값싼 대가에 불과하였다.

땅에 착지한 게일은 순간 무릎의 힘이 풀리더니 한쪽 무릎을 꿇었다. 입으로는 검은 피를 한 사발이나 토해냈다.

"쿨럭!"

검은 기류, 마기(魔氣)에 의해 내상을 입은 것이다. 더군다나 원정의 일부가 유실되었는지 게일의 혈색은 말이 아니었다. 하나 제 몸 챙기기에도 벅찰 것이 분명한 게일은 기를 쓰고 성진에게 말했다.

"막아야 하오! 두 신기가‥ 각성이……! 쿨럭!"

아닌 게 아니라 게일이 손을 뗀 대지의 창은 여전히 낫에 붙어 있었다. 자세히 보니 두 신기의 접점이 용접한 듯 붙어 있는 게 아닌가?

그 순간 마기가 크게 동요하더니 대지의 창을 감싸기 시작하였다.

거센 기류가 대지의 창을 감아 올리며 회전하기 시작하였고 창은 점차
그 모습을 잃고 다크 엘프에게 흡수되기 시작하였다. 그에 따라 마기
가 폭발적으로 증가하기 시작하였다.

성진은 게일의 말을 대번에 이해하였다. 두 신기와 다크 엘프가 융
합되는 것을 막으라는 것.

하나 순간 성진은 망설였다. 수단이 단 한 가지밖에 없었다. 그것을
사용한다면 다크 엘프는 필사(必死). 다크 엘프 안에 들어 있을 세르피
아도 구할 수 없었다.

죽여야 할 것인가.

살릴 방도를 찾아야 할 것인가.

성진이 망설이는 그 짧은 순간 게일은 다시 한 번 성진에게 외쳤다.

"그녀를 되돌릴 방도는 없소!"

그것이 날카로운 창이 되어 성진의 뇌리에 꽂혔다.

'내가 언제부터 이렇게 흔들렸던가? 내가 언제부터 이렇게 다급했
었는가?

그는 언제나 평온했다. 언제나 여유로웠다. 눈앞에 난관이 닥쳐도
그는 냉정했다. 냉철한 이성으로 상황을 분석하여 가장 합리적인 결론
을 도출했다. 그런 그가 흔들리고 있었다.

'감정 때문인가?

그것은 아니다. 다른 마스터도 감정을 가지고 있었다. 그들은 그 감
정을 적절히 조절하고 통제하였다. 그렇다면 자신은 무엇이 문제인가.

생각해 보니 창생력이 없기 때문이었다.

언제부터인가 그는 창생력에 의지하게 된 것이다. 창생력을 완전히
사용할 수 없게 된 지금 의식 깊숙이 숨어 있던 불안감이 표출하여 그

의 결단을 방해하는 것이다. 그래서 흔들리고 주저하게 된 것이다. 단지 그의 의지를 놀랍게 발현시킬 수 있는 도구를. 주가 종이 되고 종이 주가 된 꼴이었다.

성진은 바보가 아니었다. 그 누구보다도 뛰어난 마스터, 그리고 관조자였다. 상황을 인지하자 망설임이 사라졌다. 그리고 그 어느 때보다 확실한 결단을 내렸다.

성진은 의지를 모아 검을 만들었다. 그러자 강력한 예기가 공간을 점유하였다. 성진의 의지가 이끌어 모은 검은 세상의 고리를 끊고 법칙의 사슬을 벗어나 홀로 섰다.

두 번째로 홀로 서는 것은 첫 번째와 큰 차이를 보였다. 첫 번째는 강제로 의식을 확장하여 법칙의 틈을 억지로 비집었다면, 두 번째는 강한 의지가 법칙의 사슬을 풀어내고 의식을 대자유 속에 확장하였다.

성진은 자유를 느꼈다. 성진은 다크 엘프를 향해 검을 내려쳤다.

그리하여 해방하라.

그것이 성진이 행한 최초의 일검이었다. 검을 내려치자 일순간 세상이 갈라지고 법칙이 잘려 나갔다. 순간 모든 것이 멈췄다. 사람들의 생각이 멈췄다. 대기가 그 흐름을 멈췄다. 빛이 멈추고 숨결이 멈췄다. 시간이 멈추고 법칙이 멈췄다.

성진이 행한 일검은 모든 것을 베었다. 눈에 보이는 것에서부터 보이지 않는 것까지. 그것은 파괴였으나 동시에 혁신이었다. 검은 다크 엘프를 이 등분 하고 돌을 잘랐다. 대기를 가르고 공간을 잘라 저 너머 세상을 감싸는 거대한 흐름을 꿰뚫었다. 비록 일순간이라고는 하지만

세상이 태어나 형성되고 완성되는 동안 그 누가 이 같은 신위를 발휘
할 것인가.

마침내 그의 검이자 의지가 네거티브 플레인에 이르는 순간 그 강대
한 힘이 성진의 정신을 침범하였다.

어느새 그는 거대한 초원 위에 서 있었다. 지평선 위로 온통 푸른 하
늘과 아래로 끝없이 펼쳐진 광야(廣野). 오직 그와 하늘과 풀만 존재하
였다. 광야 저 끝에서 불어온 따스한 바람이 그의 볼에 스친다. 그 속
에 짙게 배어 있는 풀 내음. 그는 끝없이 펼쳐진 광야를 바라보며 입을
열었다.

이곳은 어디인가.

이곳은 비탄에 잠긴 대지라오.

광야가 답했다. 그런가? 이곳이 비탄에 잠긴 대지인가? 그는 허리를
숙여 풀을 뜯었다. 푸른 잎사귀가 자그마한 비명을 토해내며 뜯겨져
나갔다. 그는 그것을 바람 위로 뿌렸다. 바람에 실린 풀잎은 회색이 되
었고 이윽고 재가 되어 흩어진다.

망자의 한이 서린 대지. 그대들은 나를 염려하는 것이군.

그대가 우리의 희망이니까.

광야는 한숨을 토해내듯 달했다. 그들의 한, 그리고 절망. 그 모든 것이 절절히 녹아들었다. 망자들은 그저 기다리는 것이 아니었다. 그들은 그의 체취를 맡고 그의 행동을 지켜보았다. 그의 무력에 환호하였으며 그의 흔들림에 안타까워했다.

나를 염려하지 마시오. 나는 홀로 서는 존재.

…….

그는 고개를 들어 하늘을 보았다. 투명하고 파란 하늘이 보였다. 끝없이 높아 현기증을 느낄 것 같은 하늘. 기실 그것은 아득한 옛날 그들의 선조가 이야기한 하늘을 상상한 것이다. 수백 년 동안 지하 도시에 갇힌 채 상상만 하였을 것이다. 그리하여 수백 년의 기다림 끝에 본 것이라고는 고작 죽음. 그리고 속박.

이제 그는 그 너머 거대한 흐름을 본다. 그들이 회귀하는 곳이자 그가 열망하는 곳. 아카식 스트림. 모든 것이 정화되고 재창조되어 세상을 이끌어 나가는 흐름. 지식과 인연과 역사가 숨 쉬는 곳.

다시 그는 광야를 보았다. 짙게 깔린 풀잎의 융단을 뚫고 그 밑을 꿰뚫어 보았다. 세상의 이면, 온갖 무거운 것들이 모이는 곳. 이 세상을 구성하는 법칙과 전혀 다른 법칙이 적용되는 세계. 그에게는 전혀 낯선 신세계. 음차원, 네거티브 플레인이 꿈틀대고 있었다.

실체는 확인할 수 없으나 느낄 수 있었다. 이 순간 그는 모든 것을 두르고 닿을 수 있었다.

그의 시선이 닿자 그 거대한 차원이 손을 뻗었다. 그를 붙잡기 위해,

그의 신성(神性)을 더럽히기 위해. 세상의 균형을 맞추는 거대한 추인 그가 더럽혀진다면 음차원은 더욱 거대한 힘을 발휘할 수 있었다. 그렇기에 그토록 그에게 달려드는 것이리라.

광야가 꿈틀거렸다. 차가운 손길이 닿자 푸른 풀들이 어둠에 물든다. 파란 하늘이 검게 변하고 따스한 바람에는 냉기가 감돈다. 그들의 본질은 영혼. 그것도 아득한 세월을 견디며 증오와 불신과 절망으로 더럽혀진 영혼. 비록 성진의 일갈에 의해 깨어났다고 하지만 그들을 유지시켜 주는 것은 바로 어두운 힘. 어둠은 곧 마약이었다.

네가 필요해. 너의 힘을 달라. 너의 생명을 달라. 너의 신성을 달라.

분분히 일어선 풀잎들이 손이 되어 그의 다리를 휘감았다. 그 속에 가득 담긴 음차원의 힘은 참으로 어두웠다. 어둡고 어두워서 그토록 무거웠다. 이들 망자들은 어찌 이리 가련하단 말인가.

내가 그대들을 돕겠소.

그는 부드럽게 손들을 쓰다듬었다. 망자의 손들이 그 따스함에 부르르 떤다. 그러나 그 따스함은 곧 사늘함에 묻히고 망자의 손들은 거대한 악에 이끌려 그의 신성을 더럽히기 위해 끊임없이 성진을 죄어갔다. 손을 뗀 그는 검게 물든 하늘을 향해 크게 외쳤다.

오라! 내 신성을 더럽혀 보라! 그리하여 날 가져 보라!

그러자 하늘에서 거대한 검은 회오리가 만들어지더니 그를 삼켜 버리려는 듯 휘몰아쳤다. 광야의 풀들이 뜯겨져 바람을 타고 회오리에 빨려 들어간다. 음차원의 거대한 힘이 그를 집어삼키기 위해 돌아닥쳤다.

검은 풍랑이 그를 후려치고 사악한 향기와 퇴폐적인 빛들이 그를 희롱하였다. 네거티브 플레인은 온갖 악이 잠든 곳. 과거 많은 수의 마스터들이 명상 도중에 네거티브 플레인에 영성이 더럽혀져 자진(自盡)하거나 네거티브 플레인으로 뛰어들었다. 제아무리 마스터라 할지라도 세상을 구성하는 하나의 축인 네거티브 플레인의 힘을 뿌리칠 수 없었다.

그들은 그를 보았다. 과거 영명한 마스터였던, 그러나 이제는 영성이 더럽혀져 타락한 악마들은 그를 질시하였다. 그들은 밝게 빛나는 그의 신성에 참을 수 없는 질투심을 느꼈다. 더럽히고 싶었다. 망가뜨리고 싶었다. 그리하여 입으로는 끊임없이 저주의 주문이 흘러나왔다. 손에 손이 더해지고 힘에 힘이 보태진다. 타락과 방종, 그리고 어둠과 광기의 힘이 그를 휘몰아친다.

그 사악한 힘들이 그의 영성에 침입하였다. 불같은 고통이 느껴졌다. 참을 수 없는 증오가 느껴졌다. 그러나 그 증오 한가운데서 그는 외쳤다.

나를 타락시켜 보라!

그 사나운 바람 속에 그는 왼발을 굴렀다. 그러자 커다란 진동이 일어나며 대지가 흔들렸다. 회오리가 흔들렸다. 다시 오른발을 옮겨 발

을 굴렀다. 끝없는 광야에 심어진 풀들이 빳빳이 일어서며 비명을 토
했다. 하늘이 어두워지며 벼락을 토해냈다. 파란 섬광이 절망이 되어
하늘을 가로질렀다. 회오리가 바람이 되더니 그를 피해 달아나려는 듯
물러섰다.

나는 깨달은 자.

다시 크게 발을 구르자 광야가 갈라졌다. 하늘의 어둠이 찢어지더니
새파란 빛이 일렁인다. 그는 손을 들었다. 그러자 그의 손에 거대한 검
이 들린다. 검에서 뻗어 나오는 신성은 그의 본질. 그의 모든 것. 음차
원이 떤다. 악마들이 울부짖는다.

나는 홀로 서는 자. 법칙에 선행하는 자.

그는 베었다. 하늘을 베었다. 광야를 베었다. 거대한 어둠을 베었다.
폭풍이 물러가고 빛이 찾아든다. 시련을 이겨낸 그의 영성이 한층 더
빛을 띠었다. 그의 영에서 뿜어져 나오는 신성한 빛은 어둠을 몰아붙
였다. 마침내 그가 네거티브 플레인의 힘을 떨쳐 버린 순간 끊겼던 모
든 것은 태초의 의지가 정한 재순환의 원리에 따라 재정립되기 시작하
였다. 잔뜩 엉켰던 법칙이 순리에 따라 새로운 사슬을 찾아 연결되고
무너지려는 위상 공간이 재배열되었다. 시간의 흐름은 거센 흐름에 따
라 다시 흐르기 시작하였다. 그것이 세상에 좋은 결과만을 가져온다고
단정할 수는 없으나 오랜 세월 동안 엉켜진 법칙을 풀어내었으니 그
결과가 어찌 되었든 대단한 일인 것만은 틀림없었다. 더군다나 이것은

인간으로 따진다면 나이를 다시 먹는다는 회춘(回春)이나 다름없었다. 비록 짧기는 하였지만.

세상의 법칙이 끊어진 그 짧은 시간 그는 환희를 느꼈다. 눈앞에 밝은 빛이 폭죽처럼 터져 나갔다. 그간 마음속으로만 생각했었던 일을 직접 행하자 그의 머리 속에 잠자고 있었던 지식들이 튀어나와 온갖 형태로 엉키더니 새로운 모습으로 탈바꿈하였다. 알지 못한 것을 알고 깨닫지 못했던 것을 깨달았다.

알고 있다와 행한다는 것은 큰 차이가 있다. 상상과 행동이 얼마나 큰 차이인가? 작지만 큰 행동에 그는 엄청난 깨달음을 얻게 되었다. 지지부진했던 허도를 상당 부분 이해하게 되었으며 지식이 결합하여 새로운 지식을 낳는 경험을 하였다. 이윽고 세상을 보고 깨닫기 시작하였다. 흐름을 느끼고 법칙의 사슬을 더듬어 이해하였다. 불가에서 이야기하는 돈오(頓悟)였다.

이윽고 눈앞에 춤추던 불꽃이 거대한 빛으로 변하더니 마침내 커다란 섬광과 함께 그의 정신을 하얗게 불태웠다. 그렇게 그는 거대한 빛으로 화했다.

그리하여 빛은 비탄이 젖든 대지를 물들였다.

*　　　　*　　　　*

그것은 매우 짧으나 어찌 보면 아득히 긴 시간이었다. 시간의 흐름이 끊어져 다시 이어졌으니 알 수 없었다. 짧은 것이었는지 긴 시간이었는지.

그러나 일행들은 인지하지 못했으니 어찌 알 것인가. 그들은 단지 본 것만을 알 뿐. 두 마스터들도 크게 다친 탓에 성진이 일으킨 기적을 눈치 채지 못했다.

아득히 멀던 무한의 공간은 사라졌다. 법칙을 거슬러 생겨났던 자아가 성진의 일검에 무로 돌아갔으니 위상 공간이 재정립된 것이다.

다크 엘프는 정확히 이 등분 되었다. 정수리에서부터 사타구니까지. 어찌나 깨끗이 잘려 나갔는지 그 단면조차 보일 지경이었다. 일렁이던 마기조차 깨끗이 잘려 버렸다. 다크 엘프가 딛고 있는 땅은 물론이고 통제실의 벽까지 갈라 버렸다. 물론 일행들은 보지 못했다. 분자 단위로 쪼개져 버린 탓에 절단면을 육안으로 확인할 수 없는 것이다.

놀랍게도 이 등분 된 다크 엘프는 쓰러지지 않았다. 마치 시간이 굳어버린 듯 마기도 깨끗이 끊겨 버린 채 멈춰 있었다.

도대체 무엇이 베었는가? 그저 눈을 깜박였거늘 눈앞의 다크 엘프는 깨끗이 쪼개져 있었고 성진은 허공에 손을 들어 올린 채 굳어 있었다. 마치 시간의 흐름이 이 둘을 빗겨 나간 듯한 형상이었다.

그러던 것이 순간 다크 엘프의 변화로 깨어졌다. 허공에 붙박인 듯 멈춰 있던 마기가 폭발적으로 증가하더니 이 등분 된 다크 엘프의 몸을 휘감았다. 신기는 이미 제 형상을 잃어버린 지 오래. 잘게 부서진 그것들은 마기와 섞이더니 다크 엘프의 몸에 스며들었다. 검은 어둠이 다크 엘프의 몸에 서린 순간 기이한 음향이 통제실에 울려 퍼졌다.

우둑. 뚜두둑. 뚜둑.

뼈가 엇갈리는 소리가 울려 퍼졌다. 재구성되고 있었다. 그것도 두 가지 신기를 흡수한 채. 그 모습에 게일의 얼굴이 일그러졌다. 결국 성진은 실패한 것이다.

게일의 머리 속으로 옛 전승이 떠올랐다. 앞으로 펼쳐질 재앙이 눈에 선했다. 하나의 신기를 가진 것에 불과하였다. 그러나 그것만으로도 세상에 존재하는 마스터 둘셋을 감당하는 힘을 가졌다. 두 개의 신기는 그야말로 멸망. 아득한 태고의 신화가 재현되는 것이다.

게일은 참담함에 빠졌다. 어이하여 일이 이 지경이 되어버렸단 말인가. 그저 그녀에게 진실을 알려주려 했을 뿐인데. 신루를 획득하려 했을 뿐인데. 아무것도 모르는 샤이라를 일깨워 주려 했을 뿐인데.

그가 원하던 것은… 저 끔찍한 형상이 아니었다.

"검은 하늘. 푸른 섬광과 함께 멸절자(滅絶者)가 강림하다."

게일은 저도 모르게 중얼거렸다. 그가 모든 진실을 알고 난 다음 발견한 문구였다. 아득한 옛날, 제1기의 마지막 날에 새겨진 메시지. 세월의 풍파를 운 좋게 빗겨난 그 메시지를 게일은 읊조렸다. 그 말을 들은 샤이라는 순간 얼굴이 굳었다. 게일이 말한 구절의 대상은 분명 눈앞에서 변형하고 있는 저 괴물.

그렇다면?

'아! 고대인들을 멸망시킨 것이 바로 저것이구나!'

의문에 휩싸인 제1기의 종말. 창세력 제1기를 종결시킨 것은 바로 저것이었다! 그야말로 깨끗이 파괴하여 제1기가 존재하는지조차 의문스럽게 만들었던 파괴자. 그제야 이해할 수 있었다. 게일이 왜 그토록 저 다크 엘프를 저지했는지. 마스터의 힘을 훌쩍 뛰어넘는 저런 괴물이 지상에 강림한다면 남대륙은 한순간 잿더미로 화할 것이 분명하였다.

사태의 심각성을 크게 깨달았지만 그들이 딱히 할 수 있는 일은 없었다. 그저 손 놓고 볼 수밖에 없는 것이다. 그 절망감에, 비참함에 샤이라는 작게 몸을 떨었다.

다크 엘프가 변이하며 울려 퍼지는 괴이한 소음은 이제는 작아져 버린 통제실을 가득 채웠다. 이윽고 그 소음은 점차 줄어들고 자욱한 마기만이 다크 엘프를 감싸고 있었다. 마기의 유동이 더욱 짙어질수록 숨 막힐 듯한 압박감이 밀려왔다. 아득한 세월을 뛰어넘어 유전자 깊숙한 곳까지 각인된 기억 저편에 숨어 있던 공포감이 바로 그것이었다.

"흐으윽!"

타키안은 극도의 공포를 느꼈다. 그저 무서웠다. 그 다크 엘프인지 뭔지를 쳐다보지도 못할 정도로.

'하이단님!'

아직은 아이이다. 아이이기에 보호자가 필요했다. 공포감에 잔뜩 질려 버린 타키안은 자기도 모르게 주위를 둘러보았고 유노를 발견하고는 미친 듯이 기었다.

바지가 찢어지고 무릎이 까졌지만 타키안은 그저 기었다. 정신없이 기는 타키안을 발견한 유노는 손을 뻗어 타키안의 손을 잡아 자신의 품 안으로 끌어안았다. 작은 몸이 그의 품 안에서 오들오들 떨었다. 하긴 산전수전을 겪은 자신도 무서운데 이 작은 아이는 얼마나 겁이 날까?

무언가 지킬 존재가 생기자 유노의 가슴 깊은 곳에서 작은 용기가 솟았다.

콰우우웅―

때맞춰 마기가 기이한 소음과 함께 먼지처럼 사라졌다. 그리고 드러난 것은 또 다른 존재였다.

그전의 변이체와는 사뭇 달랐다. 몸집은 보통 엘프들의 크기였다. 대신에 요사(妖邪)했다. 기이했다. 온몸을 타고 흐르는 금속성 광택과 길게 풀어헤친 흑발. 온몸을 감싸는 괴상한 문양은 넝쿨처럼 꼬여 검게 빛나고 있었으며 몸에서 피어오른 마기는 문양 위로 아지랑이 치고 있었다.

사하…….

한숨 같은 깊고도 어두운 소리가 흘렀다. 그 속에서 느껴지는 한기에 유노는 살짝 몸을 떨었다. 두려웠다. 두려워서 도망치고 싶었다. 하지만 도망칠 수 없었다. 도망갈 곳은 어디에도 없었다. 더군다나 그의 주위에는 온통 부상자뿐. 멀쩡한 사람은 오직 그뿐이었다. 성직자로서도, 스카우터라는 자존심 때문에서라도 도망칠 수 없었다.

비록 마음은 도망치지 않겠다고 굳게 결심하고 있을지 모르지만 몸은 아니었다. 유노의 몸 곳곳은 공포감에 조금씩 마비되었고 또 어떤 곳은 이상 증상을 보이기도 하였다. 그런 육신을 이겨내기 위해 유노는 혀를 깨물어 입 안에 피를 냈다. 짜릿한 아픔과 짭짤한 맛이 퍼졌다.

하나 하이단과 칼의 반응은 그 정도를 넘어섰다. 의식을 잃어버린 지 오래였다. 거기에 눈을 까뒤집고 입에는 거품을 물고 경련하기 시작하였다. 놀랄 만큼 격렬한 반응에 유노는 하이단의 어깨를 거머쥐며 그의 이름을 불렀다.

"이보게! 하이단! 왜 그러나!"

그러나 하이단은 아무런 말도 하지 않았다. 아니, 할 수 없었다. 이미 이성을 잃어버리고 공포가 전신을 장악하고 있었기 때문이다. 극도의 스트레스로 인해 태뇨하지 않은 것만 해도 다행이었다.

정말 이해할 수 없을 정도의 격렬한 반응이었다. 그는 그저 무섭고 떨렸을 뿐이다. 하긴 지상의 모든 생명체가 멸절자에게 어찌 공포감을 느끼지 않을까. 마스터마저 그 너머로 엿보이는 강대한 힘에 잔뜩 긴장할 정도이니 말이다. 그렇다고 하더라도 단련된 인간은 정신력으로 그 공포감을 어느 정도 극복할 수 있었다. 유노 자신만 하더라도 전신이 죄어들 것만 같은 공포감 속에서도 이성을 유지하고 있지 않은가?

자신보다 강한 칼과 하이단이 정신 차리지 못하고 거품 물 정도로 공포감에 질려 있다는 것은 도통 이해할 수 없는 것이었다.

"어엇?"

유노는 하이단의 맥박을 재어보고는 크게 놀랐다. 이제 보니 맥박도 제멋대로 뛰고 있는 게 아닌가? 심장이 이렇게 불규칙하게 뛴다는 것은 보통 일이 아니었다. 혹시나 하는 마음에 유노는 재빨리 기어서 칼을 끌고 왔다. 그 경황 중에서도 유노는 칼과 함께 있던 길리언을 찾았으나 도통 보이지가 않았다. 아무래도 어디 구석에 있나 보다.

찢겨지고 부서진 용병들의 살점과 피에 칼의 몸이 온통 더럽혀졌지만 중요한 것은 그게 아니었다. 칼의 맥박을 재어보던 유노의 안색은 딱딱하게 굳었다. 칼도 제멋대로 맥박이 뛰고 있었다.

"어찌 이런 일이!"

이제 보니 칼과 하이단의 맥박이 똑같이 뛰고 있었다. 멋대로 뛰는 정도가 같은 것이다. 이해할 수 없는 현상에 유노는 샤이라에게 물으려 하였지만 먼저 말문을 연 것은 샤이라였다.

"움직입니다……."

"…네?"

난데없는 그녀의 말에 바로 이해하지 못한 유노가 되물었다. 하나 바로 다음 순간 그녀가 말한 바를 이해했다.

무언가가 요동 쳤다. 유노는 그게 정확히 무엇인지 알 수는 없었으나 무언가가 흔들렸다는 것은 확실히 알 수 있었다. 기실 그것은 장내를 꽉 메운 음차원 에너지가 유동하기 시작한 것이다. 기감이 비교적 떨어지는 유노이지만 음차원 에너지의 유동이 어찌나 거세던지 그조차 느낄 수 있었다.

유동하던 음차원 에너지는 용병들의 주검에 흡수되기 시작하였다. 죽어버린 시체이기에 음차원 에너지는 폭발적으로 집적되었다. 그것이 바로 음차원의 힘. 생기(生氣)와는 반대되는 개념이었다.

주검에 에너지가 어느 정도 집적되자 미처 승천하지 못한 용병들의 혼과 호응하기 시작하였다. 갑작스럽게 죽어버린 터라 자신이 죽었는지 살았는지도 인지하지 못한 혼들은 갑작스럽게 그들을 끌어당기는 힘에 이끌려 주검에 스며들었다. 그러자 고깃덩어리로 변해 버린 뇌피질 저편에서 희미한 공포가 솟아나더니 음차원 에너지와 동조하여 육신을 재구성하기 시작하였다.

설명은 길었지만 한마디로 표현하자면 시체가 '일어섰다'.

"흐읍!"

듣도 못한 기괴한 광경에 유노는 헛바람을 삼켰다. 그것을 본 샤이라도, 게일도 마찬가지였다. 찢겨져 버린 시체가 일어서다니. 그것도 떨어져 있던 육편이 저절로 이끌리더니 기괴하게 뭉치기 시작하였다.

마치 마도학파의 네크로먼시와 비슷했지만 이것은 그 정도를 넘어섰다. 네크로멘서들이 사용하는 시체는 막 죽은 시체였다. 그것도 온기가 가시지 않고 몸에 상흔이 없는 시체만을 일으킬 수 있었다. 한데 용병들의 시체는 그야말로 엉망진창. 잔뜩 찢겨지고 부서져 내장이 흘러나오고 희멀건 뇌수가 허옇게 보인 사체가 움직이는 것이다. 안면이 부서져 버린 한 용병의 눈알이 힘없이 떨어지면서 붉은 공처럼 굴렀다. 참으로 역겨운 광경이었다.

일어선 시신들은 몇 개의 개체로 뭉치더니 천천히 움직이기 시작하였다. 관절 부위의 접합이 온전치 않아 빠르게 움직일 수 없었지만 그들이 만들어내는 심리적 압박감은 차마 못 볼 것을 많이 봤던 유노에게도 상당한 것이었다.

천천히 움직이던 개체들은 주위의 살점들을 죄다 흡수했다. 운 좋게 파편의 폭풍 속에서 살아나 신음하던 용병들도 이번만큼은 살아남지 못했다. 서서히 움직이던 그 괴물들이 생자들을 발견하더니 괴성을 지르며 달려드는 것이 아닌가?

크오오오!

"으… 악! 사, 케엑……!"

부득, 콰드득―

산 자가 통째로 찢어지는 광경이었다. 괴물들의 힘은 과연 그것이 인간의 근육에서 비롯한 것인지 의심스러울 만치 강력했다. 1초도 걸리지 않아 두 다리를 잡고 찢어버리는 모습. 지상 최강의 몬스터 오거의 괴력과 맞먹는 듯하였다. 산 채로 사람을 찢어버린 괴물은 그것을 복부 근처로 가져갔다.

그러자 흉골이 기괴한 신음을 내며 벌어지더니 시체를 이처럼 씹어 삼키기 시작하였다. 뼈가 부러지는 둔탁한 소음과 살점이 짓이겨지는 소리가 여기저기서 들려왔다.

"맙소사……."

유노는 신음성을 삼켰다. 만약 저 멸절자가 지상에 임했을 때의 광경이 저절로 떠올랐다. 멸절자의 손길에 죽은 이들이 기괴한 모습으로 다시 일어서 산 자를 씹어 삼키는 광경! 죽어서도 제 모습을 보존하지 못한다는 사실은 끔찍했다.

멀찍이 떨어진 몇몇의 용병을 빼고는 그 주변을 모조리 쓸어버린 괴물은 유노의 숨결을 느꼈는지 흉흉한 안광을 띠고는 서서히 유노에게로 걸음을 옮겼다.

비현실적인 광경에 잠시 멍하니 보고만 있던 유노는 이윽고 정신을 차리더니 허리춤에서 크로스 보우를 꺼내 민첩한 동작으로 쿼렐을 재었다.

"그랑디아시여."

나지막이 주의 이름을 되뇌자 쿼렐에 노란 빛이 서리더니 점차 밝아졌다. 그는 교황이다. 가슴 아픈 진실을 봐버렸지만 그래도 그의 주를 버릴 수는 없었다.

'주여, 당신의 과거는 용서하겠습니다.'

주객이 전도되는 신성 모독적인 생각이었지만 그래도 그는 그렇게 외치고 싶었다. 그의 이런 마음을 아는 듯 그의 몸에서 흘러나오는 신성력은 더욱 밝고 강하게 집약되었다.

유노는 쿼렐을 날렸다. 그의 신성력을 가득 담은 쿼렐은 본래의 속도를 훨씬 뛰어넘었다. 허공에 반짝이는 노란 빛을 뿌린 쿼렐은 가장 앞선 괴물의 몸속으로 빨려 들어가듯 박혔다.

크르르―

저 괴물의 기원인 인간의 성대에서 나온 것이라고는 상상할 수도 없는 비틀린 소리가 흘러나왔다. 잠시 걸음을 멈췄던 괴물은 다시 움직이려는 동작을 취했다. 하나 움직이지 않았다. 아니, 않은 게 아니라 못했다. 괴물의 하체 부근에서 미세한 발화 현상이 일어나기 시작한 것이다.

골반 부근에서 피어오른 노란 불꽃은 삽시간에 커져 괴물 전체를 휘감았다. 불꽃에 휘말린 괴물의 몸에서 살점들이 떨어져 나오더니 서서히 재가 되어 사라졌다. 뜨거움도 없었다. 단지 따뜻함만이 있을 뿐. 성화(聖火)는 그렇게 괴물을 휘감더니 괴물의 핵이 되는 죽은 용병들의 혼을 승천시켜 버리고는 이윽고 사그라졌다. 그리고 그 자리에는 회색의 재만이 덩그러니 남아 있었다.

유노가 보인 신위에 괴물들은 본능적인 위험을 느꼈는지 주춤거렸다. 그도 그럴 것이 조그마한 화살 한 발에 그 같은 강력한 개체가 소멸되었는데 두렵지 않을쏜가. 음차원의 힘에 움직이는 괴물은 상극인 힘에 본능적으로 회피하려는 듯 더 이상 유노 쪽으로 다가서려 하지 않았다.

그 점에 유노도 몹시 감사해야만 했다. 기실 그 쿼렐 한 발에 담긴 신성력은 뿜어낼 수 있는 신성력의 절반이라 해도 과언이 아니었다. 만약 저 괴물들이 다시 접근해 온다면 결코 살아남을 수 없었다.

하나 위험은 그것뿐만이 아니었다. 유노는 등 뒤로 느껴지는 소름 끼치는 감각에 천천히 눈을 돌렸다.

"헉!"

바로 등 뒤에 다크 엘프가 서 있었다. 유노의 시선이 다리를 따라 올라가다가 다크 엘프의 얼굴에 이르렀다. 다크 엘프의 눈과 그의 눈이 정확히 교차한 순간 유노는 머리가 타는 듯한 아픔을 느끼며 눈을 감았다. 다크 엘프의 눈동자와 마주친 그 짧은 순간 유노는 죽음을 보았다.

그 자신의 죽음. 타키안의 죽음. 하이단의 죽음. 알고 있는 모든 자의 죽음. 눈앞에 환상처럼 스쳐 간 영상이었지만 그것은 사실 같았다. 아니, 사실이 될 터였다. 성진이 움직이지 않으니 누가 저 멸절자를 막을 것인가. 그저 손만 휘젓는다면 부상 때문에 거동할 수 없는 마스터며 그 자신마저도 순식간에 절명할 것이다. 등 뒤에 느껴지는 공포감으로 온몸에 식은땀이 주체할 수 없을 정도로 흘렀다. 손바닥이 흥건히 젖었다.

'아… 정말로 죽는구나.'

평소 자신이 어떻게 죽을까 생각해 보았다. 한데 이렇게 죽는 것은 전혀 생각해 보지도 못했다. 이런 처절한 죽음이라니.

'그랑디아시여, 당신의 품으로 가지도 못할 것 같습니다.'

등 뒤로 서늘한 한풍(寒風)이 느껴졌다. 분명 죽음의 손길일 터. 유노는 조용히 눈을 감았다.

그리고 그 순간 기적이 일어났다.

＊　　　＊　　　＊

부동 자세로 멈춰 있던 성진의 몸에서 미세한 성광(聖光)이 흐르더니 이윽고 초신성처럼 빛이 폭발하였다. 장내는 순식간에 환한 빛으로 눈을 뜰 수 없을 만큼 밝아졌다.

네거티브 플레인의 강력한 구속력에 저항하던 성진의 영성이 그 속박을 이겨내며 폭발하듯 커졌다. 무거운 시련을 이겨낸 인간이 더욱 강해지듯 성진의 영성은 한없이 지고한 것 같았다. 그만큼 그의 몸에서 뿜어져 나오는 강력한 빛은 인세에 보기 드물 만큼 성스러운 빛이었다.

지고한 정화력을 담고 있는 빛은 모든 마를 쓸었다.

크오오오오.

빛에 닿은 괴물들은 미친 듯이 몸을 비틀더니 순식간에 재가 되어 사라졌다. 빛에 깃든 강력한 멸마(滅魔)의 힘이 괴물을 구성하는 음차원 에너지를 단숨에 소멸시킨 것이다. 장내를 휘감던 음차원 에너지도 증발하였고 그 음차원 에너지를 소환해 내는 다크 엘프마저도 휩쓸었다.

까아아아아—

몸을 휘감던 마기가 성광에 휘말려 사라지자 다크 엘프의 몸이 고스란히 성광에 노출되었다. 검은 광택이 흐르던 다크 엘프의 피부가 성광에 닿자 지글지글 끓어오르더니 불타올랐다. 허공에 하늘하늘 휘날리던 흑발도 재가 되어 사라졌다.

갑작스럽게 터져 나온 빛인만큼 사라지는 것도 갑작스러웠다. 언제 눈도 뜰 수 없을 만큼 강한 빛이 터져 나왔냐는 듯 장내는 다시 어둠으로 물들었다. 유노와 타키안은 연신 눈을 비볐다. 눈물이 찔끔 나고 앞이 잘 보이지 않았다. 어두운 실내에 적응하기 위해 눈이 암순응되어 있는 상태에서 섬광을 봤으니 그럴 만도 하였다. 그나마 등 뒤에서 섬광을 맞았으니 다행이지 정면으로 그 빛을 봤다면 일시적인 실명을 겪었을 터였다.

눈이 어느 정도 보이기 시작하자 유노는 황급히 장내를 돌아봤다.

"맙소사……!"

괴물들은 죄다 빛을 받고 불타 버렸는지 그 자리에는 덩그러니 재만 남아 있었다. 무엇보다도 놀라운 것은 바로 다크 엘프였다.

전신이 홀라당 타버렸다. 피부가 빛에 녹아버렸는지 지글지글 끓어오르고 있었고 그 밑으로 근육이 여실히 드러났다. 일부 심한 곳은 재가 되어버렸고 그 밑으로 희멀건 뼈가 드러났다. 인간으로 친다면 전신 70%에 이르는 3도 화상을 입은 것이니 그 끔찍한 몰골을 이루 표현할 수 없었다. 한데 그러고도 살아 있었다. 아니, 살아 있을 뿐만 아니라 재생되고 있었다.

괴사된 조직에서 거품이 끓어오르더니 이내 상처 부위를 덮었다. 이내 마기가 피어올랐고 다크 엘프의 전신을 휘감았다. 성진의 영성이 표출하면서 뿜어낸 성광에도 다크 엘프와 연결된 음차원의 고리가 끊기지 않은 것이다.

존재가 흔들릴 만큼 강렬한 타격을 입었지만 네거티브 플레인에 연결된 무한의 힘이 다크 엘프를 다시 재생시키고 있었다. 물질계와 연결된 사실상 단 하나의 통로이니 네거티브 플레인의 지배자들이 기를 쓰고 에너지를 보내주고 있었다.

다크 엘프가 치유를 시작하자 성진이 길고 탁한 호흡을 터뜨렸다. 굳게 감긴 두 눈이 천천히 떠졌다. 성진의 눈에서는 미세하지만 맑은 빛이 흘러나왔다. 깨달음에 깊게 심취하여 있던 성진의 정신 중 일부가 외부의 위험을 느끼고 눈을 뜬 것이다. 깨어난 성진의 투쟁 정신은 곧바로 다크 엘프를 적으로 간주하였다. 투쟁 정신이 적을 선별하자 몸이 움직였다.

성진의 몸은 끝이 없는 구덩이 되었다. 강력히 뻗어 나간 성진의 의지는 이제까지와는 달랐다. 마치 성진이 태풍의 눈이 되듯 아득한 지하에서 세상에 널려 있는 창생력을 빨아들였다.

성진이 이끌어낸 거대한 의지는 단숨에 창생력을 이끌어 온몸에 둘렀다. 마를 쳐부수는 멸마의 힘이 푸르른 빛을 뿜으며 성진의 몸을 감쌌다.

그와 동시에 다크 엘프도 모든 치유를 끝내고 몸을 움직였다. 털끝 하나 손상된 곳 없이 깨끗이 재생되어 전과 동일하게 보였지만 실은 아니었다.

뭔가가 달라졌다. 저 깊숙한 곳에서.

*   *   *

그녀는 눈을 떴다. 하지만 눈앞에 무언가가 끼인 듯 확실히 보이지 않았다.

'무엇일까?'

손을 뻗어 더듬으려 하였다. 반투명한 손이 허공을 더듬었다. 세르피아는 깜짝 놀라 자신의 손을 감싸 쥐었다. 분명히 만져졌다. 그녀는 자신의 몸을 내려다보았다.

옷가지는 온데간데없었고 반투명한 나신이었다. 그리고 발 밑에는 아무것도 없었다. 당황스러웠다. 도대체 왜 발가벗고 있는 것인가? 몸은 또 왜 반투명한 색인가? 그리고…

'이곳은 어디?'

순간 눈앞의 허공이 요동 치며 동시에 무언가가 보이기 시작했다. 가장 먼저 보인 것은 성진이었다. 성진의 몰골은 엉망이었다. 옷의 이곳저곳은 찢어지고 핏물이 배어 있었고 손바닥을 다쳤는지 붉게 피가 번져 있었다. 한데도 눈에는 형형한 안광을 뿜고 있었다.

세르피아는 성진에게 다가가려 하였다. 하나 몸이 움직이지 않았다.

그녀는 여전히 허공에 떠 있었고 그저 눈앞에 성진의 모습을 가득 담은 커다란 영상이 비춰졌을 뿐이었다.

성진을 부르려 외쳤지만 아무런 소리도 나지 않았다. 그녀가 당혹한 사이 성진의 모습이 크게 확대되며 순간 눈앞이 일그러졌다. 순식간에 성진의 뒷모습이 보였다. 무언가가 성진의 등을 내려쳐 갔다.

그것은 검은 손톱. 섬뜩하리만치 길게 자라난 손톱이었다. 순간 성진의 신형이 빙그르 돌며 눈에 한가득 주먹이 비쳤다.

'아!'

눈앞이 붉게 변하며 미약하지만 짜릿한 아픔이 느껴졌다. 마치 배가 뚫린 것처럼 저려왔다. 하나 그 느낌은 곧 이어 사라지고 또다시 눈앞이 일그러졌다. 마치 고속으로 움직일 때 보이는 영상처럼.

'도대체 뭐야?'

이해할 수 없었다. 목소리를 낼 수 없었다. 아무것도 잡을 수 없었다. 눈앞에 이 영상은 뭔가? 단약 그것이 자신이 보고 있는 것이라면 왜 자신의 뜻대로 할 수 없는 것인가. 왜 성진이 자신을 공격하는 것인가? 몸은 어디로 간 것인가? 의문에 의문이 꼬리를 물고 이어졌다. 그 순간 허공 저편에서 빛이 임하더니 그녀를 덮쳐 왔다.

거대한 기억의 홍수가 그녀를 휩쓸었다. 아득한 태고의 기억부터 지금에 이르기까지. 그와 동시에 그녀는 자신의 처지를 이해하였다.

'아……!'

절망감에, 안타까움에 한숨 같은 탄성이 흘렀다. 그녀를 감싸는 세상이 어두워지더니 어그러진다. 눈물이 났다. 가슴이 아파왔다.

'나는…….'

그녀는 괴물이 되었다. 아득한 옛날 세상을 멸망시켰던 괴물. 모든 것을 알게 되었다. 엘프의 기원. 그리고 비밀. 그리고 한편으로는 왜 게일이 마스터임에도 세상의 균형을 깨뜨리려 했는지도 납득할 수 있었다. 그것들은 결코 밝힐 수 없는 진실이었다.

그녀들의 탄생 신화도 날조된 것이었다. 엘프란 그저… 사생아일 뿐. 무엇으로 인한 사생아일지는 생각하기도 싫었다.

'아아… 이대로 죽었으면 좋을 것을……'

한꺼번에 너무 많은 것을 알아버렸다. 혼란스러웠다. 하나 기억은 사실이었다. 너무나 가슴 아픈 진실. 받아들일 수밖에 없는 현실에 그녀는 죽음을 생각했다. 삶을 소중히 여기는 엘프가 삶을 포기하는 생각을 품을 정도니 얼마나 큰 충격인가.

'성진… 당신은……'

성진의 의지로 이끌어낸 검의 일격과 성광. 이 두 가지가 다크 엘프 깊숙한 곳에 자리 잡은 세르피아의 의식을 감싸던 껍질을 부수고 그녀를 일깨웠다. 그대로 시간이 흘렀다면 아득한 어둠 속에 묻혀 버렸을 그녀의 의식이 두 가지의 강렬한 자극에 깨어난 것이다.

그녀는 탄식하였다. 이 무슨 운명의 장난인가. 모든 진실을 알아버렸으니 이제 그의 곁으로 돌아갈 수 없었다. 멸절자는 반드시 소멸되어야 할 존재. 그녀의 정신을 밀어내고 그녀의 육신을 차지한 것은 어둠. 그녀의 정신은 어둠 속에서 깨어났다고 하지만 그녀의 육신은 어둠과 동화되었다.

육체라는 틀을 벗고 나자 그녀는 더욱 진실해졌다. 참을 수 없는 감정이 솟아났다. 눈앞에 다크 엘프와 격렬하게 싸우는 성진을 보자 눈물이 왈칵 솟았다. 무표정한 저 얼굴이 그토록 그리웠다. 너무나도 그리운 마음에 그녀는 진심으로 말했다. 비록 닿지는 않겠지만.

미안해요라고…….

＊　　　＊　　　＊

미안해요.

뜻이 공간을 타고 퍼졌다. 그것은 모든 자들에게 퍼졌고 모든 이들이 이해했다. 성진과 다크 엘프와의 격돌을 넋 놓고 보고 있던 유노도, 타키안도, 샤이라도, 게일도 모두가 깜짝 놀랐다. 너무나 간절한 말. 그 속에 섞여 있는 애틋함은 눈앞에 벌어지는 살벌한 광경과는 결코 어울리지 않았다. 그리고 그것이 세르피아의 음성이라는 것을 깨달았을 때 더 더욱 경악했다.

하나 그것은 성진에게 닿지 않는 메아리였다. 지금 성진을 지배하는 것은 투쟁 의식일 뿐. 그의 정신은 의식 깊은 곳에서 깨달음에 심취하여 있었다.

성진은 주먹을 들어 세르피아의 얼굴을 후려쳤다.

뻐억!

둔탁한 소리가 울려 퍼졌다. 강력한 의지가 배인 힘은 그 자체에 멸절의 힘을 담고 있었다. 모든 것을 쳐부순다는 그 강렬한 의지에 세르피아의 한쪽 얼굴이 터져 나갔다. 순식간에 얼굴 한쪽이 무너져 나갔다. 살점과 검은 피가 허공에 자욱하게 뿌려지며 그 사이사이로 붉게 물든 뼛조각이 눈처럼 흩날렸다. 시신경을 매단 눈알이 성진을 보고 있었다.

미안해요.

그러나 그것도 잠시, 허공에 뿌려졌던 검은 피가 소용돌이치더니 도로 다크 엘프에게 빨려 들어갔다. 눈 깜짝할 사이에 박살났던 안면 골격이 복구되더니 근육이 재배치되고 그 위를 어둠에 검게 물든 피부가 감쌌다. 검은 기류가 발악처럼 그녀의 몸을 감싸자 근육이 뒤틀리는 소리가 났다. 그와 함께 활짝 펼친 손가락 끝에서 손톱이 죽순처럼 자라나기 시작했다.

고통스럽게 해서… 미안해요. 언제나 부담만 되는군요, 저는.

손보다 더 기다란 손톱이 바람을 가르며 사방을 난도질하였다. 넓다고 할 수 있는 통제실은 순식간에 다크 엘프의 수조(手爪)가 남긴 잔영에 몸부림쳤다. 그 그물에 닿은 성진의 한쪽 옷소매가 터져 나가더니 왼 팔뚝에 여러 개의 손톱 자국이 생기며 붉은 선혈이 튀어 올랐다.

미안해요. 당신을… 다치게만 하는군요.

성진은 신형을 회전하며 그의 팔뚝에서 뿜어져 나와 허공에 비산하는 핏방울을 손바닥으로 후려쳤다. 순간 핏방울에 강력한 힘이 서리더니 강력한 기세로 다크 엘프를 덮쳐 갔다. 다크 엘프의 수조가 번뜩였지만 핏방울에 회전이 걸려 있었는지 그녀의 수조가 닿자마자 폭발하듯 갈라지더니 몇십 개의 파편이 되어 그대로 다크 엘프의 몸에 박혀 들었다.

당신을 처음 봤을 때가 생각나요.

성진의 의식 깊은 곳에서 엮어지는 깨달음은 곧장 투쟁 의식으로 보내어져 실지로 사용되었다. 온갖 기법들이 난무하였다. 눈앞에 환영이 만들어지며 다크 엘프를 가차없이 쓸어갔다.

당신은 너무나 강했어요. 너무나 강해서 질투가 났죠.

성진은 냉혹했다. 그의 의지가 자기장을 지배하였다. 그러자 장내 곳곳에 부서진 금속 조각들이 성진의 몸 주위로 모여들더니 맹렬히 회전하기 시작하였다. 금속 조각들이 자기장을 끊으며 회전하자 강렬한 대전류가 흐르기 시작하였다. 그리고 그 힘이 절정에 다다랐을 때 자기장과 대전류 사이의 반발력을 이용해 발사했다.

다크 엘프의 몸 곳곳에서 구멍이 뚫리기 시작하였다. 다크 엘프의 몸에 구멍 뚫리는 숫자와 반비례하여 금속 조각들이 줄어들었다. 세상의 그 어떤 존재도 결코 그것을 막을 수 없었다. 광속의 40%에 달하는 속도의 탄체를 그 무엇이 막을쏜가.

마스터조차 막지 못할 탄체를 고스란히 받아낸 다크 엘프는 몸만 움찔하더니 상처 부위가 재생되기 시작하였다. 머리가 깨져드, 심장이 터져 나가도 재생되는 존재에게는 레일건이란 별 소용 없는 듯하였다. 결과를 받아들인 성진의 투쟁 의식은 그것을 정보로 변환하여 의식 깊숙한 곳으로 넘겼다.

아파요. 하지만 괜찮아요. 이대로… 날… 죽여줘요.

가슴을 울리는 세르피아의 독백을 모두는 들을 수 있었다. 애절한 세르피아의 뜻에 유노는 무언가가 가슴 깊은 곳에서 치밀어 오르는 것 같았다.

"이 무슨……!"

말을 이을 수가 없었다. 이 무슨 경우인가! 가슴이 찢어지는 것 같은 말이었다. 세르피아는 저곳에서, 저 빌어먹을 괴물 깊숙한 곳에서 살아 있었다. 한데도 성진은 미친 듯이 다크 엘프를 몰아치고 있었다. 구할 생각도 없는 듯. 들리지도 않는다는 듯.

성진이 원망스러웠다. 하나 한편으로는 납득할 수 있었다. 세르피아를 구할 수 없는 것 같았다. 그렇기에 저렇게 죽이려 하는 것일지도 몰랐다. 성진의 상태를 모르는 유노는 그렇게밖에 생각할 수 없었다.

"흐윽! 흑!"

타키안이 그의 품 안에서 흐느꼈다. 세르피아의 담담하지만 애절한 뜻에 너무나도 슬펐다. 어떻게 죽여달라고 할 수 있을까. 그것도 가장 사랑하는 사람에게.

눈물이 솟았다. 담담히 내뱉는 세르피아의 독백과 부서지는 다크 엘프의 몸. 그리고 그 다크 엘프를 몰아치는 성진의 모습.

유노는 결국 누구에게 말한 것인지 모르는 절규를 터뜨리고 말았다.

"어찌 이럴 수가 있소!"

*　　　*　　　*

길리언은 눈을 떴다. 의식을 찾은 길리언을 가장 먼저 반긴 것은 통증이었다. 차갑고도 날카로운 아픔이 왼팔에서 피어나 온몸을 울렸다. 몸이 부서지는 듯한 고통은 오히려 혼미한 길리언의 의식을 찾는 데 도움이 됐다. 길리언은 입술을 깨물었다.

"흐읍……!"

오른팔로 몸을 뒤집은 길리언은 천천히 일어섰다. 온몸이 와들와들 떨리고 식은땀이 솟았다. 추웠다. 마치 근육이 굳어버린 듯 움직일 때마다 쉿소리가 났다.

짜릿짜릿한 고통과 추위가 엄습했지만 길리언은 기어코 몸을 일으켜 등을 벽에 기댔다. 사늘한 한기가 척추를 타고 온몸에 흘렀다.

"하악……! 하악……!"

심장이 터질 듯이 두근거렸고 목구멍이 따가웠다. 입 안이 바싹 말라 찢어질 것만 같았다. 이대로 주저앉고 싶었다. 하나 움직여야만 했다. 길리언은 한 걸음 한 걸음 천천히 움직였다. 심한 현기증과 함께 속이 뒤집어질 듯 역겨웠다.

2차 쇼크가 찾아올 정도로 대량 출혈을 한 지 몇 시간 안 되어서 이렇게 거동한다는 것은 자살 행위나 다름없었다. 길리언의 육신은 끊임없이 위험하다고 신호를 보냈지만 길리언은 그 모든 고통을 묵묵히 참아내면서 걸었다. 눈앞이 일그러져도 참을 수 없는 추위가 덮쳐 와도 팔이 떨어져 나갈 것처럼 우신거려도 걸었다.

'고통스러워…….'

사실 이렇게 고통스러운 적은 처음이었다. 한데 이렇게 잘 참아내니 내심 자신이 대건하였다. 미소를 짓고 싶었지만 그럴 힘도 없었다.

길리언은 생각했다. 이토록 고통스러운데 왜 걸어야 할까. 왜?

'해줄 말이…….'

그 해줄 말은 누구에게 할 말인가?

'스승님에게…….'

그렇다. 스승인 성진 때문이다. 그렇기에 죽을 것 같은 혼몽 속에서 의식의 끝을 붙잡고 눈을 뜬 것이다. 숨이 넘어갈 것 같은 고통 속에서 몸을 움직인 것이다.

이윽고 눈앞이 잔뜩 일그러지더니 아무것도 보이지 않았다. 하나 길리언은 볼 수 있었다. 장내가 손에 잡힐 듯 느껴졌다. 유노도, 타키안도, 샤이라도, 게일도 볼 수 있었다. 한눈에 그들 모두의 얼굴을 볼 수 있었으며, 그들 모두의 기분을 느낄 수 있었다.

너무도 놀라운 현상이었지만 길리언은 담담히 받아들였다. 사실 그것 말고도 다른 이들이 알지 못한 것을 알고 있었다. 세르피아의 상태가 어떠하다는 것. 스승의 상태가 어떠하다는 것.

의식을 잃었지만 그 혼몽 속에서 모든 것을 보았다. 세르피아가 절망 속에서 몸부림치던 것. 자아가 나뉘어 갈등하던 것. 그리하여 다른 존재에게 몸을 맡긴 것. 스승인 성진의 일검이 세상을 가르는 것. 영화롭고도 따뜻한 빛으로 모두를 정화하던 것.

그 모든 것을 보았다.

이제는 눈을 감아버린 길리언은 발 밑에 굴러다니는 돌을 피해 발을 옮겼다. 부들부들 경련하며 하얗게 질린 얼굴에 식은땀을 잔뜩 흘리는 것이 여간 위태로워 보였지만 그래도 길리언은 걸었다.

길리언은 성진과 다크 엘프를 보았다. 보통 사람도 제대로 알아보기 힘든 움직임이었지만 길리언은 놀랍게도 그 움직임을 낱낱이 알아보았다.

'저게… 세르피아님인가?'

길리언의 정수리에서 피어오른 시선은 공간을 격하고 다크 엘프를 보았다. 요사하면서도 아름다웠다. 가늘고 긴 손톱에서 피어난 검은 기류가 허공을 수놓으며 긴 흑발이 공간을 점한다. 저토록 아름다운 존재가 생명을 말살하기 위해 태어난 멸절자라는 것이 믿기지가 않았다.

길리언의 시선이 더욱 깊은 곳으로 들어갔다. 세르피아가 보였다. 두려움과 성진에 대한 그리움에 잔뜩 휩싸여 애처롭게 떨고 있었다. 가슴이 찢어질 것만 같은 감정이 온통 그녀를 지배했다. 담담히 내뱉는 독백이지만 그 마음은 결코 숨길 수 없었다. 너무도 절절하기에 온몸의 물이 말라 버려 죽을 것 같은 탈수 속에서도 길리언의 눈에 눈물이 맺혔다.

저런 세르피아의 상태를 성진은 몰랐다. 스승은 깨달음의 극한을 향해 달려가고 있었다. 제자 된 입장에서 찬사를 보내야 마땅하였지만 시기상 너무 빨랐다. 그대로 놔둔다면 스승은 신을 초월하여 육신을 벗어버리는 탈각(脫殼)을 맞이하게 될 터였다.

"스승님……."

길리언은 나직하게 스승을 불렀다. 매우 작고 알아듣기 힘들었지만 그 작은 소리는 의식의 심연 저 깊은 곳에 있던 성진에게까지 전달되었다.

말을 하자 더욱 숨이 가빠왔다. 이제 심장이 터질 것같이 아파오고 목이 끊어질 것 같았다. 하나 이 말만은 반드시 해야만 했다. 길리언은 지독한 고통 속에 말을 이었다.

"세르피아님이 살아 있어요. 그녀를… 구해주세요."

말을 마친 길리언은 허물어지듯 쓰러졌다.

＊　　　　＊　　　　＊

성진은 고개를 들었다. 누군가가 그를 불렀다. 누가 그를 부른 것인가? 집중력이 흐트러지자 깨달음에 심취된 상태에서 구축했던 그만의 세상이 무너졌다. 정신의 시간은 그 뜻에 따라 무한할 수 있다. 그 무한한 시간 동안 허도를 파헤치며 쌓아왔던 수많은 깨달음을 담은 세상이 한꺼번에 무너져 나갔지만 성진은 동요하지 않았다.

성진은 깊은 사색에서 깨어나 현실을 인지했다. 그의 의식이 부상하자 곧 엄청나게 확장된 의식으로 공간 전체를 아우르게 되었다. 전에라면 결코 상상할 수 없을 정도의 장대한 영역이었다.

성진은 그를 일깨운 것이 길리언의 진언이라는 것을 알았다. 길리언의 상세는 매우 심각했다. 생명을 보존하기 위해 사용되었어야 하는 기력을 성진을 일깨우기 위해 모조리 사용한 것이다. 곧 죽어도 이상하지 않을 지경이었다.

칼과 하이단도 이상했다. 심각한 쇼크를 경험한 듯 정신적으로 완전히 공황 상태에 빠져들었다. 그 공황이 육체에까지 영향을 미쳤는지 이미 통제를 상실해 경련하고 있었다. 아니, 자세히 보니 생명 활동이 매우 어그러져 있었다.

'음? 뭐지? 저 생소한 기운은?'

칼과 하이단의 몸은 이상한 기운이 주유하고 있었다. 처음 보는 기운이라 알 수 없었는데 그것은 생명 유지를 보조해 주는 것 같았다. 그 밖에 다른 이들은 괜찮았다. 샤이라도 거의 완쾌되어 가고 유노와 타키안은 정신적으로 많이 흔들린 듯 보였지만 이지를 유지하고 있었다.

설명은 길었지만 이 모든 것을 파악하는 것은 촌각에 불과하였다. 성진의 의식은 확장되자마자 그 모든 것을 아울렀다. 흐트러진 보석들을 한손에 쓸어 담듯 그렇게 모든 정보를 한꺼번에 분석했다.

길리언이 무엇을 그에게 일깨우려 했는지는 알 수 없지만 시기 적절하게 그를 일깨웠다. 그렇지 않았다면 깨달음에 심취되어 탈각해 버렸을지도 몰랐다.

'빨리 제거하자.'

할 일이 많았다. 길리언을 치료해야 했으며 이상한 중세를 보이는 칼과 하이단도 손봐야 했다. 그리고 무엇보다도 지하 깊은 곳에 있는 망자의 혼을 해방시켜야 했다. 비록 공간의 함정이 그의 일검으로 완전히 소멸하였다고는 하지만 망자들은 그와 약조했다. 신호가 있은 후에 승천한다고. 그렇지 않으면 망자들의 힘에 의해 유지되었던 도시 외벽이 붕괴하여 대참사가 일어날지도 몰랐다.

자연 성진의 손속에는 사정이 없었다. 좀 더 높은 경지로 들어선 그의 정신은 전보다 강하고 단단했다. 미약한 망설임으로 손쓰기를 주저했던 조금 전과는 달랐다. 세상에 어긋나는 존재를 말살하는 것에 하등 주저가 없었다.

이미 저 존재는 세르피아가 아닌 다크 엘프. 그녀를 잃어버린 일을 후회하며 넋 놓고 있기에는 지금의 성진은 너무나도 강했다.

쿠와와아―

손에 한가득 일어난 멸절의 힘이 공간을 점하고 환상처럼 일어나는 손의 잔영이 다크 엘프의 사방(四方)을 둘러쌌다. 그 하나하나에 담긴 멸절의 힘에 다크 엘프는 마기를 가득 피워 올렸다. 보통 사람이라면 바로 즉사할 만한 지독한 기운이었지만 멸절의 힘은 마기를 죄다 소거한 후 다크 엘프의 본체를 후려쳤다.

콰드득—

그 어떤 금속보다 단단한 다크 엘프의 뼈가 부서져 나가며 살점이 흩어졌다. 멸절의 힘은 다크 엘프의 재생력을 넘어섰고 순식간에 다크 엘프의 사지를 짓이겨 버렸다. 그렇게 고생했다는 것이 믿어지지 않을 정도였다. 하긴 창생력을 이끌어 마기에 극성이 되는 힘을 만들었으니 오죽할까.

성진은 그를 노려보는 다크 엘프의 머리를 걷어찼다.

퍼격!

"캬악!"

파충류가 낼 법한 비명 소리와 함께 두개골의 반이 깨져 나가며 뇌수가 튀어 나갔다. 하긴 레일건의 탄두에 온몸이 난자되는 상황에도 재생하는 괴물이니 그깟(?) 머리가 파열되었다고 죽는다면 오히려 황당할 정도였다.

전신을 가루로 만들어 버린다 하더라도 네거티브 플레인에서 유입하는 광대한 에너지를 바탕 삼아 다시 재생하는 이 괴물을 죽일 수 있는 방법은 단 한 가지.

성진은 눈앞에 보이지 않는, 그러나 거대한 의지로 그 무엇도 벨 수 있는 검을 만들어냈다. 성진의 시야가 확대되며 공간을 넘었다. 다크 엘프와 연결된 저 멀리 소용돌이치는 네거티브 플레인이 보였다.

검을 들어 곧바로 그 연결 고리를 자르려는 순간 성진은 무언가를 들었다. 어디선가 들려오는 그 한줄기 뜻이 성진을 흔들었다.

미안해요.

'……!'

무심으로 둘러싸인 성진의 가면이 무너졌다. 전혀 뜻밖의 목소리. 의지로 전해져 오는 애절한 뜻. 그 짧은 말을 들은 순간 성진은 그녀가 세르피아라는 것을 깨달았다.

'그녀가!'

그녀가 살아 있었다. 괴물에 삼켜져 영영 사라져 버린 줄 알았던 그녀가 살아 있었다. 저 괴물의 몸속 깊은 곳에서 뚜렷하게 숨 쉬고 있었다. 성진은 기뻤다. 그리고 당혹했다.

성진의 확장된 의식은 세르피아의 영을 느꼈다. 그녀의 본질을 읽었다. 그녀가 얼마나 슬퍼하고 절망감에 휩싸여 자신을… 그리는지. 정신 방어벽이 무너져 버린 세르피아의 생각과 기분이 여과없이 들어왔다. 인간보다 더욱 강한 정신력을 가진 엘프가 감정을 드러내자 그 강도는 상상을 초월하였다. 그 슬픔과 절망감, 그리고 애틋함에 성진마저 당혹해할 정도로.

당혹감 뒤에 찾아온 것은 슬픔이었다. 성진은 관조자이자 새로운 깨달음을 얻어낸 초월자. 그가 해야 할 일을 알고 있다. 그리고 무엇을 소멸시켜야 하는 것인지도 알고 있다. 그리고 그 대상이 세르피아라는 것도 알고 있다. 그녀를 죽여야 했다.

'이런…….'

그녀를 지킨다는 약속을 지킬 수 없었다. 그의 손으로 그녀를 죽여야 했다. 그녀를 죽이지 않는다면 어떻게 되리라는 것을 성진은 알고 있었다. 구하고 싶지만… 그녀를 구할 방법은 없었다.

성진이 지닌 창생력으로도 그저 작은 곤충 정도만을 창조할 수 있을 뿐이었다. 하물며 어찌 엘프의 육신을 재구성해 낼 수 있을 것인가. 그렇다고 그녀의 정신을 뽑아낼 수도 없는 노릇. 갖가지 방법이 생각났지만 결론은 실패. 성진은 이를 악물었다.

'그녀를 죽이자.'

같은 결심은 두 번이나 했다. 가슴이 뭉클해지며 전에는 느껴보지 못한 감정이 요동 쳤다. 아니, 느껴보지 못한 감정이 아니었다. 오래전에 잃어버린 감정. 그의 부모님을 잃어버렸을 때 절절히 맛보았던 감정. 그것은 슬픔이었다.

'왜 슬픈가?'

성진은 자신에게 물었다. 그가 슬퍼하다니. 죽어버린 오욕이 어찌하여 지금 되살아난단 말인가? 그 물음에 냉철한 성진의 이성이 답했다. 그리고는 왜 슬픈지를 깨달았다. 그녀를 죽여야 하기에 슬픈 것이다. 왜 그녀를 죽이는 데 슬픈 것인가. 그것은…….

'그녀를 다시 볼 수 없기에… 좋아하기에.'

답이 나왔다. 이해할 수 없을 정도로 빨리 도출된 결론이었지만 수많은 물음을 거슬러 그의 감정을 따져 보아도 그것은 분명 애정(愛情)이었다.

성진이 갈등하는 그 짧은 순간, 그것은 매우 짧은 순간이었지만 다크 엘프에게나 성진에게는 그리 짧은 시간이 아니었다. 다크 엘프는 그 잔인하고도 사악한 전투 본능으로 네거티브 플레인에서 삽시간에 엄청난 에너지를 끌어와 육체를 수복했다. 찢겨지고 부서진 상처 부위로 마기가 차 올라 다크 엘프의 팔을 온통 감쌌다. 그리고 그 손에서 자라난 치명적인 손톱은 방심으로 흔들린 성진의 가슴을 갈랐다.

“헛!”

섬뜩한 느낌과 함께 좌측 어깨부터 오른쪽 복부까지 근육이 갈라지더니 피가 분수처럼 치솟았다. 창생력으로 이끌어낸 강력한 힘이 육체를 감쌌을 때는 그 무엇도 성진의 육신을 해할 수 없었겠지만 방심은 치명적이었다. 흉골을 단단하게 감싸는 대흉근이며 복근까지 깨끗하게 잘렸다.

잘린 근육은 힘을 낼 수 없다. 상반신의 근육이 잘려지자 성진의 반신이 마비되었다. 하나 정신까지 마비된 것은 아니었다. 고통은 오히려 좋은 각성제 역할을 하였다.

다크 엘프의 손톱에 가득 배어든 마기는 성진의 상처를 더욱 크게 덧내고 부패시키기 위해 침입했지만 다시 상황에 집중한 성진의 강력한 정신은 마기의 침입을 물리치고 모세 혈관까지 통제하여 출혈을 막았다. 성진은 움직일 수 있는 손을 뻗어 다크 엘프의 손톱을 붙잡았다.

“……!”

뛰어난 절삭성을 가진 다크 엘프의 손톱을 잡은 성진의 손은 놀랍게도 멀쩡했다. 세상을 가르는 의지의 검을 휘두르는 성진이 그 검만큼이나 뛰어난 방패를 만들지 못한다는 것이 가당키나 할까? 설령 신이라도 지금의 성진의 손을 부술 수는 없었다.

다크 엘프의 손톱을 붙잡은 성진은 그 강대한 정신력으로 다크 엘프의 몸속 깊숙한 곳에 연결된 음차원과의 연결 고리를 후려쳤다.

“키아아아아아악!”

정신이 혼미해질 것 같은 비명 소리가 다크 엘프의 입에서 터져 나왔다. 존재를 유지시켜 주는 근원이 파괴되었으니 그같이 고통스럽게 울부짖지 않을 수가 없었다. 하나 성진도 멀쩡하지 못했다. 한 차원의 힘이 집약되어 있는 고리를 후려쳐서 끊었으되 그 반동이 없는 것은 아니었다.

"쿨럭!"

정신력으로 억눌러 놓았던 가슴의 상처가 쫙 벌어지더니 출혈이 터져 나왔다. 고리를 강제로 끊어버린 후유증에 성진은 도저히 정신을 차릴 수가 없었다. 본능적으로 다크 엘프에게서 물러선 성진은 비척거리다 돌에 걸려 넘어졌다.

실로 눈 깜짝할 순간에 일어난 일이었다. 유노의 눈에는 성진이 다크 엘프를 다 박살 내더니 순식간에 당한 꼴이었다. 어찌 된 영문인지 알 수 없었던 유노는 다크 엘프를 보고 깜짝 놀랐다.

다크 엘프의 몸이 조금씩 부서지고 있었다. 존재를 유지시켜 주던 고리가 끊기자 몸 곳곳에서 변형이 찾아왔다. 육신이 무너지려 하였다. 무너지던 육신을 살핀 다크 엘프는 처절한 살기를 퍼뜨렸다. 상반신을, 이제는 온몸을 제 피로 도배한 성진을 불타는 눈으로 쏘아보던 다크 엘프는 천천히 몸을 일으켰다. 몸이 완전히 무너지기 전에 성진을 죽이려고 작정한 듯 다리가 조금씩 부서져도 상관없이 오직 성진을 향해 걸었다. 마치 마지막을 불태우려는 듯 그런 다크 엘프의 몸 주위로 검은 마기가 불꽃처럼 일어났다. 검은 불꽃이었다.

안 돼! 가지 마! 멈춰!

세르피아의 처절한 울림이 들려왔다. 다크 엘프가 어찌할 것인가를 아는 것처럼. 그로서는 저 괴물을 막을 수가 없었다. 몸으로 막아선다 하더라도 그저 다크 엘프의 가벼운 손놀림 한 번이면 단번에 죽는다.

애가 탔지만 어찌할 바를 모르던 유노는 문득 옛 기억이 스쳐 갔다.

"자네가 이것을 배운다면 언젠가 유용하게 써먹을 걸세."

젊은 시절, 그를 괴롭혔던 마법사가 마지막에 가르쳐 주던 한 주문. 성직자인 그도 사용할 수 있는 주문이었다. 당시에는 도저히 이해할 수 없었다. 어찌하여 이런 주문을 가르쳐 주는지. 전혀 쓸데없는 주문인 듯 보였지만 지금은…….
그리고 그 순간 유노는 깨달았다.
'아! 주여! 그리하여 절 여기로 보내신 것입니까?'
그의 물음에 답해줄 리 만무했지만 유노는 그의 주인 그란디아를 불렀다. 유노는 속죄라고 생각했다. 그래서 그녀의 가장 충실한 종인 그를 이곳에 보내 속죄키로 한 것이리라. 자의적으로 해석한 것이라 할지 모르지만 지금 그가 하려는 행동은 그렇게 생각하지 않으면 도저히 납득할 수 없는 것이었다. 그 자신도 납득할 수 없는 것이거늘 어찌 타인이 이해할까. 그저 마음이 이끄는 대로 몸이 나아갈 뿐이었다.
일단 마음을 먹자 공포에 떨던 육신이 진정되며 작은 안정감에 젖어 들었다.
"타키안, 잠시 혼자 있을 수 있겠니?"
훈훈한 미소를 머금은 유노는 가슴에 안긴 타키안의 등을 쓸어 내리며 말했다. 뜻밖의 말이었지간 그 따뜻한 미소에, 그리고 점차 따스해지는 유노의 향기에 힘을 입은 타키안은 고개를 끄덕였다.
"그럼 샤이라님을 부탁한다."
그런 유노의 말속에서 무엇을 느꼈는지 샤이라가 눈을 치켜뜨고 유노를 보았다. 몸이 상당히 회복되었는지 얼굴에 혈색이 돌았지만 여전히 몸속에 들어 있는 마력 구속구가 그녀의 마력을 옥죄고 있었다.

"유노, 당신은……?"

유노는 조용히 미소 지으며 말했다.

"이제야 제가 쓸모있는 순간이 왔습니다."

작게 배어 문 미소는 지금 이곳과는 너무도 어울리지 않는 편안하고도 자애로운 미소였다. 고조된 정신에 걸맞게 고양된 신성력이 배어 나와 유노의 몸을 연한 노란 빛으로 물들였다. 그의 등 뒤에서 뻗어 나오는 후광은 옛 성인(聖人)들이 그러했던 것처럼 은은하고도 영화로웠다.

"주여, 절 이용하소서."

이타심(利他心)의 극치라. 짧게 읊조린 유노는 곧장 다크 엘프를 향해 뛰었다. 그가 걸음을 옮길수록 그의 마음은 무거운 짐을 벗었으며 주가 짊어졌던 업을 대신 풀었다. 그의 영혼의 품격은 높아졌으며 그에 따라 그를 감싸는 후광은 밝아졌다.

깨달음은 순간에 찾아오고 순간에 사라진다. 사람의 영성이 높아지고 낮아지는 것도 순간이다. 유노는 다크 엘프의 얼굴을 보고 미소 지었다. 그의 영이 움직이며 신성력이 그에 동조하였다. 그가 이끄는 대로 그가 원하는 대로 불타올랐다. 그의 전신에 노란 불꽃이 솟아올랐다. 괴물들을 불태운 성화가, 그러나 이제는 그의 몸을 땔감 삼아 피어올랐다. 생명을 불사르는 그 장엄함에 샤이라는 그저 말없이 볼 수밖에 없었다. 마스터로서 할 수 있는 일은 아무것도 없었다.

"당신의 잘못은 이 종이 짊어지니……."

다크 엘프가 그 성화에 큰 위협을 느꼈는지 그 날카로운 손톱으로 유노를 후려쳤다. 하나 그 손톱은 유노의 몸을 감싸는 노란 성화에 닿자마자 증발해 버렸다. 유노의 입에서 검붉은 선혈이 흘러나왔다.

"주여, 그리하여 저 둘을 구하시고 세상을 구하소서."

피를 토했지만 그의 목소리는 올곧으며 또렷했다. 기도문처럼 읊는 생의 마지막 유언은 그렇게 끝을 맺었다.

성스러운 불길은 유노의 각혈마저 깨끗이 증발시켰다. 그 따스한 불길에 휩싸인 유노는 고통스럽지도 않은지 다크 엘프의 몸을 감쌌다. 두 가지 서로 다른 불꽃이 한데 뒤섞여 기이한 빛을 뿜으며 타올랐다. 성화와 마화가 뿜어내는 빛이 장내를 물들이더니 이윽고 거대한 빛이 터져 나왔다.

당신의 불행한 자식들을 구원하소서.

*　　　*　　　*

창세력 8012년 7월 24일 02:00. 카밀 왕국 수도. 에크라느.

그날은 유독 잠이 오지 않는 무더운 밤이었다. 추적추적 내리는 비는 어느새 그쳤지만 하늘은 여전히 구름에 두텁게 가려 별빛조차 보이지 않았다. 비가 마르려는지 온통 후텁지근해 불면증 증세가 조금 있는 사우스 데 카르로서는 도두지 잠을 이룰 수 없었다.

왕궁 근처에 자리 잡은 자택의 이층 발코니를 연 사우스는 한밤중의 공기를 마셨다. 비에 젖은, 그리고 끈적끈적한 공기가 얼굴에 달라붙었다.

"젠장."

사우스는 욕지기를 내뱉었다. 새로운 영감이 떠올라 미친 듯이 희극한 편을 삼 일 밤을 새며 써 내려갔다. 그리고 도저히 참지 못할 피로로 잠을 이루려 하는데 날씨가 이 모양이니 도무지 잠을 이룰 수가 없는 것이다. 신경이 날카로워질 대로 날카로워진 사우스는 하늘을 향해 연거푸 욕지기를 퍼부었다. 과연 촉망받는 극작가인지라 사우스의 입에서는 갖은 형용사로 무장한, 실로 화려하기 짝이 없는 어휘의 욕지기가 쏟아져 나왔다.

하나 그 같은 행동이 무슨 소용일까. 더욱 피로해질 뿐이었다. 결국 입을 다물고 만 사우스는 한숨을 내뱉고는 발코니에 놓인 의자에 앉았다. 아직 30대인 그가 삼 일 밤을 샜다고 해서 죽는 것은 아니었다.

하나…

"하, 이 버릇을 어찌할까. 내 분명 초대 사실을 알았는데도……."

내일은 그가 난생처음으로 왕궁에 입성하는 날이었다. 그의 작품을 왕세자가 보고 경탄한 나머지 그를 초대한 날이었다. 때문에 잠에 취해 뚜렷하지 못한 정신으로 왕세자 앞에서 실수할까 두려워 그토록 필사적으로 잠을 청하려 한 것이다.

창작욕. 그것이 바로 근본적인 문제다. 중대한 약속이 있더라도 영감이 떠오르면 그 즉시 펜을 붙잡고 이틀이고 삼 일이고 미친 듯이 써 내려가는 그 창작욕. 그것 때문에 서른이라는 젊은 나이에 왕국에서 촉망받는 극작가로 명성을 얻게 되었다.

물론 영광이라는 빛 뒤에는 아픔이라는 어둠이 있다. 그 타오르는 창작욕에 늘 좋은 일만 있는 것은 아니었다. 그 때문에 그는 연인을 잃었으며 소중한 친구를 잃었다. 후에 오해를 풀기는 했지만 한번 쌓인 불신감은 쉬이 사라지지 않았다. 그의 최대 무기이자 약점인 셈이었다.

"하하, 어쩌나. 어떻게든 잠을 청해야 하는데. 술이라도 한잔할까
나."

그는 술에 유독 약했다. 또한 숙취는 유독 심했다. 숙취와 잠을 못
자 생기는 피로를 잠시 저울질해 보던 사우스는 이내 숙취를 탓했다.

"엠마에게 부탁해야겠군."

사우스는 가정부 엠마가 만들어주는 숙취 해소에 매우 탁월한 음료
를 떠올리고는 쓴웃음을 지었다. 그 쓰디쓴 맛 때문에 치를 떨기는 했
지만 숙취가 심한 사우스에게는 명약이나 다름없었다. 술엔 약하지만
술을 즐기는 편인 사우스는 그 명약 없이는 다음날을 기약할 수 없는
지경이 되어버렸다. 그렇기에 음식 솜씨가 썩 좋지 않지만 엠마를 계
속 고용하고 있었다.

"그것도 중독이군."

의외로 자신이 쓴맛을 좋아하는 것이 아닐까 생각한 사우스는 그에
대해 진지하게 고찰해 보고자 했다. 물론 이 과정에 술이 빠질 수는 없
었다. 독한 위스키를 찬장에서 꺼내기 위해 의자에서 일어선 사우스는
이상한 진동을 느꼈다.

"음……?"

잠시 몸이 흔들렸다고 생각한 사우스는 이상한 마음에 주위를 둘러
보았다. 하나 달라진 것은 없었다. 피로가 심해서 생긴 것이라 생각한
사우스는 다시 걸음을 옮겨 술을 진열해 놓은 찬장으로 걸음을 옮기려
하였다.

우르르르—

큰 진동이 찾아왔다. 조금 전에 느낀 그 미세한 진동은 결코 거짓이
아니었다. 사우스는 황급히 기둥을 붙잡았다. 눈앞이 진저리를 치고

있었다. 아니, 에크라노가 진저리를 치고 있었다.

"지, 지진?!"

사우스는 놀라 부르짖었다. 지진이라니! 에크라노는 설립 이래 지진 한 번 없는 곳이었다. 지진에 지 자도 모르고 산 사우스로서는 이 강력한 진동에 매우 당황하였다. 그리고 경악하였다.

"허억!"

제1광장이 갈라지고 있었다. 광장이 훤히 보이는 곳에 위치한 그의 저택은 왕궁 바로 옆에서 에크라노를 굽어보는 목 좋은 곳에 위치하고 있었다. 그렇기에 그는 더욱 그 광경을 잘 볼 수 있었다.

마치 땅이 입을 벌리는 듯 밑도 끝도 없는 어둠이 커다란 진동과 함께 생겨났다. 균열은 광장에서 시작되더니 서쪽과 동쪽을 향해 내달렸다. 대로변을 가득 메우던 집들이 장난감마냥 무너져 내렸고 집에서 곤히 자던 수많은 사람들이 변을 당했다.

이윽고 에크라노를 절반으로 나눈 균열은 더욱 커지더니 제1광장 전체를 함몰시켰다. 마치 밑으로 푹 꺼지는 것처럼 제1광장을 기점으로 에크라노 중심부가 매몰되기 시작하였다.

"아악!"

"사람 살려!"

우르르 콰광—

수많은 비명 소리가 울려 퍼지고 나무와 돌들이 분분히 날아다녔다. 세상이 곧 끝나기라도 하듯 지진은 에크라노를 찢어발겼다. 하늘도 그 분노를 알았는지 그쳤던 비가 억수처럼 쏟아졌다. 벼락이 사방을 가르기 시작하였고 증오의 고함이 천지를 울렸다.

그 같은 엄청난 강진은 에크라노의 모든 곳에 고루 임했다. 균열과 매몰이 일어난 제1광장과 동서 대로 근처에 살던 사람들은 집과 함께 생매장되었고 매몰된 광장에서 뻗어 나간 균열들이 집들을 쓰러뜨렸다. 집에 깔린 사람들이 울부짖었으며 하늘에서 쏟아진 비들이 먼지와 함께 짙은 흙탕물이 되어 찢겨진 시신 위로 흘렀다.

발코니가 무너지기 직전에 운 좋게 뛰어내린 사우스는 부러진 다리를 붙잡고 울부짖었다. 부러진 다리에서 느껴지는 강렬한 고통과 아수라장으로 변해 버린 수도, 그리고 하늘에서 작열하는 벼락은 그 어떤 비곡(悲曲)보다 강렬했다.

머리 속에서 폭죽같이 수많은 영감이 떠올랐다 사라졌다. 그의 발밑을 흐르는 흙탕물은 번개가 하늘에 빛을 터뜨릴 때마다 검붉은 빛을 더해갔다. 한순간 환해지는 시야 속의 세상은 모조리 무너진 그야말로 폐허였다. 그 광경에, 그 고통에 사우스는 그토록 자부하던 어휘로도 지금의 느낌을 표현할 수 없었다.

"아아……."

그저 미약한 신음만 흘릴 뿐.

번개가 잦아들었다. 그리고 어둠이 찾아왔다. 사방을 가득 메우는 것은 오직 빗소리와 상처 입은 자의 신음, 그리고 죽은 자들의 소리없는 절규. 사우스는 그 처절한 하모니에 치를 떨었다.

그때 무언가가 그의 눈앞을 스쳐 갔다. 어둠 때문에 느껴지지는 않았지만 무언가가 분명 스쳐 지나갔다. 하늘에서 잠잠했던 벼락이 다시 몰아닥쳤다. 이제까지의 푸른 섬광과는 달리 벼락은 괴이하게도 붉었고 그 붉은 벼락은 천지를 붉게 물들였다.

"맙소사—!"

사방을 붉게 물들이는 가운데 끝도 없이 꺼져 버린 광장 위로 무언가가 끊임없이 하늘로 치솟고 있었다. 그것들은 투명했으며 흔들렸다. 하늘로 오르던 그것들은 사방을 유영하였고 그중 하나가 사우스 눈앞을 스쳐 갔다.

늙은 노인의 형상. 그것은 혼이었다. 만면에는 미소를 가득 배어 물고 있었으며 진실로 기쁜 듯 허공을 유영하다가 하늘로 사라졌다. 그 충격에, 그리고 전신에 찾아드는 고통에 사우스는 눈앞이 캄캄하게 변하는 듯한 아찔함을 느끼며 의식을 잃었다.

수만 년의 유폐에서 풀려난 고대인의 혼들은 그들이 쌓아온 비탄을 대기 중에 풀어버리며 승천하였다. 고대인들이 풀어놓은 비탄을 에크라노 인들은 눈물로, 그리고 죽음으로 머금었다. 옛 비탄은 대지를 뚫고 하늘에 풀렸지만 대지는 다시 새로운 비탄에 잠겼다. 돌고 도는 그 아픔에 하늘은 눈물을 뿌렸으며 고함을 쳤다. 붉은 벼락이 그 슬픔을 알리려는 듯, 그리고 새롭게 내린 비탄을 애도하는 듯 그렇게 에크라노 위에 울부짖었다.

진정 에크라노는 비탄의 대지였다.

*　　　　　*　　　　　*

창세력 제2기 8012년 7월 24일. 대륙을 혼돈으로 밀어 넣는 시발점인 지진이 일어났다. 별안간 찾아온 이 재앙은 잠자고 있던 도시를 덮쳤으며 수만 명이 그 자리에서 사망하는 대참사를 맞이하였다.

공식 추산 사망자 10만 명. 비공식 추산 사망자 30만 명. 이토록 크게 차이가 난 이유는 주로 여관가가 모여 있던 동서 대로를 중심으로 갈라진 탓에 셀 수도 없는 많은 여행자들이 균열 틈으로 빨려 들어가

혼적도 없이 사라졌기 때문이다.

다행히 왕성은 참화를 면했지만 관료 대신들 다수가 사망하여 행정 조직이 무너져 내렸다. 이 사건으로 수도로서의 에크라노는 그날 이후로 완전히 마비되었으며 카밀 왕국은 경제 및 사회 통제권을 거의 상실하다시피 하였다.

사태 수습 도중 발견된 드골 백작으로 인해 도시 지하에 숨겨져 있던 미증유의 힘이 폭발한 것으로 간주, 크라인 왕국에 선전 포고를 하며 남대륙을 뒤흔드는 두 강대국이 부딪치게 되었다.

셀 수도 없는 많은 사람들이 즉사하고 그 이후로 대륙을 뒤흔드는 대전쟁이 일어난 이 사건을 후대에는 에크라노 대지진, 혹은 다른 말로 '대붕괴(大崩壞)' 라고 칭하여 창세력 제2기에 일어난 5대 사건의 하나로 분류하였다.

『허공톡』 5권으로…

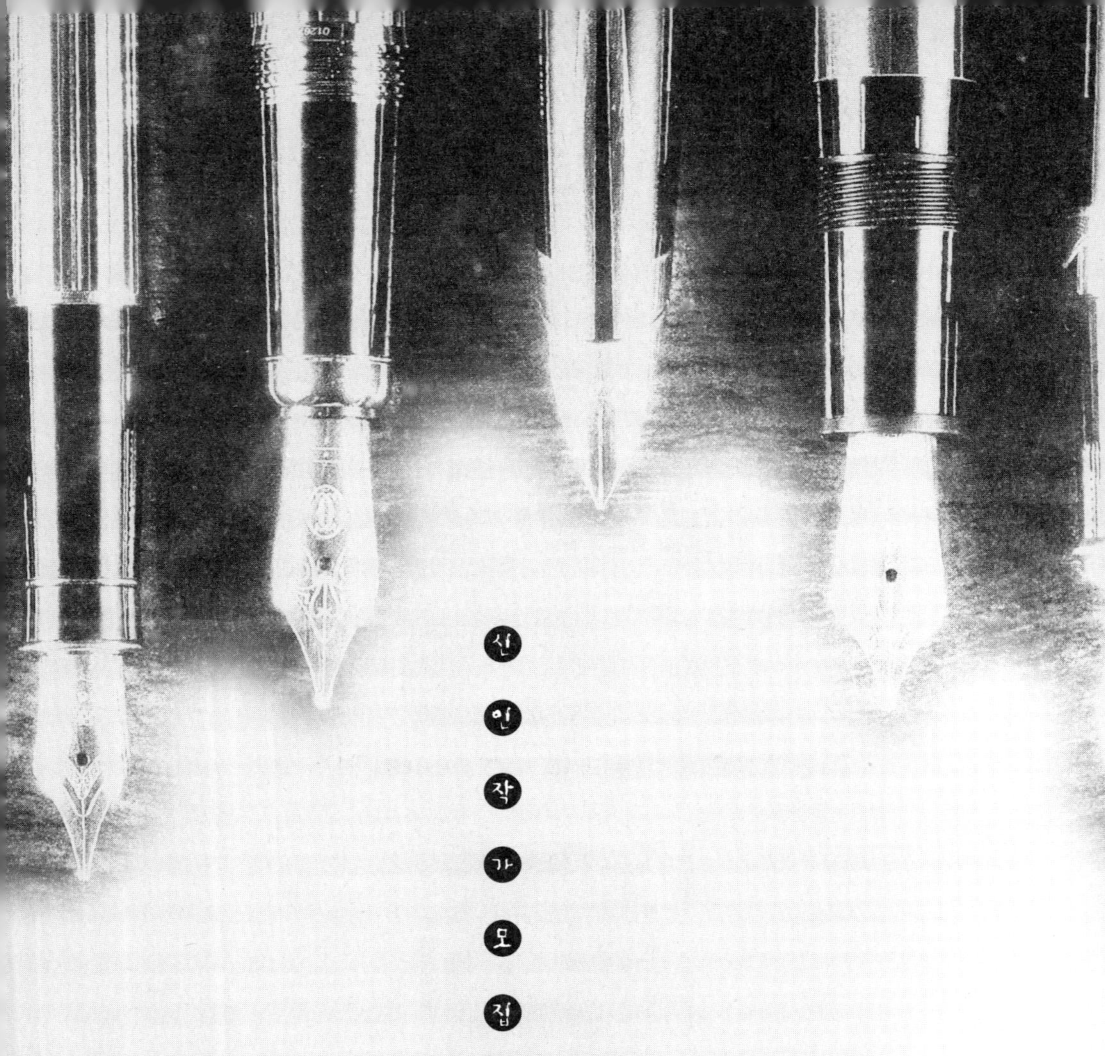